14e et 15e Livraisons de la Collection.

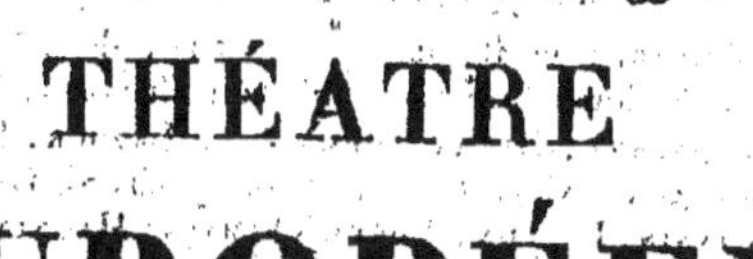

THÉATRE EUROPÉEN

NOUVELLE COLLECTION

DES CHEFS-D'ŒUVRE DES THÉATRES

Allemand, Anglais, Danois, Espagnol, Français, Hollandais, Italien, Polonais, Russe, Suédois, etc.,

AVEC DES NOTICES ET DES NOTES

HISTORIQUES, BIOGRAPHIQUES ET CRITIQUES

Théâtre Italien

1re SÉRIE. — TOME Ier.

ORPHÉE

Tragédie lyrique en cinq actes, par POLITIEN;

SUIVIE DE

L'UN POUR L'AUTRE

Comédie en cinq actes, par L'ARIOSTE.

PARIS

Au Bureau d'administration du Théâtre Européen

Rue du Dragon, 30

DELLOYE, Éditeur de la FRANCE PITTORESQUE, place de la Bourse, 5.

HEIDELOFF ET CAMPÉ, rue Vivienne, 16.

BARBA, Éditeur de la FRANCE DRAMATIQUE, Palais-Royal.

ET CHEZ TOUS LES DÉPOSITAIRES DE PUBLICATIONS HEBDOMADAIRES.

DEUX LIVRAISONS.

LE THÉATRE EUROPÉEN

SE COMPOSERA

DE PLUS DE DEUX CENT CINQUANTE PIÈCES TRADUITES

Et accompagnées de Notices et de Notes

historiques, biographiques et critiques

Par MM. J.-J. AMPÈRE; le Baron DE BARANTE, de l'Académie française; BERR; CAMPENON, de l'Académie française; Philarète CHASLES; CHATELAIN; L. CHONSKO; COHEN; DEFAUCONPRET; DELATOUCHE; A. DE LATOUR; DENIS; Émile DESCHAMPS; Ernest DESCLOZEAUX; Alex. DUMAS; Léon GOZLAN; GUIZARD; GUIZOT; DAMAS-HINARD; Jules JANIN; LEBRUN; LOEVE VEIMARS; MAGNIN; SAINT-MARC GIRARDIN; X. MARMIER; MERIMÉE; MERVILLE; Prince MESTCHERSKY; NISARD; Charles NODIER, de l'Académie française; Amédée PICHOT; Comte DE REMUSAT; Comte DE SAINT-AULAIRE; Comte Alex. DE SAINT-PRIEST; Baron TAYLOR; TROGNON; VILLEMAIN, de l'Académie française; Madame la Duchesse D'ABRANTÈS, etc., etc.

Cette importante collection se divisera par séries, divisées elles-mêmes en volumes. Le théâtre espagnol, *première* série, comprendra l'époque de Calderon, de Cervantes, de Lope de Vega, de Montalvan, de Moreto, de Rojas, de Solis, de Zamora, de Tirso de Molina, d'Alarcon, de Cubillo, de Cañizares et autres auteurs de tragédies *fameuses*, de comédies et de saynètes dont il n'a pas même été fait mention dans la première traduction des théâtres étrangers; la *seconde* série, plus moderne, commencera à Moratin et finira à Martinez de la Rosa.

Le théâtre anglais, qui offre quatre époques plus tranchées, aura *quatre* séries; la *première* comprendra les auteurs des règnes d'Élisabeth et de Jacques : Shakspeare et ses contemporains, Marlow, Decker, Heywood, Lilly, Green, Peel, Marston, Rowley, Middleton, Ben-Jonson, Massinger, Webster, Beaumont et Fletcher, Ford, Shirley, etc.

La *seconde* comprendra les auteurs des règnes des derniers Stuarts, de Guillaume et de la reine Anne, jusqu'à l'avénement de la maison de Hanovre : Lee, Howard, Dryden, Shadwell, Etheredge, Cibber, Vanbrugh, Congreve, Otway, Wycherley, Southerne, Lillo Farquhar, Centlivre, Gay, Addison, etc.

La *troisième* comprendra les auteurs qui ont écrit sous les Georges, jusqu'au moment de la révolution française, Fielding, Thomson, Murphy, Hughes, Foote, Goldsmith, Garrick, Colman, Home, Kelly, O'Keeffe, Bickerstaff.

Et la *quatrième* enfin, plus moderne, commencera à Sheridan et finira à son homonyme Sheridan Knowles encore vivant; elle comprendra Cumberland, Morton, Reynolds, Holcroft, Inchbald, Tobin, Colman J^or^, Shiel, Coleridge, Maturin, Milman, Bedoes, Joanna Baillie, Gay, Payne, Walter Scott, Byron, etc.

Dans le théâtre italien, la *première* série embrassera les vieilles pièces en remontant jusqu'à Machiavel; la *seconde*, l'époque de Goldoni; la *troisième*, celle d'Alfieri et de ses contemporains.

Le théâtre allemand, quoique presque aussi riche que le théâtre anglais, n'aura que deux séries à cause des dates : la *première* comprendra Lessing, Schiller, et leurs contemporains; la *seconde* Goëthe, Kotzebue, Werner, Mullner, et l'époque actuelle, Grabb, Raupach, Grillparzer, Iffland, Kleist, Kœrner, Zimmerman, etc.

Les autres théâtres n'auront chacun qu'une série, quoique nous ne manquions pas de pièces inédites pour compléter ce qu'on connait déjà en France des théâtres danois, hollandais, polonais, portugais, russe et suédois.

CONDITIONS.

Le THÉATRE EUROPÉEN est publié par livraisons, format grand in-8°.

Chaque pièce parait *complète* avec les notices et notes qui s'y rattachent.

Les notices sur les auteurs seront toujours placées en tête de la *première* pièce de chaque auteur, non la première dans l'ordre de la mise en scène, mais la première dans l'ordre de la classification des séries et des volumes. — Les notices sur les pièces précéderont chaque pièce.

Les pièces qui ont moins de *quatre* actes ne forment qu'*une seule* livraison.

Les pièces en *quatre* et en *cinq* actes forment *deux* livraisons.

Il parait régulièrement au moins *une* pièce, souvent *deux* pièces le *samedi* de *chaque semaine*, et alternativement de chacun des théâtres indiqués et de leurs diverses séries.

La couverture de chaque pièce et la *signature* au bas de chaque feuille, indiquent le *théâtre*, la *série* et le *volume* dont la pièce fait partie. Les pièces appartenant au même volume ont une pagination suivie.

La *première* pièce de chaque volume sera toujours accompagnee du *frontispice* du volume, à la fin duquel il sera donné une table des matières.

Prix de chaque livraison:

50 CENT. POUR PARIS; — 60 CENT. POUR LES DÉPART.; — 70 CENT. POUR L'ÉTRANGER.

On ne peut souscrire pour moins de *vingt-cinq* livraisons, payables d'avance aux prix ci-dessus. — Les souscripteurs sont servis à *domicile*.

On peut acquérir chaque pièce séparément.

THÉATRE

EUROPÉEN.

★

IMPRIMERIE DE E. DUVERGER,

4, RUE DE VERNEUIL.

★

THÉATRE EUROPÉEN

NOUVELLE COLLECTION

DES CHEFS-D'ŒUVRE DES THÉATRES

ALLEMAND, ANGLAIS, ESPAGNOL,
DANOIS, FRANÇAIS, HOLLANDAIS, ITALIEN, POLONAIS,
RUSSE, SUÉDOIS, ETC.

AVEC DES NOTICES ET DES NOTES

HISTORIQUES, BIOGRAPHIQUES ET CRITIQUES

PAR MM.

J. J. AMPÈRE; AVENEL; le baron DE BARANTE, de l'Académie française; BERR; CAMPENON, de l'Académie française,
Philarète CHASLES; CHATELAIN; Alissan DE CHAZET; Léonard CHODSKO; COHEN; DEFAUCONPRET; DELATOUCHE;
A. DE LATOUR; DENIS; Émile DESCHAMPS; Ernest DESCLOZEAUX; Alexandre DUMAS; Paul DUPORT;
Léon GOZLAN; GUIZARD; GUIZOT; DAMAS-HINARD; Jules JANIN; LEBRUN; LOÈVE-VEIMARS; MAGNIN;
SAINT-MARC GIRARDIN; X. MARMIER; MENNECHET; P. MÉRIMÉE; MERVILLE;
prince METSCHERSKY; Théod. MURET; NISARD; Charles NODIER, de l'Académie française; Amédée PICHOT;
comte DE RÉMUSAT; comte Jules DE RESSÉGUIER; comte DE SAINT-AULAIRE; Jules DE SAINT-FÉLIX;
comte Alexis DE SAINT-PRIEST; baron TAYLOR; TROGNON; VILLEMAIN, de l'Académie française;
Madame la duchesse D'ABRANTÈS; etc., etc

Théâtre Italien.

PREMIÈRE SÉRIE.

TOME I.

PARIS

ED. GUÉRIN ET Cie, ÉDITEURS, RUE DU DRAGON, 30.

1855

ORPHÉE

(Orfeo)

TRAGÉDIE LYRIQUE EN CINQ ACTES,

PAR POLITIEN.

NOTICE

SUR POLITIEN ET SUR SA TRAGÉDIE D'ORPHÉE.

En l'année 1472, le cardinal François de Gonzague, ayant été envoyé à Bologne, avec le titre de légat du pape, visita Mantoue, sa patrie. On remarquait à sa suite les deux Pic de la Mirandole et le jeune Ange Politien. Ce dernier qui n'avait alors que dix-huit ans, composa, en deux jours, pour les fêtes qui furent données à cette occasion, sa tragédie mythologique d'Orphée. Ce fut pour l'Italie le signal de la *renaissance* dans l'art dramatique.

Avant de parler de l'œuvre, il convient d'abord de placer ici quelques détails sur l'auteur. Après Dante, Pétrarque, le Tasse et l'Arioste, l'Italie nomme Politien. Si Politien est moins populaire dans le reste de l'Europe, il faut s'en prendre à la fausse direction qui fut donnée à son génie. Le meilleur de ce génie fut stérilement dépensé en travaux d'érudition et en compositions latines. Stérilement, disons-nous, non pas certes pour la poésie, mais pour la renommée et les facultés du poète. L'érudition a bonne part sans doute dans le glorieux réveil de l'esprit humain au quinzième siècle. Mais plusieurs contemporains de notre poète pouvaient tout aussi bien collationner des textes et publier des manuscrits. Lui mort, lequel d'entre eux était digne de continuer le *Tournoi de Julien*, ce beau poème inachevé?

Angelo Poliziano, que nous appelons Politien, naquit le 14 juillet 1454, à *Monte-Pulciano*, d'où il a tiré le nom qui lui est resté. Celui de sa famille était *Bassi*, *Cini*, quelques-uns disent *Ambrogini*. Son père n'était pas riche; toutefois il n'hésita pas à l'envoyer aux écoles de Florence. Le jeune Politien y fit en peu de temps des progrès rapides sous les maîtres les plus célèbres de l'époque. Grace aux leçons de Marsile Ficin, cet érudit qui écrivait en si beau latin, il eut bien vite touché les hauteurs de la philosophie platonicienne, et Argyropulo l'initia aux détours de la philosophie d'Aristote. Les premiers chants d'Homère traduits en vers latins témoignaient déjà dans cet enfant d'un sentiment poétique qui n'attendait qu'une occasion pour se produire. Elle se présenta en 1648; ce fut un tournoi où se distingua Julien de Médicis. Le poème de Politien fut-il composé cette même année? on n'ose le croire, en vérité; l'auteur n'avait alors que quatorze ans, et le poème est un chef-d'œuvre. Il est plus facile de concevoir que c'était là un beau souvenir, qui, à mesure qu'il s'éloignait dans le passé, s'idéalisait dans l'imagination du jeune homme et y prenait une grandeur épique.

Le renom que ses belles stances donnèrent à Politien lui ouvrit le palais des Médicis. Laurent lui confia l'éducation de ses deux enfants; l'un, depuis, gouverna Florence, l'autre fut Léon X. Lorsque Julien tomba, au pied de l'autel, sous le poignard des Pazzi, Politien laissa son poème à la quarante-sixième octave du second livre, pour raconter l'histoire de la conjuration qui venait de frapper son héros.

Pourvu par les Médicis d'abord d'un riche

prieuré, et ensuite d'un canonicat dans l'église métropolitaine de Florence, sa vie est heureuse et enviée. Il traduit Hérodien par ordre d'Innocent VIII, qui lui écrit pour le féliciter sur son travail, et lui envoie deux cents écus d'or. Les érudits de son temps lui cherchent souvent querelle, et il n'a pas trop pour accabler ses adversaires des mots les plus âpres de la langue latine. On lui donne une chaire publique dans laquelle il enseigne d'abord la littérature grecque et latine, et ensuite la philosophie, aux héritiers des plus nobles familles de l'Italie. On vient d'Angleterre pour l'entendre. Les trésors de l'antiquité reparaissent brillants et rajeunis, et la poussière qui les couvre s'envole au souffle de Politien et de Pic de la Mirandole, ce prince homme de lettres. Par les soins de ces deux grands esprits, auxquels il faut joindre Jean Lascaris, s'élève la bibliothèque Laurentienne. Politien est l'ame de tous ces travaux; mais la mort l'arrête au moment où il va écrire, en latin ou en grec, les expéditions des Portugais dans les Indes. Cette mort arriva le 24 septembre 1494. On a dit qu'elle le surprit dans le délire d'une passion honteuse. Croirons-nous plutôt avec Balzac que, dans un accès de désespoir, le malheureux poète se brisa la tête contre les murs de sa chambre? Quoi qu'il en soit, les détails de cette mort sont restés un mystère. Politien avait quarante ans.

Les critiques italiens ou autres des deux siècles derniers se sont peu occupés d'Orphée; il appartenait au nôtre de replacer cette gloire déchue au rang où tant d'autres sont remontées, de nos jours, après bien des années d'un injuste oubli. C'est après s'être doucement endormie au bercement de la muse de Métastase, c'est après avoir long-temps tressailli au rude accent de la voix d'Alfieri, c'est après s'être contemplée elle-même avec orgueil dans les deux sublimes créations de Manzoni, et avec douleur dans les scènes attendrissantes de Pellico-le-Martyr, que l'Italie s'est demandé tout à coup comment avaient commencé pour elle ces belles traditions du génie.

L'*Adelchi* de Manzoni l'a ramenée à l'*Orphée* de Politien.

Qui n'éprouverait, en effet, un charme singulier à surprendre dans sa source limpide et cachée ce fleuve de la poésie dramatique qui, en traversant les âges, les a réfléchis tour à tour dans leur grace mélancolique ou leur tragique magnificence? Après tant de profondes théories, de scènes ingénieusement entrelacées, de personnages heurtés avec art dans le mouvement d'une action vive et compliquée, on se repose avec délices à contempler une œuvre naïve. Non-seulement alors on ne reprochera pas au poète la nudité de sa fable et le dessin à peine indiqué de ses caractères, mais on lui saura gré de ses efforts les plus humbles, on se laissera volontiers intéresser à ses combinaisons les plus simples, on se retrouvera pour les douleurs les plus communes des larmes qu'on avait cru taries. A mesure que la littérature se fait plus savante il se révèle à nous, dans la primitive simplicité de ses inspirations naissantes, un attrait qui nous captive.

Puis, à prendre la question par son côté scientifique, n'aimera-t-on pas à rechercher sous quelle forme reparaît, après des siècles barbares, un art long-temps perdu parmi les hommes? La renaissance de l'art dramatique chez un peuple atteste dans la civilisation de ce peuple un immense progrès accompli, car elle signale dans les esprits un commencement d'abstraction philosophique. On sent que l'homme entrevoit enfin dans son existence individuelle le type idéal de l'humanité, puisqu'il le reconnaît avec joie sous les masques divers que lui impose la fantaisie du poète. Ce type, sans doute, dans l'origine, a des traits vagues encore et indécis. L'homme abstrait, dans le drame nouvellement conçu, tient moins de place que les croyances ou les habitudes intellectuelles de l'époque. Au moyen-âge, ces habitudes seront mythologiques, ces croyances seront catholiques: Orphée en Italie, en France les mystères.

On objectera peut-être que cela est vrai de la naissance de l'art, mais ne saurait l'être de la renaissance; que le présent doit avoir gardé souvenance du passé, le moyen-âge enfin des chefs-d'œuvre de l'antiquité. L'antiquité sans doute n'était pas morte tout entière au moyen-âge mais si elle se survivait à elle-même, ce n'était plus que dans quelques esprits cultivés; pour la foule elle n'existait pas. La Barbarie avait repris possession des masses, et, par la loi de son existence, l'art dramatique se place au point de vue de la foule; c'est en ce sens qu'il constate le progrès philosophique des intelligences.

Le drame en France et en Italie n'a pas eu mêmes commencements. Lorsque nos clercs de la basoche montèrent sur la scène, tout dans leurs pièces, invention et style, dénonçait l'enfance de l'art; le poète bégayait sa pensée; aucun modèle dans le passé immédiat, la langue même était à faire. De là, pour le lecteur, une singulière fatigue d'esprit que rachètent à peine quelques traits heureux épars çà et là. Tout au contraire, en Italie; lorsque Politien écrivit son Orphée, Dante et

Boccace avaient déjà passé, l'un dans la poésie, l'autre dans la prose italienne. Il en fut de même en Grèce; Eschyle, venu après Homère, trouva toute créée une langue souple et harmonieuse. Restait, si l'on veut, au génie de Sophocle la tâche de créer la langue dramatique proprement dite; toujours est-il qu'Eschyle n'eut pas à lutter contre l'indigence ou la rudesse d'un idiome informe encore.

Le charme particulier de l'Orphée, c'est ce contraste d'une expression élégante et choisie avec une pensée toute naïve.

On va s'étonner, sans aucun doute, qu'avec une langue ainsi faite un génie tel que Politien n'ait pas atteint plus haut que ce coup d'essai de l'Orphée; mais il serait facile de répondre qu'il ne faut pas chercher dans cette pièce la mesure de ce que pouvait alors le génie dramatique. L'Orphée, on le sait d'ailleurs, fut écrit en deux jours, par un jeune homme de dix-huit ans. Il n'est pas non plus invraisemblable que le poète, gêné par le voisinage de cet admirable épisode des Géorgiques, ait regardé comme un sacrilége d'ajouter quelque chose à la simplicité de la fable virgilienne. Ne disons pas: Voici ce qu'au quinzième siècle l'art dramatique pouvait faire en Italie; voici, dirais-je, ce qu'il a fait.

Ce qu'il a fait c'est une simple et touchante tragédie. Comme le poète ne s'est senti arrêté par aucune règle, il n'a reculé devant aucun des contrastes du sujet. Si l'action commence par une fraîche et suave élégie d'amour, elle s'achève parmi les bacchantes, qui s'enivrent sur la scène, autour de la tête sanglante d'Orphée. Entre ce dénouement terrible et cette exposition vraiment pastorale, le drame tout entier a passé pêle-mêle sous nos yeux: Orphée, Eurydice, Pluton, Minos, Proserpine.

Il semble que si le génie italien eût persévéré dans cette voie, l'Italie aurait eu plutôt, comme l'Angleterre, une scène libre et hardie. Il n'en est rien pourtant; le caractère de sa civilisation ne le voulait pas ainsi. L'art dramatique se métamorphose chez les peuples selon les phases successives de leur civilisation; il commence d'abord par cette facile et ignorante liberté qui est la condition nécessaire de son inexpérience; plus tard, noble et sévère, si la société se constitue aristocratiquement, il se fait aristocratique avec elle, resserrant autour d'une pensée unique le cercle étroit de ses personnages; si cette société vieillit, il vieillit avec elle, et lorsque, pour se rajeunir, elle se plonge tout entière dans la démocratie, il se retrempe comme elle à cette source de puissante jeunesse. S'il retourne alors à la liberté, ce n'est plus à l'inintelligente liberté de son premier essor, mais à cette liberté savante encore dans sa fougue, qui se joue, comme la nature dans ses œuvres, autour d'une forte et saisissante unité.

Comme la France, l'Italie a débuté par des inventions où se retrouve quelque chose du folâtre laisser-aller de l'enfance; comme la France encore, elle a noblement fourni la carrière aristocratique du drame, et la voici, comme elle, à son âge de transformation démocratique. Alfieri mort, Manzoni s'est levé, et Politien était venu avant l'un et l'autre.

Antoine de Latour.

ANGE POLITIEN

A MESSIRE CARLO CANALE, SALUT.

Les Lacédémoniens avaient coutume, très gracieux messire Carlo, s'il leur naissait un enfant débile ou estropié dans l'un de ses membres, de l'exposer aussitôt, et de ne pas souffrir que la vie lui fût laissée, regardant un pareil rejeton comme indigne de Lacédémone. Cette pièce d'Orphée ne méritait pas un autre sort. Je l'avais composée pour complaire à notre révérendissime cardinal de Mantoue, en deux jours de temps, au milieu d'embarras sans nombre, et je l'avais écrite en langue vulgaire, afin qu'elle fût mieux comprise des spectateurs. Je désirais donc qu'à l'instar du véritable Orphée elle fût incontinent déchirée, la sachant fille à rapporter à son père moins d'honneur que de honte, et plus propre à lui donner de l'humeur qu'à lui inspirer de la joie. Si, contre mon vœu, vous voulez la retenir en cette vie, vous et quelques autres que l'amitié aveugle sur mon compte, il me faut bien avoir égard à l'amour paternel et à votre désir, plutôt qu'au dessein raisonnable que j'avais formé. Ce n'est pas que ce désir n'ait bien son excuse; on peut dire en effet qu'étant née sous les auspices d'un maître si clément, elle a mérité par-là d'échapper à la loi commune. Qu'elle vive donc, puisqu'il vous plaît ainsi; mais je déclare hautement que votre compassion est une cruauté véritable; c'est mon jugement, et cette épître en fera foi. Vous savez le peu de temps qui m'a été donné, et si je fus maître de ne point obéir; c'est pourquoi je vous prie d'opposer votre puissant témoignage à quiconque voudrait accuser le père des imperfections de la fille. Adieu[1].

(1) Ce Carlo Canale était valet de chambre du cardinal. L'Orphée resta long-temps entre ses mains avant d'être imprimé, et il ne le fut jamais sous les yeux de l'auteur. De là toutes ces incertitudes du texte dont nous avons eu grand' peine à nous tirer. Nous avons suivi généralement l'édition publiée, je crois, en 1776, par le père Affo et collationnée sur deux manuscrits découverts de son temps.

N. du trad.

ORPHÉE

TRAGÉDIE LYRIQUE.

PERSONNAGES.

MOPSUS, ARISTÉE, TIRSIS, bergers.	PLUTON.
UNE DRYADE.	PROSERPINE.
CHOEUR DE DRYADES.	EURYDICE.
ORPHÉE.	TISIPHONE.
MNÉSILLE, satyre.	UNE MÉNADE.
	CHOEUR DE MÉNADES.

ARGUMENT.

Silence! écoutez. Il y eut autrefois un berger, fils d'Apollon, qui avait nom Aristée. Ce berger aima d'une ardeur si violente Eurydice, l'épouse d'Orphée, qu'un jour, la poursuivant par amour, il fut cause de sa cruelle et déplorable aventure; car pendant qu'Eurydice fuyait le long des eaux, un serpent la mordit, et la nymphe tomba morte.

Orphée, par ses chants, l'arracha de l'enfer; mais il n'eut pas la force de remplir la condition imposée, et celui qui avait rendu Eurydice la reprit. C'est pourquoi Orphée. menant une vie sombre et désespérée, ne voulut aimer aucune autre femme, et les femmes lui donnèrent la mort.

Maintenant, que chacun se tienne attentif aux actes qui vont suivre; il y en a cinq et ceci est l'argument.

ACTE PREMIER.

Les Bergers[1].

MOPSUS, ARISTÉE, TIRSIS.

MOPSUS.

As-tu vu un veau blanc de mon troupeau? Il a sur le front une tache noire, et roux est le poil qui lui couvre deux pieds, un genou et le flanc.

ARISTÉE.

Cher Mopsus, aucun troupeau n'est venu ce matin à cette fontaine; mais j'ai entendu mugir là-bas derrière la montagne.

Va, Tirsis, et regarde un peu si tu le verras. En attendant, Mopsus, tu resteras ici avec moi, car je veux que tu écoutes un instant ma plainte.

Hier j'ai vu, sous cet antre ombragé, une nymphe plus belle que Diane, et un jeune amant était avec elle.

(1) Chacun des actes de cette tragédie a son titre que nous avons essayé de traduire fidèlement. (N. du trad.)

A l'aspect de cette beauté surnaturelle, soudain mon cœur tressaillit dans ma poitrine et mon âme devint folle d'amour.

C'est pourquoi, cher Mopsus, pour moi il n'est plus de plaisir; sans cesse je pleure, toute nourriture m'est odieuse, et sans jamais dormir, je demeure étendu sur ma couche.

MOPSUS.

Si tu ne te hâtes, ô mon Aristée! d'éteindre cette torche amoureuse, bientôt tu verras troublée toute la paix de tes jours.

L'amour, sache-le bien, ne m'est pas chose nouvelle; je sais comme on le gouverne mal quand il est vieux. Porte vite remède à la blessure, maintenant que le remède peut guérir.

Si tu te soumets, ô Aristée! à la dure loi de l'amour, bientôt sortiront de ta tête et les abeilles, et les jardins, et les vignes, et les blés, et les pâturages, et les bergeries, et les troupeaux.

ARISTÉE.

Mopsus, tu donnes des conseils aux morts. Ne prodigue pas avec moi tes paroles, car aussi bien le vent les emporterait.

Aristée aime et ne veut pas cesser d'aimer; il ne cherche pas à guérir de si douces peines. Celui-là loue encore l'amour qui a le plus à s'en plaindre.

Mais si tu as quelque souci de mes désirs, accompagne ma voix avec ta flûte, et ensemble nous chanterons sous ces arbres touffus.

Le chant plaît à la nymphe que j'aime.

CHANT D'ARISTÉE.

Écoutez, ô forêts, écoutez mes douces paroles, puisque ma nymphe ne veut point les entendre!

La belle nymphe est sourde à mes plaintes, et dédaigne le son de mon chalumeau; mon troupeau en gémit, mon troupeau armé de cornes; il se refuse à baigner son museau dans l'onde pure, à effleurer l'herbe tendre, tant il s'afflige et s'attriste aux peines de son berger.

Écoutez, ô forêts, écoutez mes douces paroles!

Oui, le troupeau a souci de son berger, mais non la nymphe de celui qui l'aime. La belle nymphe a un cœur de rocher. De rocher? ah! plutôt de fer, ah! plutôt de diamant. Elle fuit toujours à mon approche, comme la jeune brebis devant le loup.

Écoutez, ô forêts, écoutez mes douces paroles!

Dis-lui, ô mon chalumeau! dis-lui comment avec les années s'en va la beauté rapide; dis-lui comme le temps nous détruit, sans que jamais renaisse le bel âge écoulé; dis-lui qu'elle use de sa beauté, que toujours ne fleurissent pas roses et violettes.

Écoutez, ô forêts, écoutez, mes douces paroles!

Portez, ô vents! ces vers harmonieux à l'oreille de ma nymphe; dites combien, pour elle, j'ai versé de larmes, et priez-la de n'être plus cruelle; dites que ma vie s'en va et se fond comme, au soleil, la gelée blanche du matin.

Écoutez, ô forêts, écoutez mes douces paroles, puisque ma nymphe ne veut pas les entendre!

MOPSUS.

Moins doux est le murmure des fraîches eaux qui tombent d'un rocher, moins douce la brise légère du vent dans les cimes murmurantes des pins, que n'est l'harmonie de tes chants, tes chants qui retentissent par tout le bocage. Si la nymphe les entend, elle viendra comme une jeune levrette.

Mais voici Tirsis qui redescend de la montagne.

ARISTÉE.

Eh bien! ce jeune veau, l'as-tu retrouvé?

TIRSIS.

Je l'ai retrouvé, et je voudrais qu'on lui eût tranché la tête; d'un peu plus il m'éventrait, car il s'en venait se heurter violemment à moi. J'ai fini cependant par le ramener à l'étable, et je puis dire qu'il n'a pas le ventre vide.

ARISTÉE.

Je voudrais bien savoir maintenant pourquoi tu as tant tardé à revenir.

TIRSIS.

Je me suis arrêté à contempler une charmante jeune fille qui va cueillant des fleurs autour de la montagne. Non jamais je n'en verrai une aussi belle, qui ait plus de grace dans ses mouvements, plus de fierté sur le front. Son chant est si doux, si douce sa parole, qu'elle ramènerait un fleuve vers sa source. Son visage est de neige et de rose, sa tête d'or, ses yeux sont noirs et son vêtement blanc.

ARISTÉE.

Demeure, ô Mopsus! je la veux suivre; c'est la jeune fille dont je t'ai parlé.

MOPSUS.

Prends garde, ô Aristée! qu'une trop grande hardiesse ne te mène à quelque triste événement.

ARISTÉE.

Il me faut mourir en ce jour ou savoir jusqu'où va la puissance de ma destinée. Reste, ô Mopsus! reste auprès de ces fontaines ; je veux aller à sa recherche derrière ces montagnes.

MOPSUS.

O Tirsis ! que te semble maintenant de ton maître? ne vois-tu pas qu'il a perdu le sens? Tu devrais bien lui dire une fois combien cet amour est honteux.

TIRSIS.

O Mopsus ! le devoir du serviteur est d'obéir ; et celui-là est insensé qui commande à son maître. Je sais qu'il est plus sage que nous. Garder mes bœufs et mes génisses, je ne sais faire autre chose.

ACTE DEUXIÈME.

Les Nymphes.

ARISTÉE, UNE DRYADE, CHOEUR DE DRYADES.

ARISTÉE.

Ne me fuis pas, ô jeune fille ! je t'aime tant, je t'aime plus que ma vie, plus que mon cœur !

Écoute, ô belle nymphe ! écoute ce que je viens te dire ; ne fuis pas, ô nymphe, j'ai tant d'amour pour toi !

Suis-je le loup ou l'ours ravisseur? non, je suis ton amant; ralentis donc ta course rapide.

Puisque toute prière est vaine et que toujours tu t'éloignes, il faut bien que je te poursuive ; prête, amour, prête-moi tes ailes.

UNE DRYADE.

Chères sœurs, ma voix vous apporte une lamentable nouvelle et telle que mon cœur se refuse presque à vous le dire.

Eurydice, la nymphe, est morte au bord du fleuve ; les plantes languissent autour de sa tête penchée, et l'onde émue cesse de murmurer.

L'ame voyageuse a quitté sa belle demeure, et la nymphe est là couchée, comme le blanc troène ou la fleur de la blanche épine.

Et l'on m'a dit la cause de sa mort, c'est un serpent qui l'a mordue au pied. La pensée de cette perte cruelle pèse tant à mon cœur que toutes je vous invite à pleurer avec moi.

CHOEUR DES DRYADES.

Que l'air résonne au loin de gémissements, car toute lumière lui est ravie, et que nos larmes élèvent les fleuves au niveau de leurs rives !

La mort a pris au ciel toute sa splendeur ; les étoiles ne sont que ténèbres. Avec la belle Eurydice, la mort a cueilli la fleur des nymphes.

Pleure, amour, pleure avec nous ; pleurez, bois et fontaines ; pleurez, ô montagnes ! et toi plante naissante sous laquelle repose celle qui n'est plus, courbe tes feuilles au murmure de nos plaintes.

Que l'air résonne au loin, etc.

Ah ! fortune barbare ! ah ! serpent cruel ! ah ! inexorable destinée !

Comme une rose coupée, comme un lis cueilli, elle languit dans la prairie. Comme il est pâle et inanimé ce visage dont la beauté faisait l'orgueil de notre âge ! Et maintenant elle est voilée, cette lumière qui avait coutume d'éclairer le monde.

Que l'air résonne au loin, etc.

Qui désormais chantera de si doux vers? Aux suaves accents de sa voix, les vents s'apaisaient, et maintenant, dans la douleur commune, ils murmurent leur plainte.

Que de plaisirs, que de beaux jours perdus avec les yeux brillants que la mort a éteints ! Que la terre s'emplisse de gémissements et que notre cri monte jusqu'au ciel, retentisse jusqu'à la mer !

Que l'air résonne au loin de gémissements, car toute lumière lui est ravie, et que nos larmes élèvent les fleuves au niveau de leurs rives !

UNE DRYADE.

Orphée, sans doute, est celui qui arrive à la montagne, avec sa lyre à la main ; son aspect est si calme qu'il croit encore, on le voit bien, son Eurydice vivante.

Je lui apprendrai la triste et douloureuse nouvelle, et plus amère sera la peine qui frappera son cœur si la blessure est soudaine et inattendue.

La mort a brisé le nœud de l'amour le plus noble que la nature ait jamais formé dans le monde ; elle a éteint la flamme dans sa plus douce ardeur.

Passez, mes sœurs, allez aux pâturages ; celle qui n'est plus, Eurydice, est derrière la montagne ; couvrez-la de fleurs et de verdure.

Je porte à celui-ci la déplorable nouvelle.

ACTE TROISIÈME.

Les Héros.

ORPHÉE, LA DRYADE, MNÉSILLE, SATYRE.

ORPHÉE. *Il chante en vers latins.*

Muse, chantons les triomphes et les exploits d'Hercule, et les monstres terrassés par son bras redoutable ;

Comment il étouffa deux serpents dans son berceau, et, avec un fier sourire, les montra à sa mère tremblante, l'intrépide enfant !

LA DRYADE.

Je t'apporte une triste nouvelle, Orphée; ta belle nymphe n'est plus. Elle fuyait devant Aristée; lorsqu'elle est arrivée au bord du fleuve, un serpent venimeux et maudit, caché parmi les herbes et les fleurs, l'a piquée au pied, et la blessure a été si cruelle, si terrible, qu'une même heure a mis fin à la course et à la vie d'Eurydice.

MNÉSILLE.

Vois avec quel désespoir l'infortuné s'éloigne ; la douleur lui ôte la parole. Sur quelque rive solitaire, loin du monde, il s'en va déplorer sa cruelle destinée ; je veux le suivre, et voir s'il est vrai qu'à ses gémissements la montagne s'émeuve.

ORPHÉE.

Pleurons, pleurons maintenant, ô lyre inconsolée ! le chant accoutumé ne sied plus à mes lèvres. Pleurons tant que le ciel tournera sur les pôles, et que Philomèle le cède à nos accents plaintifs ! O ciel, ô terre, ô mer ! ô sort déplorable ! où trouver la force de supporter une telle douleur ! Eurydice, mon Eurydice, ma belle Eurydice, ma vie ! sans toi que faire en ce monde?

Je veux aller aux portes du Tartare ; je veux éprouver si l'on trouve merci chez les morts. Peut-être avec des vers pleins de larmes, ô chère lyre ! nous changerons la sévère destinée. La mort peut-être deviendra sensible ; une fois déjà nos chants ont eu le don d'émouvoir la pierre, d'assembler en un même lieu et le tigre et la biche, d'attirer les forêts et de faire rebrousser les fleuves.

MNÉSILLE.

Moins aisément, hélas ! s'émeut le fuseau des Parques impitoyables, ou la porte d'airain du Tartare, et je vois clairement qu'elle sera bien courte la vie de cet infortuné. S'il descend aux enfers, jamais il ne remontera parmi les vivants. Il ne faut pas s'étonner qu'il perde la lumière, celui qui a pris l'aveugle amour pour guide.

ACTE QUATRIÈME.

Les Morts.

ORPHÉE, PLUTON, PROSERPINE, EURYDICE, TISIPHONE, MINOS.

ORPHÉE.

Pitié, pitié, pitié, pour un malheureux amant, ô esprits de l'enfer ! L'Amour seul m'a conduit vers vous ; c'est avec les ailes de l'Amour que je suis venu sur ces bords. Arrête, ô Cerbère ! calme ta fureur ; lorsque tu apprendras l'excès de mes maux, tu gémiras avec moi, et non-seulement toi, ô Cerbère ! mais quiconque habite le monde aveugle.

Pourquoi, ô Furies ! ces mugissements à ma vue? pourquoi hérisser tous vos serpents? Que si vous saviez mes peines amères, vous uniriez vos plaintes aux miennes. Laissez passer ce pauvre infortuné qui a contre lui le ciel et tous les éléments, et qui vient demander merci à la mort. Ouvrez-lui donc les portes de fer.

PLUTON.

Qui donc, avec une lyre d'or, a fait tourner sur ses gonds la porte redoutable et arraché des larmes aux morts ? Je vois la roue d'Ixion immobile, je vois Sisyphe assis sur son rocher, et les filles de Bélus, debout, leur urne vide à la main ; l'onde a cessé de fuir les lèvres de Tantale ; je vois Cerbère attentif avec sa triple gueule et les Euménides apaiser le cri lamentable de leur fureur.

MINOS.

Ce mortel vient à nous contre la loi des destinées, qui ne laisse pas arriver ici de chair qui n'ait vécu. Peut-être, ô Pluton ! porte-t-il avec lui quelque piége caché, pour te dérober l'empire des morts. Tous ceux qui passeront comme lui cette porte qu'on ne repasse plus, l'ont toujours fait à ta honte et pour te nuire. Prends bien garde, ô Pluton! je crains ici quelque ruse perfide.

ORPHÉE.

O dominateurs de toutes les générations qui ont perdu la lumière éthérée, vous dans l'empire de qui descend ce que la nature, ce que les éléments enfantent sous le ciel, écoutez la cause de mes plaintes! L'Amour compatissant a guidé mes pas vers vous; ce n'est pas pour enchaîner Cerbère que je viens en ces lieux, mais pour redemander une épouse bien-aimée.

Une vipère cachée entre les herbes et les fleurs m'a ravi mon épouse et mon cœur en même temps; c'est pourquoi je passe ma vie dans la peine amère et ne puis plus résister à la douleur. Ah! s'il est encore en vous quelque souvenir de votre noble et antique amour, si vous avez encore présent à la pensée cet enlèvement d'autrefois, rendez-moi ma belle Eurydice, mon Eurydice.

Toute chose en son temps retourne à vous; toute vie mortelle qui s'élève retombe aux enfers; tout ce qu'embrasse le croissant de la lune arrive tôt ou tard à vos contrées. Nous séjournons là-haut plus ou moins d'années, et il faut ensuite que chacun chemine en cette route; ce terme est le dernier qu'atteignent nos pas. Puis vous régnez sur nous, et votre règne est éternel.

Que la nymphe que j'aime soit réservée à votre empire, quand la nature elle-même aura voulu son trépas; mais vous avez livré au tranchant de la faux cruelle la vigne tendre, le raisin âpre encore. Quel est celui qui moissonne ses semences en herbe, et qui n'attend pas leur maturité? Rendez-moi donc mon espérance; ce n'est pas un don, c'est un prêt que j'implore de vous.

Je vous en conjure par les noirs marais du Styx et de l'Achéron, par le chaos d'où sortit le monde tout entier, par la voix retentissante de l'impétueux Phlégéton, par les fruits, ô Reine, qui firent ta joie, le jour où, pour la première fois, tu quittas l'horizon des mortels! Si le sort ennemi me la refuse, je ne veux pas retourner sur la terre; je demande la mort.

PROSERPINE.

Je ne croyais pas, ô mon époux! que la pitié dût un jour entrer dans cet empire. Maintenant je la vois régner dans notre cour, et je m'en sens le cœur tout ému. Ce ne sont pas les seuls condamnés, c'est la mort elle-même qui s'attendrit aux cruelles infortunes de cet homme. Laisse donc se désarmer pour lui la rigueur de ta loi, en faveur de ses chants, de son amour et de ses justes prières.

PLUTON.

Je te la rends, mais à la condition que tu la précéderas dans le noir sentier des ombres, et que tu ne verras pas son visage qu'elle ne soit arrivée parmi les vivants. Sache donc modérer le feu de tes désirs, ô Orphée! sinon ton Eurydice te sera aussitôt ravie. J'incline avec joie devant une lyre si harmonieuse la puissance de mon sceptre.

ORPHÉE. *Il chante des vers latins.*

Allez, entrelacez-vous autour de mes tempes, lauriers de la victoire, car nous avons vaincu. Eurydice m'a été rendue, et la vie avec Eurydice.

Est-il conquête plus digne des honneurs du triomphe? Viens, approche, ô triomphe acheté par mes chants!

(Orphée se retourne pour voir Eurydice.)

EURYDICE.

Hélas! hélas! l'excès de ton amour nous arrache l'un à l'autre! Voici que de nouveau une violence irrésistible me sépare de toi, et désormais je ne t'appartiens plus! Je veux tendre les bras vers toi; mais je ne puis; je sens qu'on m'entraîne en arrière. Orphée, mon Orphée, adieu!

ORPHÉE.

Qui donc impose aux amants de ces lois cruelles? N'y a-t-il aucun pardon pour un regard plein d'amour et de désir? Mon bien m'est ravi de nouveau. et la joie immense de mon cœur n'est plus que deuil maintenant. Ah! retournons à la mort une seconde fois.

TISIPHONE, *l'arrêtant.*

Ne va pas plus avant; vaines sont tes larmes et tes paroles. Eurydice ne peut accuser que toi de son malheur. et sa plainte est bien légitime. Inutiles sont tes vers, inutiles tes chants. N'avance pas! arrête! La loi des enfers est inexorable.

ACTE CINQUIÈME.

Les Bacchantes.

ORPHÉE, UNE MÉNADE, CHOEUR DE MÉNADES.

ORPHÉE.

Où trouver maintenant un chant si lamentable qu'il égale la douleur de la perte que j'ai faite? Comment trouver, hélas! assez de larmes pour pleurer éternellement ma détresse mortelle? Je resterai triste et inconsolable dans mon deuil, aussi long-temps que les dieux me tiendront dans la vie; et puisque si cruelle est ma destinée, non, je ne veux plus aimer aucune femme.

. . . .

Que nul ne vienne me parler des femmes, puisqu'elle est morte celle qui eut mon cœur. Si l'on veut vivre en paix avec moi, que jamais on ne me parle d'aimer aucune femme!

Qu'il est à plaindre celui qui livre sa volonté au caprice d'une amante, qui s'attriste ou se réjouit à cause d'elle, qui pour elle se dépouille de sa volonté, et croit à ses beaux semblants ou à ses paroles! Moins légère que la femme est la feuille qu'emporte le vent; mille fois le jour elle veut et ne veut plus. Elle s'attache à qui la fuit et se dérobe à qui la recherche; elle va et revient, comme le flot à la rive.

UNE MÉNADE.

Ohé! ohé! mes sœurs; voici celui qui méprise notre amour; venez et donnons-lui la mort. Toi, jette-lui ton thyrse; toi, prends et lance-lui ce rameau; toi, cette pierre; toi, cette flamme; toi, cours et déracine cet arbre! Ohé! ohé! qu'il porte la peine de son crime, le farouche mortel! Ohé! arrachons-lui le cœur de la poitrine! Meure, meure, l'impie! qu'il meure!

LA MÊME, *après qu'Orphée a été tué.*

Ohé! l'impie est mort! Evohé! Bacchus! je te rends grace! Nous l'avons déchiré et traîné par les bois, et tous les rejetons de la forêt sont rassasiés de son sang. Nous avons, lambeau par lambeau, arraché, outragé ses membres. Qu'il vienne encore maudire les torches saintes d'hyménée. Evohé! Bacchus! reçois cette victime!

CHOEUR DES MÉNADES.

Que chacun te suive, ô Bacchus! Bacchus! Bacchus! Evohé!

C'est pour te servir, ô Bacchus! c'est pour répondre à ton appel, que nous avons ainsi couronné nos têtes du lierre verdoyant, prêtes la nuit, prêtes le jour, pour tes mystères. Buvons, Bacchus est ici; laissez-moi boire.

Que chacun te suive, ô Bacchus! Bacchus! Bacchus! Evohé!

Voici déjà ma corne vidée; passez l'amphore de ce côté; cette montagne tourne autour de moi, ou c'est ma tête qui tourne ainsi. Que chacune de vous courre de côté et d'autre, comme elle me voit faire.

Que chacun te suive, ô Bacchus! Bacchus! Bacchus! Evohé!

Déjà je me meurs de sommeil; suis-je donc ivre, oui ou non? Mes pieds ne peuvent tenir plus long-temps. Vous êtes ivres, je le vois. Faites toutes ce que je fais; toutes buvez comme je bois.

Que chacun te suive, ô Bacchus! Bacchus! Bacchus! Evohé!

Criez toutes, Bacchus! Bacchus! du vin, du vin encore; puis nous tomberons endormies. Bois, toi, et toi, et toi; je ne puis danser plus long-temps. Crions toutes Evohé!

Que chacun te suive, ô Bacchus! Bacchus! Bacchus! Evohé!

FIN D'ORPHÉE.

L'UN POUR L'AUTRE

(I Suppositi)

COMÉDIE EN CINQ ACTES,

DE L'ARIOSTE.

COMPOSÉE VERS 1494, MISE EN VERS PAR L'AUTEUR EN 1512 OU 1513, ET REPRÉSENTÉE A LA COUR DE FERRARE, VERS L'ANNÉE 1526.

NOTICE SUR L'ARIOSTE

ET SES PRODUCTIONS DRAMATIQUES.

On est assez habitué, en France surtout, à ne voir dans l'Arioste que l'auteur de *Roland furieux*. Il arrive ainsi, pour les écrivains dont la gloire se fonde principalement sur un ouvrage hors de ligne, que l'éclat de leurs chefs-d'œuvre engloutisse dans ses rayons toutes les autres productions sorties de la même plume, fussent-elles dignes d'une si brillante parenté. Tout le monde a lu la magnifique épopée de l'Homère de Ferrare; Roland, Renaud, Astolphe, Bradamante, Angélique, ont acquis un renom populaire. Mais les personnes qui ont fait de la littérature italienne une étude spéciale, sont à peu près seules à connaître les poésies diverses de l'Arioste, ses satires si vives et si spirituelles, et surtout ses comédies, qui ont signalé les premiers jours de la renaissance du théâtre en Italie, et dans lesquelles brille à un si haut degré le caractère du génie de leur auteur. On sera curieux, sans doute, de juger le chantre de Roland dans un genre de composition où il s'est essayé avant même Machiavel, que l'on est habitué à regarder comme le créateur de la comédie italienne. Après avoir rappelé, dans cette notice, les principaux faits qui se rattachent à la vie de l'Arioste, c'est donc surtout le poète comique que nous devons considérer en lui.

Louis Arioste naquit à Reggio, dans le duché de Ferrare, le 8 septembre 1474. Il était fils de Niccolo Ariosto, gentilhomme ferrarais, issu d'une famille d'origine bolonaise. Niccolo Ariosto exerça divers emplois honorables à la cour de son souverain. Il fut employé dans plusieurs missions diplomatiques importantes, avant d'obtenir la place de commissaire ducal dans la Romagne, puis celle de juge du premier tribunal de Ferrare. Daria de' Malagucci [1], sa femme, demoiselle noble de Reggio, lui donna dix enfants, cinq filles et cinq fils, Louis, Charles, Galéas, Alexandre et Gabriel. La fortune qu'il laissa ne put fournir qu'un patrimoine assez mince à un si grand nombre d'héritiers.

Louis Arioste était l'aîné de tous ces enfants. Il manifesta de très bonne heure son goût pour la poésie. Nous devons remarquer que ce fut vers la poésie dramatique que ce goût se porta d'abord; encore enfant l'Arioste arrangea l'histoire de Pyrame et de Thisbé en scènes versifiées, et quand ses parents étaient sortis, il représentait avec ses frères et sœurs, ces essais vraiment précoces.

L'Arioste fit ses classes à Ferrare, dont l'Université jouissait alors d'une grande ré-

[1] Quelques auteurs l'appellent *Reggiana*.

putation. Quand elles furent terminées, son père voulut qu'il étudiât le droit. Ses goûts étaient loin de le porter vers la jurisprudence; aussi l'étudia-t-il assez mal, comme tout ce que l'on apprend à contre-cœur. Il consuma cinq ans dans ces travaux fastidieux pour lui, et par cela même infructueux. Enfin on lui permit de les quitter pour retourner aux études littéraires qu'il préférait infiniment; il avait alors vingt ans. Ce fut à cette époque, en expliquant Plaute et Térence, qu'il composa ses deux premières comédies, *la Casaria* et les *Suppositi*. Dans le temps qu'il s'occupait de *la Cassaria*, son père lui fit, pour quelque étourderie de jeunesse, une longue et grave réprimande. L'Arioste écoutait avec une attention profonde, sur laquelle le père se méprenait très probablement; c'était à sa comédie que songeait l'Arioste. Il avait justement à mettre en scène un père qui grondait son fils, et quand la réprimande fut finie il écrivit la scène d'après nature. Il suffit de cette anecdote pour montrer que l'Arioste était né poète comique.

Quelques années après, en 1500, l'Arioste perdit son père, qui laissa des affaires assez embarrassées; néanmoins, le jeune auteur n'interrompit pas ses travaux littéraires. Ce fut vers ce temps qu'il composa la plus grande partie de ses poésies italiennes et latines. Elles le firent connaître du cardinal Hyppolite d'Est, fils du duc Hercule, qui se l'attacha comme gentilhomme ordinaire. Ce cardinal, et après lui son frère Alphonse, successeur d'Hercule, employèrent l'Arioste à plusieurs missions difficiles et délicates, dont il s'acquitta avec beaucoup d'intelligence et de courage, principalement d'une ambassade auprès du pape Jules II. Il ne se distingua pas moins dans un combat contre les Vénitiens, alors en guerre avec le duc de Ferrare.

L'Arioste commença en 1505 son *Roland furieux*, publié en 1516. Ce chef-d'œuvre fut plus profitable à sa gloire qu'à sa fortune; car le duc Alphonse ne le récompensait guère de ses ouvrages et de ses services que par des faveurs à peu près honorifiques, quoique la fortune de l'Arioste fût loin d'être brillante. En 1522 il le chargea d'aller pacifier la Garfagnana, petit pays des États de Ferrare, infesté par des brigands. Ce fut là que se passa l'histoire connue de ce chef de voleurs, nommé *Pacchione*, qui ayant arrêté un jour le poète, ne l'eut pas plutôt entendu se nommer, qu'il lui prodigua toutes les marques possibles d'admiration et de respect, au lieu de le dévaliser. Nos voleurs d'aujourd'hui se montreraient, en pareil cas, beaucoup moins littéraires.

Au bout de trois ans l'Arioste, ayant terminé sa mission, revint à Ferrare. Le duc, très occupé en ce moment de spectacles, lui et sa cour, donna à l'Arioste un emploi plus conforme à ses goûts en le chargeant de la direction de ces fêtes. Le goût du théâtre était alors général en Italie; c'était une nouveauté que les plaisirs scéniques. L'Arioste se souvint alors de ses deux comédies, composées l'une et l'autre à l'âge de vingt ans, vers 1494, c'est-à-dire avant que l'on eût fait aucun essai comique régulier; car *la Mandragore* de Machiavel et *la Calandra* du cardinal Bibbiena ne datent que du commencement du seizième siècle. L'Arioste, douze ou quinze ans auparavant avait retouché et mis en vers la *Cassaria* et les *Suppositi*, écrits originairement en prose. Ces deux pièces, ainsi que deux autres comédies le *Négromante* et la *Lena*, furent représentées sur un théâtre construit exprès, d'après les dessins de leur auteur. Les seigneurs de la cour de Ferrare jouaient les rôles, et le prologue de la *Lena* fut même récité par un des fils du duc Alphonse. Pour ces mêmes fêtes théâtrales, l'Arioste traduisit en prose deux comédies de Térence, l'*Andrienne* et l'*Eunuque*; ces deux versions, précieuses par le nom du traducteur, sont malheureusement perdues. L'Arioste s'occupait toujours de perfectionner son grand poème. Le travail forcé qu'exigea de lui une nouvelle édition de *Roland furieux*, publiée en 1532, lui causa une maladie qui, traitée par trois médecins avec des remèdes différents, le conduisit au tombeau le 6 juin 1533, à l'âge de cinquante-huit ans et neuf mois. Il fut enterré dans l'église Saint-Benoît de Ferrare, très simplement, comme il l'avait recommandé. En 1572, un gentilhomme ferrarais nommé *Agostino Mosti*, qui avait été son disciple, lui fit ériger dans l'église des Bénédictins un tombeau de marbre, où il transporta de ses propres mains les restes de son maître, au milieu des chants religieux et d'une pompe imposante et solennelle. Quarante ans après, un petit-fils du poète, nommé aussi Louis Arioste, enchérissant sur Agostino Mosti, fit élever à son aïeul un tombeau beaucoup plus magnifique, qui se voit encore à Ferrare.

L'Arioste avait une figure régulière, belle et animée, empreinte d'une expression d'esprit et de bonté; il était grand et bien fait. D'après tous les auteurs qui ont écrit sa vie, il était serviable, gai, sans orgueil, attaché à son prince et à son pays, préférant aux grands repas et aux réunions d'apparat la société de quelques amis qu'il égayait par ses saillies. Comme la plupart des poëtes, il était assez distrait ; car un jour, se trouvant à Carpi, à plusieurs lieues de Ferrare, il sortit le matin pour se promener, en robe de chambre et en pantoufles ; et toujours pensant à ses vers, il fut fort étonné quand il se vit arrivé le soir à Ferrare dans cet équipage. Son plus grand bonheur était de s'occuper de son jardin et de sa maison; sans cesse plantant, semant, changeant la distribution des appartements ; il aimait de prédilection ce jardin et cette maison. Il avait fait graver, au-dessus de la porte d'entrée, le distique suivant :

Parva, sed apta mihi, sed nulli obnoxia, sed non
Sordida, parta meo sed tamen ære domus[1].

L'Arioste ne fut jamais marié ; mais il ne laissait pas que d'avoir dans le caractère quelque chose de l'humeur galante de ses paladins, car il eut deux fils naturels ; l'un, Virginio, qui embrassa l'état ecclésiastique; l'autre, Jean-Baptiste, qui obtint le grade de capitaine dans les troupes ferraraises. Au reste, l'Arioste, sur le chapitre de la galanterie, fut toujours d'une discrétion rare; car on ne sait pas même le nom de ses maîtresses. Il se servait habituellement d'un encrier orné d'un petit amour de bronze, qui, le doigt sur les lèvres, semblait commander un silence discret.

Pour ce qui est des ouvrages de l'Arioste, nous ne parlerons ici que de ses pièces de théâtre. Aux quatre comédies que nous avons citées plus haut, il faut en ajouter une cinquième, la *Scolastica ;* mais il ne l'acheva pas ; ce fut, après sa mort, son frère Gabriel qui la termina. Comme elle n'est pas entièrement de l'Arioste, la *Scolastica* n'a pas été admise par l'Académie de la Crusca au nombre des ouvrages qui font autorité en matière de langue, au lieu que ses quatre autres pièces ont reçu cet honneur. C'est qu'en effet, c'est le pur idiome toscan avec toute son élégance. L'Arioste, qui avait fait une étude approfondie de Plaute et de Térence, leur emprunta le fonds et le genre de ses pièces ; dans les *Suppositi*, par exemple, il a imité à la fois les *Captifs* du premier et l'*Eunuque* du second, transporté depuis sur la scène française par Brueys et Palaprat sous le titre du *Muet*. Dans l'Arioste ce sont, comme dans les deux poëtes latins, des intrigues d'amour conduites par des valets rusés, type original de nos *Frontins* et de nos *Crispins;* des vieillards crédules dupés et des reconnaissances de roman pour terminer l'ouvrage, genre de dénouement dont Molière lui-même ne s'est pas toujours gardé, entre autres dans *l'École des Femmes*. Mais ce qui est bien à l'Arioste, ce qui est bien véritablement italien, c'est la gaîté et le naturel du dialogue, le comique des détails, où se retrouvent des particularités piquantes sur les mœurs du pays et de l'époque.

Les cinq pièces de l'Arioste se ressemblant beaucoup pour le fonds et la couleur, nous avons dû nous borner à en donner une, comme témoignage de la flexibilité du génie du chantre de *Roland* et comme monument littéraire. Dans notre choix en faveur des *Suppositi*, nous avons été guidés par l'avis d'un grand nombre de critiques italiens distingués, particulièrement de *Crescimbeni*, qui assignent à cette pièce le premier rang parmi celles de son auteur. Malgré tout notre respect pour le texte, force nous a bien été de le modifier dans quelques passages, où la licence des mœurs italiennes de ce temps et la liberté qu'elle avait introduite dans les idées et les expressions se montraient un peu trop crûment ; mais personne ne nous reprochera sans doute ces adoucissements nécessaires pour le public français.

Il y a pour nous un intérêt tout national à découvrir dans les auteurs étrangers les sources où se sont inspirés quelquefois nos grands poëtes. Ainsi, au premier acte, nous avons cité en note un fragment de *l'Avare*, évidemment imité de la comédie de l'Arioste ; et ce serait déjà un honneur que d'avoir fourni quelque chose à Molière, qui avait fait des littératures étrangères une si profonde étude.

On trouve dans cette comédie plusieurs passages qui sont intéressants à remarquer sous le rapport du talent d'observation et de la liberté de critique dont ils font foi chez un auteur de vingt ans ; nous avons vu que tel était l'âge de l'Arioste quand il écrivit en prose ses deux premières pièces. Les traits sur les magistrats, sur les avocats, sur l'avidité des employés du fisc ne sont pas applicables seulement à l'époque de l'Arioste ; ils prouvent que les gouvernements italiens du seizième siècle étaient assez accommodants en fait de liberté théâtrale. Il est même curieux que des observations fort piquantes sur les agents du pouvoir aient déridé toute la cour du duc de Ferrare, et même que les seigneurs de cette cour, chargés des rôles, comme nous l'avons vu, servissent d'interprètes à ces traits de satire. Au reste l'Arioste traitait aussi fort cavalièrement les superstitions de son époque, témoin le *Negromante*,

(1) Petite, mais bâtie à ma guise, mais ne dépendant de personne, mais propre et acquise de mes deniers.

où il se permet de railler l'astrologie, témérité assez grande dans un temps où il n'était guère de cour qui n'eût son astrologue en titre.

Il est une observation que feront peut-être un grand nombre de lecteurs sur les *Suppositi*, et à laquelle nous ne répondons ici que parce que la réponse se rattache encore aux mœurs du temps. On s'étonnera qu'Erostrate, caché sous le nom et la condition d'un valet, ne reprenne pas son nom et sa qualité pour demander lui-même la main de Polyneste, au lieu de la faire demander par Dulippe, qu'il a revêtu de son nom, et qu'il n'évite pas ainsi les chances d'une intrigue hasardeuse. C'est là une objection fondamentale, car sur cette substitution du maître au valet et du valet au maître roule la pièce tout entière. Nous y voyons une réponse très simple et très concluante, quoiqu'elle ne soit pas en faveur de la moralité d'Erostrate; c'est qu'il voulait être l'amant et non pas le mari de la fille de Damonio, et que le rôle qu'il faisait jouer à Dulippe n'était qu'un moyen de prolonger sa position auprès de Polyneste en traversant son mariage avec le docteur, sans se soucier de cette union pour lui-même. Si le mariage final vient satisfaire à la moralité dramatique, c'est qu'Erostrate ne peut refuser cette réparation à Damonio.

Du reste la cour de Ferrare ne se scandalisait pas le moins du monde des mœurs peintes dans les *Suppositi*. C'est donc l'époque où vivait l'Arioste, bien plus que l'Arioste lui-même, qu'il faut accuser de leur excessive liberté.

Selon l'usage que les auteurs italiens de cette époque avaient emprunté aux comiques latins, la comédie des *Suppositi* est précédée d'un prologue, espèce de compliment ou d'annonce adressée aux spectateurs par un acteur; mais celui-ci roule tout entier sur les diverses significations du substantif *supposizione* et du verbe *supporre*, dont le participe passé *suppositi* est pris ici dans le sens de *mis à la place l'un de l'autre*. Ces diverses significations ne se retrouvent pas dans le verbe français *supposer*, ni dans le substantif *supposition;* de sorte que les équivoques et les plaisanteries de l'Arioste sont complètement impossibles à rendre. Comme plusieurs de ces plaisanteries offrent une nouvelle preuve du peu de scrupule du public d'alors, nous dirons même qu'elles sont doublement intraduisibles.

THÉODORE MURET.

L'UN POUR L'AUTRE

COMÉDIE.

PERSONNAGES.

DAMONIO, père de Polyneste.
EROSTRATE, sous le nom de Dulippe.
CLÉANDRE, docteur.
PASIPHILE, parasite.
DULIPPE, sous le nom d'Erostrate.
PHILOGON, vieillard.
Un Siennois.
Un Ferrarais.
DALIO, cuisinier.
CAPRINO, petit laquais du faux Erostrate.
CHARION, domestique de Cléandre.
NEVOLA, domestique de Damonio.
LITIO, domestique de Philogon.
Un domestique du Siennois.
POLYNESTE, fille de Damonio.
La nourrice de Polyneste.
PSITERIA, servante.

La scène est à Ferrare. – Le théâtre représente une place publique où se trouvent la maison de Damonio et celle qu'habite Dulippe sous le nom d'Erostrate.

ACTE PREMIER.

SCÈNE I.

POLYNESTE, LA NOURRICE.

LA NOURRICE, *sortant de la maison de Damonio, à Polyneste qui la suit.*

Personne ici ! Viens, sors, Polyneste. Regardons avec soin aux alentours pour nous assurer que nul ne peut nous entendre et que nous pouvons ici du moins causer en liberté. Dans cette maison, les bancs, les tables, les coffres, les lits ont, je crois, des oreilles.

POLYNESTE, *ironiquement.*

Et pourquoi n'ajoutez-vous pas à cette liste d'espions, les urnes, les casseroles, les pots, les bocaux, tous les ustensiles de ménage ?

LA NOURRICE.

Tu ris ?... Vraiment mieux vaudrait que ta tête fût moins folle et daignât suivre mes conseils. Je te l'ai dit mille fois ; prends garde que l'on surprenne tes entretiens avec Dulippe.

POLYNESTE.

Et pourquoi craindrai-je que l'on me voie lui adresser la parole aussi bien qu'à tout autre ?

LA NOURRICE.

A merveille ! agis à ta guise, et par tes imprudences perds à la fois Dulippe, et moi, et toi-même !

POLYNESTE.

Ah ! bon Dieu ! mais le danger est donc bien terrible?

LA NOURRICE.

Tu ne t'en apercevras que trop bien ! Il devrait de suffire, à ce qu'il me semble, que chaque nuit mes soins te ménagent secrètement avec lui de douces entrevues. Si je me mêle de cette intrigue, c'est bien malgré moi, je te l'assure. Je voudrais de grand cœur que ton amour eût fait un choix plus honorable. Lorsque tant de nobles jeunes gens se seraient disputé tes regards et ta main, comment te pardonner d'avoir jeté les yeux sur un misérable valet de ton père, folle passion dont tu ne peux attendre que honte et reproches !

POLYNESTE.

Mais cette passion, n'est-ce pas vous qui l'avez fait naître dans mon cœur ? En me parlant sans cesse, tantôt de la beauté de ses traits, tantôt de l'élévation de ses sentiments, en m'entretenant de l'amour qu'il éprouvait pour moi, n'est-ce pas vous qui, peu à peu, m'avez fait songer à lui? si bien que vous n'avez pas pris de repos avant que j'eusse partagé cet amour.

LA NOURRICE.

Il est vrai, je vous ai parlé en sa faveur, tant il me faisait pitié, le pauvre garçon, et tant il me suppliait avec instances.

POLYNESTE.

Oui, sans parler de la pension et des cadeaux que votre complaisance vous a rapportés.

LA NOURRICE.

Crois-en là-dessus ce qu'il te plaira; mais sois bien certaine que, si j'avais deviné l'imprudence de ta conduite, prières, pitié, pension, récompenses, rien n'aurait pu tirer de ma bouche un seul mot en faveur de Dulippe.

POLYNESTE.

Qui donc, si ce n'est ma nourrice, l'a introduit dans mon appartement, m'a livrée à lui?... Ah! vous me feriez dire des paroles dont je rougirais!

LA NOURRICE.

Eh bien! tu pourras m'attribuer tous les malheurs qui résulteront pour toi d'une pareille intrigue.

POLYNESTE.

Dites plutôt tout le bonheur. Mais, sachez-le d'abord, ce n'est pas Dulippe que j'aime; mon amour a choisi un objet plus honorable et plus digne de moi que vous ne le pensez.

LA NOURRICE.

Si cela est vrai je te félicite d'avoir changé.

POLYNESTE.

Changé!... Mais non, certes! ni à présent, ni jamais.

LA NOURRICE.

Alors que signifie?...

POLYNESTE.

Je veux dire que je n'aime pas, comme vous le croyez, un pauvre valet, que je n'aime pas Dulippe, et que pourtant mon cœur est toujours le même.

LA NOURRICE.

Ou bien voilà deux choses impossibles à concilier, ou bien je ne te comprends plus. Explique-toi mieux.

POLYNESTE.

Je ne puis rien vous dire de plus, sinon que j'ai promis de me taire.

LA NOURRICE.

Me croirais-tu capable de trahir ton secret? Tu m'en as confié d'autres, aussi importants pour toi que la vie elle-même, et tu hésites à m'en révéler un qui sans doute n'est rien, ou du moins presque rien, auprès de ceux que je partage déjà.

POLYNESTE.

Ce secret nouveau est plus grave que vous ne le pensez, ma chère nourrice. Cependant je vous le dirai, si vous me jurez de le taire et de ne laisser soupçonner à personne au monde, par la plus légère indiscrétion, que vous en soyez instruite.

LA NOURRICE.

Je te le jure.

POLYNESTE.

Eh bien! écoutez-moi. Ce jeune homme, qui pour vous s'appelle Dulippe, est un gentilhomme de Sicile, nommé Erostrate, fils de Philogon, l'un des plus riches seigneurs de ce pays-là.

LA NOURRICE.

Eh! quoi! s'agirait-il, par hasard, de cet Erostrate, fils de Philogon, qui est notre voisin, et qui...

POLYNESTE.

Ecoutez-moi, encore une fois, sans m'interrompre, jusqu'à la fin de mon récit. Ce cavalier, que tout le monde connaît sous le nom de Dulippe, s'appelle, comme je vous l'ai dit, Erostrate. Il était venu à Ferrare pour étudier le droit. A peine arrivé, il me rencontre dans la grand'rue, il s'éprend pour moi d'une passion subite et si violente, que bientôt science, livres, tout est oublié; j'étais devenue le seul objet de ses pensées. Pour me voir et me parler plus facilement, il change de costume, d'état, même de nom, avec Dulippe, son valet, qui l'avait accompagné dans son voyage à Ferrare. Au lieu d'Erostrate il se fait appeler Dulippe, et se donnant pour un pauvre domestique sans place, il tâche d'entrer au service de mon père; enfin, il y parvient.

LA NOURRICE.

Es-tu bien sûre de tous ces détails?

POLYNESTE.

On ne peut davantage. Dulippe, de son côté, affublé tout à la fois du nom d'Erostrate, son maître, et de sa garde-robe d'étudiant, reçu, accrédité partout comme le fils de Philogon, s'est si bien appliqué aux lettres que c'est merveille de voir ses progrès.

LA NOURRICE.

Mais n'y a-t-il pas ici quelques Siciliens, ou fixés parmi nous, ou simples voyageurs, qui aient pu reconnaître leurs compatriotes?

POLYNESTE.

Je n'en sais aucun qui demeure en cette ville, excepté Erostrate et son valet, et rarement il en vient à Ferrare, même pour y passer seulement.

LA NOURRICE.

C'est très bien; mais comment m'expliquerez-vous que cet Erostrate, qui fait son droit, et qui, selon vous, n'est pas Erostrate, mais Dulippe, vous demande en mariage à votre père?

POLYNESTE.

C'est une ruse pour éloigner ce vilain docteur, qui s'avise aussi d'aspirer à ma main avec une belle passion. Mais je ne me trompe pas; le voici en personne. Ah! toute amie des plaisirs et toute jeune que je suis, plutôt mille fois un couvent que d'être sa femme!

LA NOURRICE.

Tu as parfaitement raison, ma chère petite fille. Mais vite, rentrons avant qu'il soit arrivé.

(*Elles rentrent.*)

SCÈNE II.

LE DOCTEUR CLEANDRE, LE PARASITE PASIPHILE.

CLEANDRE.

Eh! mais, il y avait, si je ne me trompe, des dames devant cette porte?

PASIPHILE.

Ne les avez-vous pas vues?... C'était Polyneste et sa nourrice.

CLEANDRE.

Quoi! Polyneste? ma chère Polyneste?...

PASIPHILE.

Elle était là tout à l'heure.

CLEANDRE.

Ma foi! je ne l'ai pas reconnue.

PASIPHILE.

Cela s'explique tout naturellement; il y a aujourd'hui beaucoup de brouillard. Pour moi, je n'ai pas non plus distingué ses traits; c'est seulement son costume qui me l'a fait reconnaître.

CLEANDRE.

Dieu merci, ma vue est assez bonne pour mon âge, et je ne suis presque pas changé depuis l'époque où j'avais vingt ou trente ans.

PASIPHILE.

Eh! pourquoi seriez-vous changé?... n'êtes-vous pas encore un jeune homme?

CLEANDRE.

J'ai cinquante ans.

PASIPHILE.

On vous en donne douze de moins.

CLEANDRE.

Douze de moins? Qu'est-ce que tu dis là?

PASIPHILE.

Je vous dis que l'on vous donne largement douze ans de moins. Vous n'en portez pas trente-sept.

CLEANDRE.

Pourtant j'ai bel et bien l'âge que je te disais.

PASIPHILE.

Avec une mine comme la vôtre, vous passerez la centaine. Votre main, s'il vous plaît.

CLEANDRE.

Quoi, Pasiphile, te connaîtrais-tu en chiromancie?

PASIPHILE.

Eh! je m'en mêle un peu. Laissez-moi considérer votre main [1].

CLEANDRE.

La voici.

PASIPHILE.

Ah! mon Dieu! comme cette ligne est longue, nette et magnifique! Je n'en ai jamais vu de si belle. Vous vivrez aussi vieux que Melchisedech.

CLEANDRE.

Que Mathusalem, tu veux dire.

PASIPHILE.

Ce n'est donc pas la même chose?

CLEANDRE.

Ah! mon pauvre Pasiphile, tu n'es pas fort sur la Bible.

PASIPHILE.

Au contraire... Au contraire... J'y suis

(1) Il n'y aura sans doute personne qui ne reconnaisse ici l'original d'une partie de la scène de Frosine et d'Harpagon dans l'*Avare*.

FROSINE.

Ah! mon Dieu! que vous vous portez bien et que vous avez là un vrai visage de santé!

HARPAGON.

Qui? moi?

FROSINE.

Jamais je ne vous vis un teint si frais et si gaillard.

HARPAGON.

Tout de bon?

FROSINE.

Comment! vous n'avez été de votre vie si jeune que vous êtes, et je vois des jeunes gens de vingt-cinq ans qui sont plus vieux que vous.

HARPAGON.

Cependant, Frosine, j'en ai soixante bien comptés.

FROSINE.

Eh bien! qu'est-ce que cela? soixante ans! voilà bien de quoi! c'est la fleur de l'âge cela, et vous entrez maintenant dans la belle saison de l'homme.

HARPAGON.

Il est vrai; mais vingt années de moins pourtant ne me feraient point de mal, que je crois.

FROSINE.

Vous moquez-vous? vous n'avez pas besoin de cela, et vous êtes d'une pâte à vivre jusqu'à cent ans!

HARPAGON.

Tu le crois?

FROSINE.

Assurément! vous en avez toutes les marques. Te-

très fort... mais je me connais surtout à la science qui vient des tonneaux[1]. *(continuant a regarder la main de Cleandre.)* Ah! mon Dieu! ici, sur le *Mont de Vénus,* vous avez des signes superbes! Mais l'endroit où nous sommes n'est guère commode pour un pareil examen. Un de ces matins nous y procéderons à loisir, et je vous ferai certaines révélations qui ne vous déplairont pas, j'en suis sûr.

CLEANDRE.

Je t'en remercie d'avance. Mais dis-moi, en conscience, Pasiphile, sur qui tombera, selon toi, le choix de cette jeune Polyneste? qui prendra-t-elle pour mari, de moi ou d'Erostrate?

PASIPHILE.

Vous, Seigneur, vous, sans le plus léger doute. Elle est fille de bon sens; elle estime bien plus, je le sais, la fortune et le rang que lui vaudra votre alliance, que la position qu'elle obtiendrait en épousant Erostrate, malgré l'opulence dont il se vante. Mais Dieu sait quelle figure il fait dans son pays!

CLEANDRE.

Il se donne ici de grands airs.

PASIPHILE.

Oui, parce qu'il n'y trouve personne pour dire ce qu'il est réellement. Mais qu'il fasse le magnifique tant qu'il lui plaira, votre science vaut mieux que la Sicile tout entière.

CLEANDRE.

C'est se rabaisser soi-même que de se louer trop. Pourtant je puis dire avec vérité qu'en effet ma science m'a été plus utile que toutes les autres sciences du monde. Jeune encore je quittai, avec mon petit paquet sous le bras, Otrante, ma patrie, quand elle fut prise par les Turcs. Je me rendis d'abord à Padoue, de là je vins étudier ici; puis, tant à plaider qu'à donner des consultations, je gagnai dans l'espace de vingt ans plus de six mille ducats, pour mes honoraires et autres profits.

CLEANDRE.

Certainement! et à ce propos on peut citer ce vers remarquable et profondément moral :

Opes dat sanctio Justiniana.

PASIPHILE.

Parfait! admirable!

CLEANDRE.

Et cet autre encore :

Ex aliis paleas.....

PASIPHILE.

Bravo! bravo! bravo!

CLEANDRE.

... Ex istis collige grana!...[1]

PASIPHILE.

C'est du Virgile, je gage?

CLEANDRE.

Du Virgile?... non! Ce vers est tiré d'une de nos petites gloses qui a bien son prix.

PASIPHILE.

De ma vie je n'ai rien entendu de pareil; on devrait l'écrire en lettres d'or! Mais revenons au fait. Vous devez maintenant avoir regagné plus de fortune que vous n'en avez laissé à Otrante?

CLEANDRE.

Je crois avoir quadruplé mon bien, et au-delà. Mais, dans l'invasion des Turcs, j'eus la douleur de perdre un fils, mon unique enfant, alors âgé de cinq ans à peu près.

PASIPHILE.

Ah! ciel! quel malheur!

CLEANDRE.

Toutes les richesses du monde ne sauraient le réparer.

PASIPHILE.

Vous m'en voyez touché jusqu'au fond de l'ame.

CLEANDRE.

J'ignore s'il a péri, cet enfant infortuné, ou bien s'il vit encore pour traîner les fers des infidèles.

PASIPHILE.

Je pleure d'émotion. Mais, bon courage! pensez à cette charmante fille, auprès de qui

nez-vous un peu. Oh! que voilà bien entre vos yeux un signe de longue vie!

HARPAGON.

Tu te connais à cela?

FROSINE.

Sans doute. Montrez-moi votre main. Ah! mon Dieu! quelle ligne de vie!

HARPAGON.

Comment!

FROSINE.

Ne voyez-vous pas jusqu'où va cette ligne-là?

HARPAGON.

Eh bien! qu'est-ce que cela veut dire?

FROSINE.

Par ma foi! je disais cent ans, mais vous passerez les six-vingts!

(*L'Avare,* acte II, scène VI.)

(1) Il y a ici une équivoque qui roule sur le mot *bibia* et qui est intraduisible en français.

(1) On peut traduire la première de ces citations par « Vive Justinien pour nous donner des richesses! »; la seconde par « Des unes on ne tire que de la paille, des autres on tire le grain ». On remarquera que le rôle de Cleandre, à la manière de la plupart des rôles de docteurs de l'ancienne comédie italienne, offre en plusieurs endroits des citations latines à la suite desquelles, pour éviter les renvois, nous avons mis immediatement la traduction comme donnée par le personnage lui-même.

vous l'emporterez bien certainement sur tous vos rivaux.

CLEANDRE.

Je l'espère bien!

PASIPHILE.

Parbleu!

CLEANDRE.

C'est tout simple, avec les bonnes dispositions du père à mon égard.

PASIPHILE.

Il veut que sa fille fasse un brillant mariage; aussi prend-il le temps d'y réfléchir; mais soyez sûr que le résultat de la délibération sera pour vous.

CLEANDRE.

Lui as-tu dit que je veux avantager Polyneste de deux mille ducats?

PASIPHILE.

Cent fois pour une.

CLEANDRE.

Qu'a-t-il répondu?

PASIPHILE.

Rien, sinon qu'Erostrate lui fait les mêmes propositions.

CLEANDRE.

Cet Erostrate a donc assez de fortune pour une offre pareille? Il peut donc contracter en qualité de *filius familias*, « fils de famille? »

PASIPHILE.

Seigneur Cleandre, je vous l'ai dit; croyez bien que le père est pour vous, et non pour votre rival. Maintenant allez et laissez-moi conduire vos affaires.

CLEANDRE.

Mon cher Pasiphile, si tu es disposé à m'être utile, va trouver mon beau-père, *id est quem spero*, « mon futur beau-père, » je veux dire, et dis-lui que si ce n'est pas assez de deux mille ducats, j'en donnerai mille de plus; que je n'aurai rien à lui refuser, que de tout ce qu'il possède, je ne veux rien que sa fille. Va, cours, déploie tous les talents que je te connais, ne perds pas une minute.

PASIPHILE.

Où vous retrouverai-je?

CLEANDRE.

Viens chez moi aussitôt que tu auras dîné. Pardon, si je ne t'invite pas; c'est demain la fête d'un saint pour qui j'ai une dévotion toute particulière.

PASIPHILE.

Fort bien! jeûnez assez pour mourir de faim.

CLEANDRE.

Ecoute-moi.

PASIPHILE.

Adressez-vous à messieurs les trépassés, qui ont l'habitude de jeûner dans l'autre monde.

CLEANDRE.

Tu ne veux pas m'entendre?

PASIPHILE.

Je vous en dirai autant.

CLEANDRE.

Tu te fâches parce que je ne t'ai pas invité... Allons, allons; après avoir vu Philogon, viens au logis; nous partagerons ensemble le peu qui s'y trouvera.

PASIPHILE.

Eh! Seigneur docteur, pensez-vous donc que je manque d'invitations?

CLEANDRE.

Non, non, bien loin de là, Pasiphile!

PASIPHILE.

Je vous prie de croire que je ne rencontre pas un gentilhomme qui ne me persécute pour déjeuner ou dîner chez lui.

CLEANDRE.

J'en suis persuadé; mais nulle part tu ne seras jamais mieux reçu qu'à ma table.

PASIPHILE.

Adieu, Seigneur.

(Cléandre sort.)

SCÈNE III.

PASIPHILE, *seul.*

Voyez-vous le maudit avare! Il imagine tout à propos des jeûnes et des vigiles, pour se dispenser d'une invitation... comme si je ne devais plus avoir faim quand il a dîné! Et ils sont beaux, ses banquets! Certes, je lui dois de grands remerciements quand il daigne m'y prier! Sans parler de la lésinerie qui préside à leurs apprêts, il se garderait bien de me faire servir comme lui. Je ne bois jamais une goutte du vin qu'on lui verse; on met devant moi un pain bien dur, bien noir, tout plein de son; bref, je n'ai guère, pour me restaurer, que le plaisir de m'asseoir à la même table que mon hôte. Il lui semble qu'avec un régal de cette espèce-là de temps à autre, il me paie largement de tous les soins, de toutes les peines que je me donne sans cesse pour lui. Peut-être suppose-t-on dans le public que j'en suis récompensé d'une tout autre façon; mais le fait est que depuis douze ans que je le connais, le seigneur Cleandre ne m'a pas donné l'équivalent des souliers que j'use à son service. Il s'imagine que je dois subsister de ses politesses, que même il ne me prodigue pas; aussi ferais-je maigre chère si, comme les animaux amphibies, je ne savais pas vivre tour à tour dans deux éléments. Je sers l'étudiant Erostrate aussi bien que le seigneur Cleandre, en mesurant mon zèle pour les intérêts de l'un ou de l'autre, selon la table où je trouve le meilleur repas. J'arrange si bien mon jeu que chacun de mes deux patrons, témoin de mes relations d'amitié avec son rival, loin de prendre ombrage de ces liaisons, n'y voit qu'une ruse de guerre pour tromper l'ennemi. Je suis le confident de tous les deux : ce que me dit l'un, je le redis à l'autre, de telle façon que mes démarches en faveur de celui-ci me valent la reconnaissance de celui-là ! Mais je vois sortir le valet de Damonio ; il pourra m'apprendre si son maître est au logis.

SCÈNE IV.

PASIPHILE, LE FAUX DULIPPE.

PASIPHILE.

Eh! eh! où allons-nous donc ainsi, mon garçon?

LE FAUX DULIPPE.

Je vais chercher une personne de bonne volonté pour faire société à mon maître qui est seul à table.

PASIPHILE.

Tu n'as pas besoin d'aller plus loin pour remplir ta commission.

LE FAUX DULIPPE.

Du tout, du tout ! je n'ai pas ordre de lui amener si nombreuse compagnie.

PASIPHILE.

Comment! si nombreuse compagnie ! J'irai seul ; introduis-moi seul !

LE FAUX DULIPPE.

Comment seul? vous pouvez bien compter pour dix loups affamés.

PASIPHILE.

Voilà comme sont toujours les domestiques!... ne pouvant souffrir les amis de leur maître!

LE FAUX DULIPPE.

Pourquoi?

PASIPHILE.

Parce que les amis ont une bouche et une mâchoire.

LE FAUX DULIPPE.

Ajoutez : parce qu'ils ont une langue.

PASIPHILE.

Est-ce que jamais tu as eu à te plaindre de la mienne?

LE FAUX DULIPPE.

Je plaisante, messire Pasiphile ; entrez au logis, et apprenez que vous devez vous défier de votre langue bien plus que de vos dents.

PASIPHILE.

Très bien raisonné! Mais on dîne par-là tandis que nous causons ici.

LE FAUX DULIPPE.

Qui se lève tard est exposé à dîner tard.

PASIPHILE.

Je serais de grand cœur toute ma vie le pensionnaire de ton maître, et je vais mettre tes avis en pratique.

LE FAUX DULIPPE.

Je crois que vous vous en trouverez bien.

(Pasiphile entre chez Damonio.)

SCÈNE V.

LE FAUX DULIPPE, *seul.*

Suis-je assez malheureux ! J'avais cru trouver un remède à mes peines amoureuses en empruntant le nom et la condition de Dulippe, mon valet, pour m'introduire comme domestique dans cette maison. De même que les aliments chassent la faim, qu'une eau pure guérit la soif, que le froid qui nous glace cède à une douce chaleur, que la plupart de nos souffrances ont leur remède tout près d'elles, ainsi, au milieu de mes désirs et de mes tourments, le bonheur de voir sans cesse Polyneste, de m'entretenir librement avec elle, de m'enivrer de ses caresses, devait, je l'espérais du moins, rendre le repos à mon ame. Mais non! parmi toutes les passions humaines, l'amour seul est insatiable. Voilà deux ans que, sous prétexte de servir Damonio, c'est l'amour que je sers ; et l'amour m'a donné, à moi, cent fois heureux amant, tout ce que le cœur le plus épris peut lui demander de délices ; il n'a pas cessé de me combler de ses félicités. Eh bien ! quand je devrais me trouver si riche de bonheur, et ne plus rien ambitionner au monde, plus que jamais je désire, et je me trouve pauvre plus que jamais. Que faire? que devenir? malheureux que je suis! Si Polyneste m'est enlevée par ce vieillard cacochyme qui emploie, pour l'obtenir, tous les moyens, légitimes ou non, et ne se lasse pas de l'assiéger; si, ce qu'à Dieu ne plaise, il venait à réussir dans ses projets, je demeurerais privé, non pas seulement des caresses de Polyneste, dont j'ai la douce accoutumance, mais encore du bonheur de la voir, d'entendre parler d'elle, livrée désormais à un jaloux qui envierait sa vue charmante même aux oiseaux, quand ils fendent les airs. J'ai conçu l'espérance de traverser les desseins de cet odieux vieillard en lui opposant mon valet, à qui j'ai donné, avec le nom d'Erostrate, et mes livres, et mes habits, et mon rang dans le monde. C'est lui qui sera le rival du docteur; il feindra d'aspirer à la main de Polyneste. Mais ce docteur maudit a toujours à sa disposition des offres brillantes et de magnifiques promesses pour amener à lui Damonio. Mon valet m'avait dit que, pour dernière ressource, il voulait faire jouer un piége où notre vieux renard serait pris, malgré toute sa malice. J'ignore quel est ce projet; je n'ai pas vu Dulippe aujourd'hui. Je vais savoir s'il est à son logement, et lui demander, sinon une aide efficace, au moins un rayon d'espoir qui me soutienne encore un jour. Mais j'aperçois son petit laquais.

SCÈNE VI.

LE FAUX DULIPPE, CAPRINO.

LE FAUX DULIPPE.

Eh bien! et Erostrate? que devient-il? qu'a-t-il donc[1]?

CAPRINO.

Ce qu'il a? Eh! mais, des livres en quantité, une riche garde-robe, de beaux habits, des chemises de lin blanc et autres choses pareilles.

LE FAUX DULIPPE.

Ce sont des nouvelles d'Erostrate que je te demande.

CAPRINO.

En détail ou en bloc?

LE FAUX DULIPPE.

Si je me mets à te tirer les oreilles, me répondras-tu alors comme il faut?

CAPRINO.

Bonsoir.

LE FAUX DULIPPE.

Un instant!

CAPRINO.

Mille pardons! je suis très pressé.

LE FAUX DULIPPE.

Nous verrons qui courra le plus vite.

CAPRINO.

Tu as les jambes plus longues que les miennes : il faudra me donner de l'avance.

LE FAUX DULIPPE.

Trève de plaisanteries; que devient Erostrate?

CAPRINO.

Je l'ai laissé sur la grande place avec Dalio le cuisinier; il m'a envoyé chercher cette corde... je veux dire cette corbeille [1], en me donnant rendez-vous à la porte du palais ducal.

LE FAUX DULIPPE.

Si tu le revois, dis-lui qu'il faut absolument que je lui parle. Mais... non... attends... mieux vaut que j'aille le trouver moi-même. De la sorte je pourrai aussi commodément, et en toute sécurité, causer, chemin faisant, avec lui de mes affaires.

ACTE DEUXIÈME.

SCÈNE I.

LE FAUX DULIPPE, LE FAUX EROSTRATE.

LE FAUX DULIPPE.

Vraiment, dans ce moment-ci je n'aurais pas assez des yeux d'Argus; j'ai beau parcourir tour à tour cette place et la cour de l'Université pour trouver mon valet. Je crois que tous les professeurs et tous les étudiants sont passés l'un après l'autre devant moi, excepté celui que je cherche; mais enfin le voici.

LE FAUX EROSTRATE.

Je vous rencontre bien à propos, mon maître, car j'avais grande envie de vous voir.

LE FAUX DULIPPE.

Qu'est-ce que cela signifie : « Mon maître! » Si tu m'aimes, appelle-moi Dulippe, et conserve dans ton langage le rang que je t'ai donné avec mon nom.

LE FAUX EROSTRATE.

En cet instant du moins, laissez-vous rendre les respects que je vous dois et me remettre à ma place, puisque personne ne peut nous entendre.

(1) Il y a ici une équivoque, non pas de mots, mais de construction, très difficile à traduire en français, l'interrogation italienne *Chè è di Erostrato?* signifiant à la fois « Quelles nouvelles d'Érostrate? » et « Qui est-ce qui appartient à Érostrate? » Nous avons tâché de la rendre en nous écartant du texte le moins possible. La même observation peut s'appliquer à la réponse que fait Caprino à la seconde question de Dulippe. Ici l'équivoque est même tout-à-fait intraduisible.

(1) Autre plaisanterie tout-à-fait italienne, fondée sur la ressemblance des mots *capestro* (corde) et *canestro* (corbeille).

LE FAUX DULIPPE.

Si tu ne t'observes pas sans cesse, tu pourras fort bien t'oublier quand il sera besoin d'être sur nos gardes. Quelles nouvelles m'apportes-tu?

LE FAUX EROSTRATE.

De bonnes.

LE FAUX DULIPPE.

On ne peut mieux!

LE FAUX EROSTRATE.

Je dirai même d'excellentes. Nous avons gagné la partie.

LE FAUX DULIPPE.

C'est à merveille, si tu dis vrai.

LE FAUX EROSTRATE.

Ecoutez-moi. Hier soir, un peu tard, je rencontrai Pasiphile, et sans beaucoup de cérémonies je l'emmenai souper avec moi. Là je le cajolai de mon mieux; bientôt nous fûmes les meilleurs amis du monde, si bien qu'il me conta de point en point les plans de notre rival ainsi que les desseins de Damonio, du moins c qu'il avait pu conjecturer sur ce sujet, et il m'a promis dorénavant d'être tout à nous dans l'affaire dont il s'agit.

LE FAUX DULIPPE.

Tu ignores donc que ce Pasiphile est un hableur, une langue dorée, un fourbe, en qui l'on ne peut avoir la moindre confiance?

LE FAUX EROSTRATE.

Oh! je le connais aussi bien que vous; mais je sais que pour cette fois nous n'avons rien à craindre de ses paroles, car je me suis assuré qu'il disait vrai.

LE FAUX DULIPPE.

Et que t'a-t-il appris en somme?

LE FAUX EROSTRATE.

Que Damonio était tout disposé à donner sa fille au docteur, d'après l'offre qu'a faite celui-ci de l'avantager de deux mille ducats.

LE FAUX DULIPPE.

Et voilà ce que tu me donnes pour de bonnes, pour d'excellentes nouvelles?

LE FAUX EROSTRATE.

Puis-je tout vous apprendre dès le premier mot? Je ne suis pas au bout de mon récit.

LE FAUX DULIPPE.

Achève!

LE FAUX EROSTRATE.

Je répliquai à Pasiphile que j'étais tout disposé à faire le même sacrifice.

LE FAUX DULIPPE.

Bien répondu!

LE FAUX EROSTRATE.

Attendez, je ne suis pas arrivé au plus difficile.

LE FAUX DULIPPE.

Il s'agit donc d'un mauvais pas?

LE FAUX EROSTRATE.

Je passe pour le fils du seigneur Philogon, c'est très bien; mais puis-je contracter aucune obligation sans être autorisé par lui ou par quelqu'un qui le représente?

LE FAUX DULIPPE.

Ah! tu as mieux étudié le droit que moi.

LE FAUX EROSTRATE.

Vous n'avez pas non plus perdu votre temps; mais le code dont vous vous occupez ne traite pas de ces matières-là.

LE FAUX DULIPPE.

Point de badinage, viens au fait.

LE FAUX EROSTRATE.

Je contai à Pasiphile que j'avais reçu de mon père des lettres où il m'annonçait qu'il allait se rendre ici, et même qu'il se mettrait en route avant peu, de façon que j'espérais le voir arriver sous quelques jours. En conséquence je chargeai Pasiphile de prier de ma part Damonio d'attendre encore une quinzaine avant de rien conclure, vu que j'espérais, et même que j'avais la parfaite certitude, que mon père aurait approuvé et ratifié avant ce temps toutes les promesses faites par moi dans le contrat de mariage.

LE FAUX DULIPPE.

C'est très bien d'avoir obtenu ce délai qui me fera vivre quinze jours encore. Mais mon père n'arrivant pas, que faire? Et même, s'il s'avisait de venir, est-il personne dont je pusse redouter davantage la présence? Ah! malheureux que je suis! sort cruel que je maudis!

LE FAUX EROSTRATE.

Fiez-vous à moi. Croyez-vous donc qu'il n'y ait pas de remède à cette difficulté nouvelle?

LE FAUX DULIPPE, *sans l'écouter.*

O mon frère! que ne peux-tu revivre! car l'angoisse où je me trouve est la mort pour moi.

LE FAUX EROSTRATE.

Ecoutez-moi donc un peu. Ce matin, ayant fait atteler la voiture, je sortis par la porte des Anges, afin d'aller jusqu'à la Polesine pour certain projet que j'avais en tête; mais l'incident que je vais vous dire me fit changer de projet. Arrivé à Garofolo pour y passer le Pô, je vois descendre de la chaussée un gentilhomme déjà vieux, d'assez bonne mine. Il me salue, je le salue; je lui demande d'où il vient, où il va. Il me répond qu'il vient de Venise et en dernier lieu de Padoue, et qu'il retourne à Sienne sa patrie. Moi, prenant tout à coup un air étonné : Quoi! seigneur, lui dis-je, vous êtes de Sienne et vous avez le courage de venir à Ferrare! — Et pourquoi n'y viendrais-je pas? me répond-il d'une voix bouleversée. — Vous ignorez donc, répliquai-je alors, quel péril vous menace dans cette ville si l'on vous reconnaît pour un Siennois? — Mon homme alors, stupéfait, tremblant, s'arrête et me prie en grace de lui tout expliquer.

LE FAUX DULIPPE.

Je ne comprends rien à cette ruse.

LE FAUX EROSTRATE.

Je le crois bien, mais patience.

LE FAUX DULIPPE.

Après?

LE FAUX EROSTRATE.

Moi, j'ajoute, toujours m'adressant à mon Siennois : Apprenez, seigneur, qu'au temps où je faisais mes études dans votre ville, j'ai reçu de vos concitoyens tant de bons procédés que j'ai conservé pour eux un vif attachement; aussi partout où je puis préserver quelque Siennois de quelque désagrément ou de quelque mésaventure, je me reprocherais de ne pas lui rendre service. Je ne conçois pas comment vous ignorez l'insulte qu'essuyèrent à Sienne les ambassadeurs du duc Hercule d'Est, qui revenaient de Naples.

LE FAUX DULIPPE.

Encore une fois, quel rapport tout ce conte en l'air peut-il avoir avec ma situation?

LE FAUX EROSTRATE.

Si vous voulez bien m'écouter, vous verrez que mon invention est autre chose qu'un conte en l'air et qu'elle vous intéresse beaucoup plus que vous ne le croyez.

LE FAUX DULIPPE.

Poursuis!

LE FAUX EROSTRATE.

Ces gentilshommes, dis-je au Siennois, ou mieux encore ces ambassadeurs, avaient avec eux des objets de grand prix, des mulets richement chargés et superbement harnachés, une grande quantité d'étoffes, de parfums, d'autres présents du même genre que le roi de Naples envoyait à sa fille et au duc son gendre. Quand les ambassadeurs arrivèrent à Sienne, tous ces objets furent arrêtés au passage par ces voleurs officiels que l'on nomme douaniers. Malgré les témoignages de leur mission qu'ils produisirent, malgré la preuve authentique que les présents en question appartenaient au duc de Ferrare, les ambassadeurs ne purent tirer des mains de ces harpies les objets dont ils étaient chargés, sans avoir payé tous les droits, comme si les douaniers avaient eu affaire au plus misérable des marchands.

LE FAUX DULIPPE.

Il se peut que cette histoire ait quelque rapport avec mes intérêts; mais j'avoue que je ne devine ni par où ni comment.

LE FAUX EROSTRATE.

Ah! quelle impatience! Écoutez-moi encore et laissez-moi finir.

LE FAUX DULIPPE.

Mais jusqu'à quand faudra-t-il t'écouter?

LE FAUX EROSTRATE.

Je finis. — Le duc de Ferrare, continuai-je, a demandé réparation de cet affront à vos concitoyens, d'abord par des lettres, puis par des envoyés, et il a reçu une réponse plus effrontée et plus insolente que je ne pourrais l'exprimer. Aussi maintenant, ce prince est-il animé contre tous les Siennois en général d'un ressentiment si terrible, qu'il a juré que tous ceux qui mettraient le pied dans ses États y laisseraient jusqu'à leur haut-de-chausse et s'en verraient chassés avec ignominie.

LE FAUX DULIPPE.

Mais dans quel but as-tu forgé tout à coup ce mensonge énorme?

LE FAUX EROSTRATE.

Vous le saurez, et vous conviendrez que je ne pouvais rien imaginer de plus utile à vos intérêts.

LE FAUX DULIPPE.

Je suis tout oreilles pour savoir où tu prétends arriver.

LE FAUX EROSTRATE.

Je voudrais que vous eussiez entendu les grands mots et vu les grands gestes avec lesquels je travaillais à faire avaler mon roman au Siennois!

LE FAUX DULIPPE.

Je te crois, car je sais trop bien que tu es passé maître en fait de comédie.

LE FAUX EROSTRATE.

Je contai de plus à mon homme que le duc avait décrété les peines les plus graves contre ceux qui recevraient et logeraient des Siennois dans leur maison, sans en donner avis sur-le-champ aux surintendants.

LE FAUX DULIPPE.

Voilà qui manquait à ton histoire.

LE FAUX EROSTRATE.

Mon Siennois, qui ne paraît pas avoir une très grande habitude du monde, comme je l'avais tout d'abord reconnu à sa figure, tournait déjà la bride pour s'éloigner.

LE FAUX DULIPPE.

Il est certain que le pauvre homme est par trop simple, s'il ne voit pas qu'une histoire pareille n'aurait pu se passer, sans que tout le monde à Sienne en eût connaissance.

LE FAUX EROSTRATE.

Et pourquoi? Ne se pourrait-il pas qu'il eût quitté son pays depuis deux ou trois mois; qu'il s'y fût passé et qu'il s'y passât encore, à son insu, des événements tout aussi graves que ceux-là?

LE FAUX DULIPPE.

N'importe, il faut que ton Siennois soit tant soit peu naïf.

LE FAUX EROSTRATE.

Il l'est même beaucoup, et je remercie notre bonne étoile de nous avoir adressé un homme qui nous convient si parfaitement. — Écoutez encore.

LE FAUX DULIPPE.

Pour cette fois, finiras-tu?

LE FAUX EROSTRATE.

Au récit que je lui faisais, ma dupe, comme je vous l'ai dit, s'apprêtait déjà à retourner sur ses pas. Moi, feignant de réfléchir profondément et d'être tout occupé de le servir, je garde un moment le silence; puis soudain, comme si j'avais pris une grande résolution : — Ne craignez rien, seigneur, lui dis-je, j'ai trouvé un moyen parfaitement sûr de vous tirer de peine; mû par l'affection que je conserve à votre pays, je veux tout faire afin d'empêcher que l'on vous reconnaisse pour un Siennois. Il s'agit seulement que vous vous donniez à tout le monde comme mon père; et, pour plus de vraisemblance, vous logerez chez moi. Né à Catane, en Sicile, je suis fils d'un marchand nommé Philogon; ainsi, à tous ceux qui vous questionneront, dites que vous êtes un marchand de Catane qu'on appelle Philogon, et moi Erostrate. Je vous traiterai comme mon père; cela vous convient-il?

LE FAUX DULIPPE.

Que j'étais moi-même simple et peu clairvoyant! Je commence enfin à comprendre ton projet.

LE FAUX EROSTRATE.

Qu'en dites-vous?

LE FAUX DULIPPE.

Il n'est pas mauvais, mais il me reste une crainte qui me tourmente.

LE FAUX EROSTRATE.

Quelle crainte?

LE FAUX DULIPPE.

Après un jour ou deux de séjour ici, quand il aura causé avec quelques personnes, il s'apercevra aisément du piége où tu l'as pris.

LE FAUX EROSTRATE.

Croyez-vous donc que je n'aie pas tout prévu? Je l'ai déjà tant et si bien caressé, et je le comblerai encore de tant de politesses et de compliments, qu'on ne traiterait pas mieux un prince. Lorsque, à force de témoignages de tendresse, j'en aurai fait complètement mon amé et féal, je lui conterai franchement toute la ruse, et je le trouverai tout disposé à m'être agréable dans une affaire où il ne s'agit pour lui que de quelques mots à prononcer.

LE FAUX DULIPPE.

Que veux-tu donc qu'il fasse?

LE FAUX EROSTRATE.

Eh! mais, ce que ferait le seigneur Philogon, votre père, s'il était ici, et qu'il fût disposé à se bien comporter; c'est-à-dire que, sans rien risquer ni débourser, notre Siennois fasse contracter à son nom d'emprunt, vis-à-vis du seigneur Damonio, comme avantage dotal, une obligation de deux mille ducats, voire même de trois mille, plus même s'il le faut, pour contenter notre futur beau-père. Je ne pense pas que le Siennois me refuse un tel service, qui ne l'expose en rien, puisque, dans le contrat, il ne signera pas son nom, mais un nom étranger.

LE FAUX DULIPPE.

Puisse ta ruse réussir!

LE FAUX EROSTRATE.

Faisons-y notre possible. Mieux vaut, en cas d'échec, avoir à nous plaindre du sort que de notre propre négligence.

LE FAUX DULIPPE.

Or çà, où l'as-tu laissé, ce brave homme?

LE FAUX EROSTRATE.

Dans une hôtellerie, à cause des trois chevaux qui l'accompagnent, ces trois bêtes ne pouvant s'installer chez moi. Les montures resteront à l'auberge et les cavaliers viendront à mon logis.

LE FAUX DULIPPE.

Pourquoi n'as-tu pas amené le Siennois avec toi?

LE FAUX EROSTRATE.

J'ai pensé qu'il valait mieux vous mettre au fait d'abord.

LE FAUX DULIPPE.

Maintenant retourne le chercher, fête-le de ton mieux, n'épargne pas l'argent.

LE FAUX EROSTRATE.

Je vous obéirai! C'est lui parbleu! Voyez-le venir de ce côté.

LE FAUX DULIPPE.

C'est bien, va à sa rencontre; moi je veux l'examiner un peu et voir s'il a l'air aussi simple qu'il l'est en effet.

(Il sort.)

SCÈNE II.

LE SIENNOIS, SON VALET, UN SECOND VALET DU SIENNOIS (*personnage muet*), LE FAUX EROSTRATE, *à l'écart.*

LE SIENNOIS, *à son valet.*

Il est bien vrai de dire que l'on risque beaucoup à courir le monde.

LE VALET.

Vous avez raison; ce matin, par exemple, quand nous avons passé le fleuve à Garofalo, si la barque se fût ouverte, nous étions tous noyés... d'autant plus que nous ne nageons pas à merveille!

LE SIENNOIS.

Il n'est pas question de cela.

LE VALET.

Ah! vous voulez parler de la boue effroyable que nous avons trouvée de Padoue jusqu'ici et dans laquelle j'ai craint plus d'une fois de voir rester nos pauvres chevaux?

LE SIENNOIS.

Imbécile que tu es! je parle du danger où nous sommes tombés en mettant le pied dans ce pays.

LE VALET.

Ah! voyez donc le grand danger! trouver quelqu'un qui vous laisse arriver à peine et qui tout d'abord vous fait quitter l'hôtellerie pour vous loger chez lui!

LE SIENNOIS.

Nous avons une grande obligation à ce jeune et aimable cavalier; c'est la Providence qui l'a envoyé sur notre chemin pour nous être en aide. Mais plus de bavardage, et gardez-vous, sur toutes choses, gardez-vous, toi et ton camarade, de dire que nous sommes Siennois; rappelez-vous bien que je suis à présent pour vous Philogon de Catane.

LE VALET.

Certes j'aurai grand'peine à retenir ce maudit nom hétéroclite; mais je n'oublierai pas si facilement la châtaigne.

LE SIENNOIS.

C'est Catane et non pas *châtaigne*, butor que tu es[1]!

LE VALET.

Ma foi! qu'un autre dise ce mot-là; pour moi je n'aurai pas le talent de m'en souvenir.

LE SIENNOIS.

Alors ne dis rien et aie bien soin de ne jamais prononcer le nom de Sienne.

LE VALET.

Si je feignais d'être muet, comme certain jour chez Chrysobule?...

LE SIENNOIS.

Fais ce que tu voudras. Mais voici ce jeune cavalier si prévenant.

LE FAUX EROSTRATE.

Salut à mon père Philogon.

LE SIENNOIS.

Que mon fils Erostrate soit le bienvenu.

LE FAUX EROSTRATE.

Ah! çà, avez-vous bien votre rôle en tête, pour que ces Ferrarais, qui ont le diable au corps, ne puissent pas se douter que vous êtes Siennois?

LE SIENNOIS.

Soyez tranquille; nous ferons tout ce qu'il faudra.

LE FAUX EROSTRATE.

Il ne s'agirait pour vous de rien moins que d'être dévalisés, conspués, pourchassés ignominieusement par la populace.

LE SIENNOIS.

Je viens de donner mes instructions à mes valets et je ne crains pas qu'ils commettent de bévues.

LE FAUX EROSTRATE.

Vous aurez la même conduite à tenir vis-à-vis de mes gens; car ils sont tous de ce pays; ils n'ont jamais vu mon père et ne sont jamais allés en Sicile. Voici mon logis; entrons. (*aux deux valets.*) Vous autres, suivez-nous.

(*Ils entrent tous les quatre dans la maison du faux Erostrate.*)

SCÈNE III.

LE FAUX DULIPPE, *seul.*

Jusqu'ici cela ne va pas mal; pourvu que la comédie n'ait pas un mauvais dénouement! Mais conçoit-on qu'il ose, ce maudit docteur, demander la main d'une si charmante personne? O avarice et aveuglement de l'espèce humaine! Pour ne pas doter sa fille, Damonio veut lui donner, à cette fille si belle, si séduisante, si adorable, un époux qui par son âge pourrait bien plutôt lui servir de beau-père! il met un intérêt sordide au-dessus du bonheur de sa fille et ne songe qu'à remplir sa bourse, sans se mettre en peine si Polyneste ne sera pas veuve tout en ayant un mari! Il pense peut-être que les doublons du docteur remplaceront tout pour elle! J'ai grande envie de me moquer du seigneur Cleandre et de me divertir un peu à ses dépens.

SCÈNE IV.

CLEANDRE, CHARION, *son valet;* LE FAUX DULIPPE.

CHARION.

Il me semble, mon cher maître, que ce n'est plus guère l'heure de se mettre en quête d'un convive; les banquiers, les officiers du palais eux-mêmes, qui sortent de

(1) Il y a encore ici une plaisanterie roulant sur une ressemblance de mots: *Catanea* et *castagna*

table les derniers, ont tous fini de dîner et n'ont plus qu'à se nettoyer les dents.

CLEANDRE.

Je suis venu chercher Pasiphile pour dîner.

CHARION.

Ne sommes-nous pas assez de six, et sept en comptant la chatte du logis, pour manger quatre petits brochets pesant ensemble une livre et demie, plus une marmite de pois chiches mal assaisonnés et une vingtaine d'asperges, que l'on apprête à la cuisine pour le repas de toute la maison?

CLEANDRE.

Crains-tu donc ne pas avoir assez pour te rassasier, loup que tu es?

CHARION.

Je ne le crains que trop.

LE FAUX DULIPPE, *à part.*

Quel dommage de ne pas mystifier et bafouer ce vilain vieillard!

CHARION, *à Cleandre.*

Ce ne serait pas la première fois.

LE FAUX DULIPPE.

Voyons! que lui dirai-je?

CHARION, *à Cleandre.*

Ce que j'en dis ce n'est pas pour moi, mais pour le reste de la maison. Les aliments qui nous suffiraient pendant huit jours, à nous autres pauvres domestiques, pour faire passer notre morceau de pain, Pasiphile les expédierait en deux bouchées; encore serait-il capable de vous manger vous-même, seigneur, vous et votre mule, y compris les os, la peau et la chair, si la malheureuse bête avait de la chair sur les os.

CLEANDRE.

Si elle n'en a pas, c'est parce que tu ne la soignes pas assez bien.

CHARION.

Ou parce que le foin et l'avoine coûtent trop cher.

LE FAUX DULIPPE, *à part, regardant Cleandre.*

Bon! bon! tu auras affaire à moi.

CLEANDRE, *à Charion.*

Tais-toi, animal que tu es, et regarde si tu apercevras Pasiphile.

LE FAUX DULIPPE, *à part.*

Si je ne puis mieux faire, je saurai si bien les brouiller, lui et le parasite, que je les défierai de se raccommoder.

CHARION.

Mais, mon maître, n'aurait-il pas suffi que quelqu'un de nous vînt ici, sans vous déranger en personne?

CLEANDRE.

Ah! oui, vous êtes de si habiles gens!

CHARION.

J'en suis sûr, vous cherchez un autre que Pasiphile; car, s'il n'avait pas trouvé une meilleure table que la vôtre, depuis longtemps il vous attendrait au coin du feu.

CLEANDRE.

Cesse de me rompre la tête! Mais voici un garçon qui me dira si, par hasard, Pasiphile ne dînerait pas chez le père de Polyneste. (*au faux Dulippe.*) N'es-tu pas de la maison du seigneur Damonio?

LE FAUX DULIPPE.

Oui, Seigneur, pour vous servir.

CLEANDRE.

Bien obligé. En ce cas tu pourras me dire si Pasiphile dînait aujourd'hui chez ton maître?

LE FAUX DULIPPE.

Oui, Seigneur, et même vous pouvez croire sur ma foi qu'il y est encore! (*riant.*) Ha! ha! ha!

CLEANDRE.

De quoi ris-tu?

LE FAUX DULIPPE.

D'un entretien que mon maître a eu tantôt avec Pasiphile et qui ne fera pas rire tout le monde.

CLEANDRE.

Pourrait-on savoir de quoi il s'agit?

LE FAUX DULIPPE.

Oh! ce ne serait pas bien de ma part de le dire.

CLEANDRE.

S'agirait-il de moi?

LE FAUX DULIPPE.

Hem!...

CLEANDRE.

Réponds!

LE FAUX DULIPPE.

Excusez-moi; je ne puis en dire davantage.

CLEANDRE.

Tout ce que je veux savoir, c'est uniquement s'il était question de moi; allons, parle, je te prie.

LE FAUX DULIPPE.

Je ne vous cacherai rien, si je puis être parfaitement sûr que vous garderez le silence.

CLEANDRE.

Sois-en certain. Toi, Charion, attends-moi là-bas; va.

(*Charion s'éloigne.*)

LE FAUX DULIPPE.

Si mon maître venait à savoir que je me suis permis le moindre mot indiscret, il me ferait passer un mauvais quart-d'heure.

CLEANDRE.

Il n'en saura rien.

LE FAUX DULIPPE.

Quelle garantie en aurai-je?

CLEANDRE.

Ma parole.

LE FAUX DULIPPE.

C'est là un gage sur lequel les Juifs ne vous prêteraient pas grand'chose.

CLEANDRE.

Il a plus de valeur que l'or et les diamants, quand il est donné par un honnête homme.

LE FAUX DULIPPE.

Espèce rare aujourd'hui ! Enfin, vous voulez que je contente votre curiosité?

CLEANDRE.

Je t'en prie avec instance, s'il est question de moi.

LE FAUX DULIPPE.

Oui, il est question de vous, et je vais tout vous révéler, car je ne puis souffrir qu'un homme de votre sorte soit ainsi le jouet d'un sot.

CLEANDRE.

Parle, de grace.

LE FAUX DULIPPE.

Je parlerai, mais à condition que vous me jurerez qu'il n'arrivera pas un mot de ce que je vais vous dire aux oreilles de Pasiphile, et bien moins encore à celles de mon maître.

CHARION, *au fond, à part.*

Je parierais que ce gaillard-là débite à mon maître quelques fariboles de la part de la jeune personne, afin d'en tirer pied ou aile.

CLEANDRE, *au faux Dulippe.*

Tiens, puisque tu veux une promesse dans les formes, je crois que j'ai précisément sur moi du papier écrit.

CHARION, *à part.*

Il connaît mal le seigneur Cleandre. Ce sont des tenailles et non de belles paroles qu'il faudrait, pour en tirer de l'argent; il se laisserait plutôt arracher les dents de la mâchoire que de faire sortir un liard de son escarcelle.

CLEANDRE, *au faux Dulippe.*

Voici ce papier; tiens, prends-le toi-même! je te jure de ne parler à personne de la révélation que tu me feras; conte-moi tout, maintenant.

LE FAUX DULIPPE.

Eh bien! s'il faut vous le dire, il m'est pénible de voir que Pasiphile se moque de vous, que ce malheureux-là vous fasse croire qu'il travaille en votre faveur, tandis qu'au contraire il engage mon maître à donner sa fille à un jeune étudiant sicilien appelé *Aroste... Orospe... Ogrosque...* je ne sais trop: car il a un nom diabolique.

CLEANDRE.

Erostrate, tu veux dire?

LE FAUX DULIPPE.

Précisément. Ce misérable Pasiphile vous déchire, vous calomnie et dit sur vous toutes les infamies imaginables.

CLEANDRE.

A qui donc?

LE FAUX DULIPPE.

A Damonio, ainsi qu'à Polyneste.

CLEANDRE.

Se peut-il? Le scélérat!... mais que dit-il, enfin?

LE FAUX DULIPPE.

Figurez-vous ce qu'on peut débiter de plus indigne: qu'il n'est personne sous le ciel de plus ladre et de plus serré que vous.

CLEANDRE.

Pasiphile ose me traiter de la sorte?

LE FAUX DULIPPE.

Il dit qu'à force d'avarice vous réduirez votre femme à périr d'inanition.

CLEANDRE.

Que la fièvre le serre!

LE FAUX DULIPPE.

Il ajoute que vous êtes l'homme le plus insociable et le plus violent du monde, et que vous la ferez mourir de chagrin.

CLEANDRE.

Oh! la langue de vipère!

LE FAUX DULIPPE.

Que la nuit vous ne cessez de tousser et de cracher d'une manière si dégoûtante que les pourceaux eux-mêmes en seraient révoltés.

CLEANDRE.

Je ne tousse ni ne crache jamais. *(Il tousse.)* Euh! euh!

LE FAUX DULIPPE.

Parbleu! je le vois bien!

CLEANDRE.

Il est vrai qu'en ce moment je suis très enrhumé; mais qui ne l'est pas, par ce temps-ci?

LE FAUX DULIPPE.

Il assure enfin que vous portez avec vous des inconvénients qu'on ne peut endurer à trente pas à la ronde.

CLEANDRE

Pasiphile ose tenir de pareils propos?..

LE FAUX DULIPPE.

Sans parler de bien d'autres encore, non moins révoltants.

CLEANDRE.

Et Damonio ajoute foi à de telles horreurs?

LE FAUX DULIPPE.

Mieux qu'à son *credo*. Il vous aurait déjà refusé tout net, si Pasiphile ne le priait de tarder encore à prendre ce parti, et cela parce qu'il espère, en faisant traîner l'affaire plus long-temps, tirer de vous de l'argent et toutes sortes de profits.

CLEANDRE.

De moi! Je ne lui souhaite autre chose

que le licou qu'il mérite ! Moi qui voulais lui faire cadeau des bas que je porte là... aussitôt que j'aurais achevé de les user !

LE FAUX DULIPPE.

Voilà pour lui une grande perte !... Vous ne voulez plus rien de moi ?...

CLEANDRE.

Non, non... j'en ai entendu bien assez !

LE FAUX DULIPPE.

Avec votre permission je vais rentrer au logis.

CLEANDRE.

Va... mais, je te prie, dis-moi comment l'on te nomme.

LE FAUX DULIPPE.

Diable t'emporte [1].

CLEANDRE.

Tu as là un vilain nom. Es-tu de ce pays-ci ?

LE FAUX DULIPPE.

Non, Seigneur, je suis d'un endroit appelé *Forsuccio*, sur le territoire de Tagliacozzo.

CLEANDRE.

Adieu. *(Dulippe rentre.)* Ah ! malheureux ! où avais-je mis ma confiance ! quel ambassadeur, quel confident j'avais choisi là !

CHARION.

Mais, mon cher maître, en attendant Pasiphile, nous allons mourir de faim ici.

CLEANDRE.

Ne me romps pas les oreilles. Puissiez-vous être pendus tous les deux !

CHARION, *à part.*

Il paraît que le patron n'a rien appris d'agréable pour lui.

CLEANDRE.

Tu as un tel appétit que tu ne pourrais te rassasier !

CHARION, *à part.*

Il est sûr que je ne me rassasierai jamais, tant que je resterai à son service.

CLEANDRE.

Avec ces coquins-là je serai ruiné !

CHARION, *à part.*

Puisses-tu l'être bientôt, toi et tous les avares du monde !

ACTE TROISIÈME.

SCÈNE I.

DALIO, CAPRINO, *chargés tous les deux de provisions.*

DALIO.

Si, sur les seize œufs que tu as dans ton panier, j'en trouve une ou deux couples sains et saufs en arrivant au logis, assurément ce sera miracle... Mais avec qui m'avisé-je de perdre mes paroles ?... Je parie que le polisson s'est détourné de sa route pour courir après un chien ou qu'il est resté à voir danser un ours ; car un rien le distrait et l'arrête. S'il rencontre en chemin quelque portefaix ou quelque Juif, le diable ne l'empêcherait de s'attacher à eux pour les agacer. Mais le voici !... Ah ! drôle, s'il y a un seul œuf cassé dans ton panier je te romprai les os.

CAPRINO.

Oui, oui, c'est ce que nous verrons, âne bâté que tu es !

DALIO.

Si je n'étais pas chargé de la sorte, je te ferais voir si je suis un âne.

(1) Nous avons essayé de donner un équivalent de la plaisanterie de l'original. Il y a dans le texte : *Malti venga i mal ti venga*.

CAPRINO.

En effet, il n'y a guère de jour que tu ne sois chargé soit du vin que tu as bu, soit des coups de bâton que l'on t'a administrés.

DALIO.

C'est à toi que je les rendrai.

CAPRINO.

Je m'en moque, grosse bête de somme !

DALIO.

Mon maître me donnera mon congé ou bien je ne serai plus exposé à tes injures.

CAPRINO.

Fais tout ce que tu voudras.

SCÈNE II.

LE FAUX EROSTRATE, DALIO, CAPRINO.

LE FAUX EROSTRATE.

Que signifient cette dispute et ce tapage ?

CAPRINO.

C'est lui qui veut me battre, Seigneur, parce que je lui reproche de blasphémer comme un païen.

DALIO.

Il en a menti par la gorge. Le petit voleur me dit des sottises parce que je le presse de rentrer.

LE FAUX EROSTRATE.

En voilà assez. Va, Dalio, plume les grives

et les pigeons; aie soin de parer le plus tôt possible ces deux pièces de viande; que le linge de table soit bien blanc et bien net. Je te dirai en rentrant ce que tu devras apprêter en fait de bouilli ou de rôti. Toi, Caprino, laisse là ton panier et suis-moi. (*à part.*) Je voudrais bien voir Pasiphile et je ne sais où le rencontrer. Mais voici, j'espère, quelqu'un qui m'en donnera des nouvelles.

SCÈNE III.

LE FAUX DULIPPE, LE FAUX EROSTRATE.

LE FAUX DULIPPE.

Eh bien! qu'as-tu fait de ton prétendu père Philogon?

LE FAUX EROSTRATE.

Je l'ai laissé au logis. Mais j'ai besoin de Pasiphile; m'indiquerez-vous où il est?

LE FAUX DULIPPE.

Il a dîné aujourd'hui chez mon maître, après quoi je ne sais où il est allé. Que lui veux-tu?

LE FAUX EROSTRATE.

Qu'il instruise le seigneur Damonio de l'arrivée de cet indispensable père, qui est tout prêt à promettre les trois mille ducats et tout ce qu'on voudra lui demander. J'apprendrai à cet animal de docteur, en dépit de ses prétentions galantes, que je le vaux bien du côté de la ruse et de l'adresse.

LE FAUX DULIPPE.

Eh bien! cours, mon cher ami, cherche Pasiphile jusqu'à ce que tu le rencontres et fais en sorte d'arranger aujourd'hui toutes choses à notre avantage.

LE FAUX EROSTRATE.

Mais où le chercher?

LE FAUX DULIPPE.

Partout où l'on prépare quelques repas. Tu pourras aussi le trouver au milieu des charcutiers, des pêcheurs ou des bouchers.

LE FAUX EROSTRATE.

Et que fait-il dans leur compagnie?

LE FAUX DULIPPE.

Il guette ceux qui achètent quelque belle volaille, quelque langue ou quelque poitrine de génisse, ou bien des tourterelles, des cailles, des pigeons gras, ou bien encore quelque poisson d'élite. Il prend ses informations sur les acheteurs, et arrivant tout à coup chez eux avec force politesses à l'heure du dîner ou du souper, il trouve moyen de se faire inviter.

LE FAUX EROSTRATE.

J'irai chercher mon homme dans ces endroits-là.

LE FAUX DULIPPE.

Il est impossible que tu ne le trouves pas; puis après je te ferai rire.

LE FAUX EROSTRATE.

De quoi?

LE FAUX DULIPPE.

D'une conversation que j'ai eue tantôt avec notre rival.

LE FAUX EROSTRATE.

Et pourquoi ne pas me le conter à présent?

LE FAUX DULIPPE.

Non, non, va d'abord; occupe-toi de ce que tu as à faire, et surtout de trouver Pasiphile.

SCÈNE IV.

LE FAUX DULIPPE, *seul.*

La lutte amoureuse que je soutiens contre Cleandre ressemble tout-à-fait à une partie où l'un des joueurs a vu déjà coup sur coup s'envoler son enjeu; la figure allongée, il se croit sur le point de perdre le reste, et c'est au moment où il doute plus de sa ruine complète que la victoire se déclare en sa faveur. Il suffit à la fortune de deux, trois, quatre, cinq coups, pour entasser, du côté du joueur malheureux d'abord, tout l'argent qui est sur la table; puis la chance tourne encore, jusqu'à ce que l'un des deux adversaires demeure enfin complètement dépouillé au profit de son rival. Ainsi, dans mes amours, toutes les fois que j'ai cru ma victoire assurée, un revers soudain est venu me la ravir et la promettre au docteur. De cette manière la fortune, me mettant alternativement tantôt au plus bas, tantôt au plus haut de sa roue inconstante, ne veut ni réaliser tout-à-fait mes espérances ni les détruire entièrement. J'ai beau trouver le plan de mon valet, facile, heureux, presque infaillible; cependant je ne puis goûter une sécurité parfaite; je crains sans cesse qu'un accident, maintenant imprévu, vienne traverser mes désirs les plus chers! Mais je vois sortir mon maître, le seigneur Damonio.

SCÈNE V.

LE FAUX DULIPPE, DAMONIO, *puis* NEVOLA *et* AUTRES VALETS.

DAMONIO.

Dulippe!

LE FAUX DULIPPE.

Me voici.

DAMONIO.

Entre à la maison et dis à Nevola, au Rouge, au Mantouan, de venir ici afin de recevoir mes ordres. Après, va dans ma chambre, cherche dans mon bureau, jusqu'à ce que tu y trouves un rouleau de papiers concernant la vente que fit Ugo Malpensa à mon bisaïeul, d'une certaine terre, et apporte-moi ce rouleau.

LE FAUX DULIPPE.

Tout de suite, Seigneur.

(Il entre dans la maison.)

DAMONIO, *à part.*

Va, va, tu y trouveras pour toi un petit cadeau que tu n'attends guère. Ah! malheureux qui met sa confiance dans autrui, au lieu de s'en rapporter complètement à lui-même! Infortuné que je suis d'avoir reçu ce scélérat chez moi pour mon déshonneur, ma honte, ma ruine et celle de ma maison! *(à ses valets qui sont arrivés.)* Venez çà et écoutez bien. Rentrez au logis, allez ensemble dans ma chambre, où doit être en ce moment Dulippe; sans faire semblant de rien approchez-vous de lui; saisissez-le tous en même temps à l'improviste, tenez-le bien, et sur-le-champ, avec la corde que j'ai posée dans ce but sur ma table, garrottez-lui les pieds et les mains. Ensuite portez-le sous l'escalier, dans le petit cabinet, enfermez-le bien et rapportez-moi la clef, que j'ai laissée, dans la même intention, à la serrure. Allez, exécutez mes ordres avec le moins de bruit possible. Toi, Nevola, tu reviendras me trouver aussitôt après.

NEVOLA.

Vous serez obéi.

DAMONIO.

Mais point de tumulte encore une fois. *(Les valets s'en vont.)* J'ai une grave injure à venger; mais si je punis le misérable comme je le dois, comme il l'a mérité, comme le réclame ma trop juste colère, les lois et le prince peuvent me punir aussi, car il n'est pas permis à un particulier de tirer lui-même satisfaction de ses injures. Que j'aille me plaindre au podestat, au duc ou à ses secrétaires; je publie de ma bouche mon propre déshonneur. Mais que veux-je faire ici? Quand j'aurai tiré de ce misérable toutes les vengeances imaginables, je ne pourrai faire qu'il n'ait pas déshonoré ma fille, que peut-être son crime n'ait pas d'irréparables suites, que cette honte ne demeure éternellement devant mes yeux! Et sur qui va s'acharner ma vengeance? C'est moi, c'est moi-même qui mérite punition, moi qui ai confié ma fille à la surveillance de cette vieille infâme, sa nourrice! Puisque je voulais que Polyneste fût bien gardée, je devais me charger moi-même d'un tel soin, la faire coucher dans ma chambre, n'avoir jamais chez moi des domestiques jeunes, ne laisser approcher de ma fille personne de bonne mine. O ma pauvre femme! c'est à présent que je connais quelle perte j'ai faite, quand tu m'as été ravie et que je suis demeuré veuf. Mais pourquoi n'ai-je pas donné un époux à ma fille, puisque j'aurais pu la marier il y a trois ans déjà? A défaut d'un riche parti, un parti honorable s'offrait pour elle; mais j'ai tardé d'année en année, toujours avec le désir et l'espérance de trouver pour elle un brillant mariage, et voilà quel a été le fruit de mes délais... Infortuné! qui donc voulais-je lui donner pour mari? un prince? Ah! ce coup est trop rude! c'est une douleur plus insupportable que toutes les autres! Perdre son bien, ses enfants, sa femme, on peut tout endurer; mais à ce malheur qui me frappe, on ne résiste pas, et j'y succomberai. O Polyneste! tu t'es rendue indigne de mon amour, toi qui l'as payé d'un tel prix!

SCÈNE VI.

NEVOLA, DAMONIO.

NEVOLA.

Seigneur, nous avons exécuté vos ordres et voici la clef.

DAMONIO.

Bien. Maintenant va trouver messire Paulin de Bibula qui demeure près de Saint-François.

NEVOLA.

J'y vais.

DAMONIO.

Demande-lui de ma part ses fers à mettre aux pieds des prisonniers, et reviens tout de suite.

NEVOLA.

Je vous obéis.

DAMONIO.

Mais écoute; s'il te demandait pour qui ces fers, tu répondrais que tu l'ignores.

NEVOLA.

Oui, Seigneur.

DAMONIO.

Ecoute encore. Garde-toi bien de lui dire, non plus qu'à d'autres, que nous tenons Dulippe sous clef.

(Il rentre chez lui.)

SCÈNE VII.

NEVOLA, *puis* PASIPHILE.

NEVOLA.

Il me paraissait difficile et même impossible, Dulippe, mon cher camarade, que l'argent d'autrui te passât par les mains sans qu'il s'en attachât quelque chose à tes doigts.

Aussi, j'étais bien étonné qu'avec les gages très minces que tu recevais du patron, il te fût possible d'être si bien vêtu. Maintenant tout m'est expliqué! C'est l'honnête Dulippe qui était chargé de la dépense, de la tenue des comptes, des recouvrements; c'est à lui que les clefs des greniers étaient confiées. Dulippe par-ci, Dulippe par-là! Dulippe était l'intime du patron, le favori de ses enfants, le *factotum* de la maison, l'indispensable, l'incomparable. Nous autres, au contraire, nous n'étions en comparaison que boue et poussière. Maintenant, voyez le petit accident qui lui arrive, à ce bien-aimé Dulippe; mieux aurait valu pour lui se donner moins d'importance!

PASIPHILE.

Tu as raison, Nevola; il faisait beaucoup trop l'entendu.

NEVOLA.

D'où diable sors-tu, Pasiphile?

PASIPHILE.

Eh! parbleu, de la même maison que toi; mais j'avais pris une autre porte.

NEVOLA.

Qu'étais-tu donc devenu? Je te croyais parti depuis long-temps.

PASIPHILE.

Pendant que j'étais à table je me sentis je ne sais quelle indisposition: j'allai sans façon dans l'écurie, puis je me couchai sur la paille, et là je m'endormis du plus profond sommeil que j'eusse goûté depuis quinze jours. Mais toi, où vas-tu?

NEVOLA.

Mon maître m'envoie faire une commission très pressée.

PASIPHILE.

Peut-on la connaître?

NEVOLA.

Non.

(*Il sort.*)

SCÈNE VIII.

PASIPHILE, *seul.*

Le pauvre Damonio est encore plus malade que moi! Ah! grand Dieu! pendant que j'étais dans l'écurie j'en ai entendu de belles! Par le ciel, quelle histoire! O honnête Cleandre! ô excellent Erostrate! si vous tenez à être promptement pères de famille, heureux celui de vous qui épousera la fille du seigneur Damonio; car son mari jouira peut-être plus tôt qu'il ne l'imagine, des douceurs de la paternité. Qui aurait jamais supposé pareille chose de mademoiselle Polyneste! Informez-vous dans le voisinage: c'est, vous dira-t-on, la plus honnête fille qui se puisse voir, la plus pieuse, voyant des religieuses pour toute société, toujours en oraison, toujours tenant un livre d'office, une sainte couronne ou un rosaire. Presque jamais on ne la voit sur la porte ou à la fenêtre; jamais on ne lui attribua la plus petite apparence d'intrigue. C'est véritablement une nonne, une recluse! Ah bien! oui! allez-y voir! Messire Cleandre, prenez-la pour femme, et je vous garantis qu'avant peu l'on vous montrera au doigt par toute la ville; vous recevrez de votre belle, outre sa dot, un ornement sur lequel vous ne comptiez pas! Du reste, gardons-nous bien de déranger ce mariage par des révélations indiscrètes. Au contraire; pressons-le de tout mon pouvoir. Mais ne vois-je pas venir la vieille sorcière qui, avant que je l'eusse appris, a découvert à Damonio tout le mystère?

SCÈNE IX.

PASIPHILE, PSITERIA.

PASIPHILE.

Peut-on savoir où va Psiteria?

PSITERIA.

Ici près, chez dame Beritola.

PASIPHILE.

Ah! oui, pour jaser comme une pie et lui conter la grande histoire de ta jeune maîtresse.

PSITERIA.

Non vraiment, je te jure; mais toi-même, comment as-tu appris?...

PASIPHILE.

Tu as tout conté devant moi.

PSITERIA.

Devant toi!... et quand donc, je te prie?

PASIPHILE.

Quand tu as fait ce beau récit au seigneur Damonio. J'étais en un lieu d'où je pouvais te voir et t'entendre à merveille. O le glorieux chef-d'œuvre que tu as fait là! Accuser cette pauvre enfant, faire mourir de chagrin un malheureux père, être cause que la nourrice et Dulippe courent grand risque de payer de leur vie une fatale imprudence; bref, avoir amené toutes les catastrophes qui pourront résulter de ton bavardage!

PSITERIA.

Fort bien! fort bien! nous verrons que c'est moi qui ai fait tout le mal

PASIPHILE.

Et qui donc, si ce n'est toi?

PSITERIA.

Un peu de patience; je te dirai comment tout cela s'est passé. Depuis long-temps je m'étais aperçue que les deux jeunes gens s'aimaient, et que, par l'entremise de cette coquine de nourrice, presque toutes les nuits voyaient leurs tendres rendez-vous. Toutefois, je n'en disais rien. Mais ce matin la nourrice se prit de langue avec moi; par trois fois au moins elle me traita d'ivrognesse; et moi enfin, poussée à bout: — Tais-toi, lui répondis-je, tais-toi! Nous savons quel métier tu fais et comment, lorsque tout le monde est endormi, tu introduis clandestinement Dulippe auprès de notre maîtresse. — En vérité, je croyais n'être entendue que de la nourrice; mais le malheur voulut que notre maître fût à portée de saisir mes paroles. Sur-le-champ il m'appela, il exigea que je lui contasse toute l'aventure.

PASIPHILE.

Et comment as-tu pu y consentir?

PSITERIA.

Hélas! si j'avais pensé que notre maître dût prendre la chose si fort au tragique, il m'aurait tuée plutôt que de m'arracher un mot.

PASIPHILE.

Voilà qui réparera bien le mal que tu as causé!

PSITERIA.

Je suis désolée pour cette pauvre petite, qui se lamente, qui pleure, qui s'arrache les cheveux, et dont le désespoir attendrirait les rochers. Si elle s'effraie, ce n'est pas pour elle, mais pour Dulippe et pour la nourrice, qu'elle voit tous deux en grand péril. Mais je me sauve bien vite.

PASIPHILE.

Et puisses-tu être réduite en poudre; car tu peux te vanter de les avoir mis dans une belle situation!

ACTE QUATRIÈME.

SCÈNE I.

LE FAUX EROSTRATE, *seul.*

Que devenir dans mon embarras? quel parti prendre? à quel moyen recourir pour cacher l'intrigue qui jusqu'à présent avait marché sans encombre? On va bien découvrir maintenant si ce nom d'Erostrate, que je me donne, est mon véritable nom, ou si je suis tout simplement Dulippe; car, contre toute attente, mon vrai maître Philogon est arrivé. Je cherchais Pasiphile; quelqu'un me dit l'avoir vu hors de la porte Saint Paul; je me rends pour le trouver à l'endroit où l'on décharge les navires. J'aperçois une barque près d'aborder, et sur l'avant de cette barque je reconnais en même temps Litio, mon camarade, et mon maître Philogon, qui précisément allongeait la tête de mon côté. Je reviens en toute hâte pour donner avis de cet incident fatal au véritable Erostrate, afin que pour un coup si soudain, nous puissions trouver un prompt remède. Mais avec le peu de temps que nous avons, quel expédient imaginer? Et quand nous aurions plus de loisir que nous n'osons même en désirer, comment nous tirer d'un si mauvais pas, lorsque jusqu'à présent mon jeune maître Erostrate a été pour tout le monde Dulippe, misérable valet de Damonio, pendant que moi, moi, j'étais revêtu de son nom et de sa qualité de gentilhomme? (*à Caprino qui vient à passer.*) Ah! c'est toi, Caprino! cours après cette femme avant qu'elle entre chez le seigneur Damonio; prie-la de s'informer si Dulippe est dans cette maison et de lui dire qu'il vienne, car j'ai à lui parler de choses des plus importantes. Écoute; n'ajoute rien de plus et fais en sorte qu'elle ne puisse pas s'apercevoir si cette question lui vient d'un autre que toi.

SCÈNE II.

CAPRINO, PSITERIA, LE FAUX EROSTRATE, *un peu à l'écart.*

CAPRINO.

Eh! bonne femme... Eh! la vieille... Tu es donc sourde comme une borne? tu ne m'entends donc pas, spectre féminin?

PSITERIA.

Fasse le ciel que tu ne sois jamais vieux, afin que personne ne puisse te traiter de la sorte!

CAPRINO.

Vois, de grace, si Dulippe est dans ce logis.

PSITERIA.

C'est bien comme s'il n'y était pas.

CAPRINO.

Dis-lui de ma part que j'ai un besoin indispensable de lui parler.

PSITERIA.

Prends patience, il est occupé.

CAPRINO.

Ma belle, mon ange, ma divinité, fais-lui ma commission.

PSITERIA.

Il est occupé, te dis-je.

CAPRINO.

Vieille folle, fainéante!

PSITERIA.

Plaît-il, gibier de potence?

CAPRINO.

Vilaine bête têtue!

PSITERIA.

Petit vaurien! puisse-t-on filer la corde pour te pendre!

CAPRINO.

Tu seras brûlée comme sorcière et jeteuse de maléfices, si le diable ne t'emporte pas auparavant! La peine serait bien grande, n'est-ce pas, de dire un mot à Dulippe?

PSITERIA.

Si tu t'approches, je te donnerai la bastonnade.

CAPRINO.

Prends garde à toi, vieille ivrognesse! si je ramasse un caillou, je te casserai ta tête de guenuche.

PSITERIA.

Maudit sois-tu! je crois que tu es le malin esprit qui vient pour me tenter.

LE FAUX EROSTRATE.

Caprino, ne m'entends-tu pas? Reviens ici. A quoi bon rester à disputer de la sorte? (*à part.*) Voici Philogon qui se dirige de ce côté. Je ne sais que faire ni comment me retourner; je ne veux pas qu'il me trouve revêtu de ce costume et qu'il me parle avant que j'aie vu Erostrate.

SCÈNE III.

PHILOGON, LITIO, *son valet*, UN FERRARAIS.

PHILOGON.

Estimable étranger, soyez sûr que, comme vous le dites, nul amour n'est égal à l'amour paternel. Il fut un temps où je n'aurais pas cru qu'au déclin de mes jours je mettrais le pied hors de la Sicile, et qu'une affaire, si importante qu'elle fût, pourrait me décider à un pareil dérangement. Et pourtant voici que j'ai accompli, avec de grands risques et de grandes peines, un long voyage, uniquement pour voir mon fils et l'emmener avec moi.

LE FERRARAIS.

Vous semblez avoir enduré des fatigues bien rudes et qui ne sont plus de votre âge.

PHILOGON.

Vous ne vous trompez pas. Je suis venu jusqu'à Ancône en compagnie de quelques gentilshommes de mon pays qui avaient fait un vœu à Lorette; de là je me suis mis en route pour Ravenne, dans une barque qui s'en retournait aussi chargée de pèlerins; de Ravenne ici j'ai voyagé également par eau, mais toujours contrarié par le temps et avec mille fatigues.

LE FERRARAIS.

Encore les auberges sont-elles mauvaises dans cette ville.

PHILOGON.

Assurément. Mais ce n'est là qu'une bagatelle auprès des désagréments et des ennuis qu'il faut supporter de la part de ces maudits commis des douanes. Combien de fois croyez-vous qu'ils aient ouvert la valise et la petite malle que j'avais avec moi sur la barque, et qu'ils aient bouleversé et mis sens dessus dessous tout ce qui s'y trouvait, qu'ils aient fouillé dans mes poches et sous mes habits? J'ai cru même, plus d'une fois, qu'ils allaient m'écorcher tout vif, afin de s'assurer si je ne portais pas entre cuir et chair des étoffes et des objets soumis aux droits.

LE FERRARAIS.

J'ai entendu dire que ces gens-là sont quelquefois encore bien pis, et qu'ils en viennent jusqu'à assassiner les marchands.

PHILOGON.

Ce qu'il y a de certain, c'est que les gens qui recherchent de tels emplois ne peuvent être que des mauvais sujets, capables de tous les méfaits imaginables.

LE FERRARAIS.

Vous oublierez bientôt ces désagréments au milieu de la joie que vous allez éprouver en voyant votre fils. Mais, s'il vous plaît, dites-moi pourquoi vous n'avez pas fait venir le jeune homme en Sicile, plutôt que d'entreprendre vous-même un voyage si pénible, puisque vous n'aviez pas ici d'autres affaires, comme vous le dites. Peut-être avez-vous mieux aimé vous exposer à de si grandes fatigues, au risque d'y périr, que de déranger votre fils de ses études?

PHILOGON.

Ce n'est pas là la principale raison; au contraire, mon plus grand désir est que mon fils quitte l'Université pour retourner dans la maison paternelle.

LE FERRARAIS.

Puisque vous ne tenez pas à le voir devenir lettré, pourquoi donc lui avez-vous fait suivre ses études?

PHILOGON.

Je vais vous le dire. Quand il était à la

maison il se conduisait d'une façon qui n'était ni bonne ni louable; il dépensait beaucoup, il se dérangeait, comme font la plupart des jeunes gens. Je pensai qu'en l'envoyant hors du logis, il se réformerait; mais je ne croyais pas que son absence dût m'être si pénible. Je l'engageai donc à étudier, et je lui donnai le choix de l'Université où il voudrait se rendre. Il partit pour Ferrare; mais il n'était pas encore arrivé, je crois, que je fus pris d'un ennui, d'une tristesse, d'un chagrin insupportables. Depuis ce moment j'ai passé peu de nuits sans verser des larmes; je lui ai écrit plus de cent lettres pour l'engager à revenir, mais je n'ai jamais pu l'y décider; il me répondait toujours en me priant de lui permettre de continuer ses études, disant qu'il avait l'espoir infaillible de les terminer bientôt de la manière la plus heureuse.

LE FERRARAIS.

Je puis vous assurer que j'ai entendu vanter son mérite par un grand nombre d'étudiants et par des hommes dignes de foi; nul, dans toute l'Université, n'obtient plus de succès que lui.

PHILOGON.

Je me réjouis qu'il ait bien employé son temps; mais je me soucie peu de tant de science, s'il doit demeurer encore long-temps loin de moi. Si j'arrivais au terme de ma vie sans l'avoir à mes côtés, je mourrais désespéré, croyez-moi; aussi je suis décidé à l'emmener avec moi.

LE FERRARAIS.

Il est tout simple d'aimer ses enfants; mais quand cette affection est portée si loin, elle dégénère en faiblesse peu digne d'un homme.

PHILOGON.

Je suis ainsi fait. D'ailleurs il est une autre raison, plus importante encore, qui m'a engagé à ce voyage. Quatre ou cinq habitants de Catane ont eu l'occasion de se rendre ici pour leurs affaires; tous m'ont dit qu'ils étaient allés, les uns une fois, les autres deux fois, chez Erostrate pour le voir, et jamais ils n'ont été assez heureux pour le rencontrer. On leur a répondu qu'il craignait si fort de dérober un seul moment à l'étude, qu'il évitait toute distraction et tout commerce avec ses compatriotes, et qu'à peine prenait-il le temps de boire et de manger. Je suis persuadé qu'il veille toutes les nuits; il est jeune, il a été élevé délicatement; ce travail trop assidu pourrait le tuer ou le rendre fou, enfin lui devenir funeste.

LE FERRARAIS.

Il est certain que l'excès est blâmable en toutes choses. Mais voici la maison où demeure votre fils; je vais frapper à la porte, si vous le voulez bien.

PHILOGON.

Frappez. La joie fait battre mon cœur plus vite.

LE FERRARAIS, *après avoir frappé à la porte.*

On ne répond pas.

PHILOGON.

Frappez encore.

LE FERRARAIS.

Je crois qu'ils dorment dans cette maison. Laissez-moi faire. Holà! holà! venez ouvrir! venez, s'il y a quelqu'un en ce logis.

SCÈNE IV.

LE FERRARAIS, PHILOGON, LITIO; DALIO, *à la fenêtre.*

DALIO.

Or çà, ne pouvez-vous pas avoir autant d'égards pour notre porte que si la maison était à vous? Quel tapage! vous voulez l'enfoncer, je crois!

PHILOGON.

Par ma foi! nous pensions que vous dormiez tous, et nous voulions vous réveiller. Que fait Erostrate?

DALIO.

Il n'y est pas.

PHILOGON.

Ouvre-nous.

DALIO.

Si vous comptiez loger dans cette maison, vous devez y renoncer, car un autre voyageur occupe déjà toutes les chambres vacantes, et de toute façon nous n'aurions pas de place pour tant de monde.

PHILOGON.

Voilà certes un domestique bien poli et bien prévenant! Et quel est cet étranger logé ici?

DALIO.

Le seigneur Philogon.

PHILOGON.

Philogon!

DALIO.

Oui, le seigneur Philogon, père de mon maître Erostrate, et qui est nouvellement arrivé de Sicile.

PHILOGON.

Nous éclaircirons cela quand je serai entré; ouvre-nous, je te prie.

DALIO.

J'ouvrirai, si bon vous semble; mais vous n'entrerez pas pour long-temps, car je vous répète que tous les appartements sont pleins.

PHILOGON.

Encore une fois, qui loge ici?

DALIO.

Ne l'avez-vous pas entendu? le père d'Erostrate, le seigneur Philogon, récemment arrivé de Catane.

PHILOGON.

Et quand donc est-il arrivé, sinon dans ce moment même?

DALIO.

Il y a bien deux heures et plus qu'il est descendu à l'auberge de l'Ange, où sont encore ses chevaux. Erostrate est allé l'y chercher et l'a amené ici.

PHILOGON.

Voyez-vous cet imbécile qui veut se jouer de moi?

DALIO.

Ah! çà, vous vous amusez à me tenir là pour me répondre, et vous m'empêchez pendant ce temps de faire ma besogne!

PHILOGON.

Bien certainement cet homme a trop bu.

LE FERRARAIS.

Il en a l'air; regardez comme il est enluminé!

PHILOGON, *à Dalio.*

Quel est ce Philogon dont tu parles?

DALIO.

Un bon gentilhomme, qui est bel et bien le père d'Erostrate.

PHILOGON.

Où est-il?

DALIO.

Ici, dans la maison.

PHILOGON.

Pourrait-on le voir?

DALIO.

Oui, je crois.

PHILOGON.

Demande-le-lui.

DALIO.

Volontiers.

(*Il se retire.*)

SCÈNE V.

PHILOGON, LITIO, LE FERRARAIS.

PHILOGON.

Je ne sais ce que je dois penser.

LITIO.

Mon cher maître, le monde est bien grand. Il doit se rencontrer d'autres Erostrates, d'autres Philogons, voire même d'autres Ferrares, d'autres Siciles, et d'autres Catanes. Peut-être la Ferrare où nous sommes n'est pas celle où étudie votre fils. Croyez-moi; il doit y avoir ici un autre Erostrate, fils d'un autre Philogon.

PHILOGON.

Je ne sais si je dois croire que tu es fou et que cet autre est ivre.

LITIO.

Ah! qu'il est vrai de dire que l'on perd souvent à changer de place!

LE FERRARAIS, *à Philogon.*

Eh! par le ciel! croyez-vous que je ne connaisse pas bien Erostrate et que je ne sache pas bien où il demeure? Hier encore je l'ai vu entrer ici. Mais voici un homme qui éclaircira ce mystère, car il n'a pas l'air d'être ivre comme celui qui était tout à l'heure à la fenêtre.

SCÈNE VI.

LES PRÉCÉDENTS, LE SIENNOIS, DALIO.

LE SIENNOIS.

Vous désirez me parler, messire?

PHILOGON.

Je voudrais savoir d'où vous êtes.

LE SIENNOIS.

De Sicile.

PHILOGON

Et de quelle ville?

LE SIENNOIS.

De Catane.

PHILOGON.

Votre nom, s'il vous plaît?

LE SIENNOIS.

Philogon.

PHILOGON.

Et quelle est votre profession?

LE SIENNOIS.

Marchand.

PHILOGON.

Eh! quelle marchandise avez-vous apportée ici?

LE SIENNOIS.

Aucune, car je suis venu pour voir mon fils qui étudie dans cette ville, et dont je suis séparé depuis deux ans.

PHILOGON.

Comment se nomme-t-il?

LE SIENNOIS.

Erostrate.

PHILOGON

Erostrate est votre fils?

LE SIENNOIS.

Eh bien! oui, Erostrate est mon fils.

PHILOGON.

Et vous êtes Philogon?

LE SIENNOIS.

Oui, je suis Philogon.

PHILOGON.

Et vous êtes un marchand de Catane?

LE SIENNOIS.

A quoi bon vous le répéter si souvent? Croyez-vous que je veuille vous en imposer?

PHILOGON.

Oui, certes, je le crois. Tu n'es qu'un malheureux imposteur.

LE SIENNOIS.

Il est fort mal de votre part de me dire des injures.

PHILOGON.

Je ferais encore mieux de joindre le geste à la parole, effronté menteur qui te donnes pour ce que tu n'es pas!

LE SIENNOIS.

Je suis Philogon, comme je vous l'ai dit. Je ne prendrais pas ce nom, s'il ne m'appartenait pas.

PHILOGON.

Grand Dieu! quelle effronterie! Tu es Philogon de Catane?

LE SIENNOIS.

Ne l'avez-vous pas entendu, vous qui faites l'étonné?

PHILOGON.

Oui, je m'étonne qu'on puisse trouver chez un homme un pareil excès d'impudence. Ni toi, ni la nature qui t'a mis au monde, vous ne pouvez faire que tu sois ce que je suis, filou, voleur, escroc que tu es!

DALIO.

Je ne souffrirai pas que tu injuries ainsi le père de mon maître. Si tu ne te retires pas de devant cette porte, méchant fou que tu es, je t'enfoncerai cette broche dans le ventre jusqu'au manche. Gare à toi, si Érostrate se trouvait ici! (*au Siennois.*) Rentrez, rentrez, Seigneur, et laissez-le tant qu'il voudra crier et radoter dehors.

SCÈNE VII.

PHILOGON, LITIO, LE FERRARAIS.

PHILOGON.

Litio, que dis-tu de cela?

LITIO.

Rien de bon, Seigneur. A parler franchement, ce nom de Ferrare ne m'avait jamais plu, et cette impression-là n'est pas démentie par l'événement.

LE FERRARAIS.

Tu as tort de dire du mal de notre ville; elle n'est pour rien dans vos mésaventures. Ne t'aperçois-tu pas, à l'accent de cet homme avec qui vous avez querelle, qu'il n'est pas de Ferrare?

LITIO.

C'est votre faute à tous; mais c'est particulièrement celle de vos magistrats qui tolèrent de telles friponneries dans le pays qu'ils administrent.

LE FERRARAIS.

Les magistrats sont-ils instruits de pareilles choses, et penses-tu qu'ils puissent tout savoir?

LITIO.

Oh! vraiment, je crois qu'ils ne savent que très peu de choses, encore est-ce malgré eux. Ils ne prennent garde qu'à ce qui leur vaut quelque profit, tandis qu'ils devraient avoir les oreilles plus ouvertes que le sont un dimanche les portes des cabarets.

PHILOGON.

Parle de tes pareils, nigaud.

LITIO.

Si Dieu ne vient à notre aide, nous pourrons bien être à deux de jeu.

PHILOGON.

Que faire?

LITIO.

Le mieux est de chercher autre part Erostrate.

LE FERRARAIS.

Je vous accompagnerai de grand cœur. Nous le trouverons soit à l'Université, soit sur la promenade près l'évêché.

PHILOGON.

Je me sens bien las. Je préfère l'attendre ici; il faudra bien qu'il finisse par y venir.

LITIO.

Mon cher maître, j'ai peur que nous trouvions aussi un autre Érostrate.

LE FERRARAIS.

Ah! le voici... Mais où va-t-il? Attendez, je vais lui dire que vous êtes là. (*appelant.*) Erostrate! Erostrate!... Erostrate, retourne-toi donc de ce côté!

SCÈNE VIII.

PHILOGON, LITIO, LE FERRARAIS, LE FAUX EROSTRATE.

LE FAUX EROSTRATE, *à part.*

Il n'y a pas moyen de soutenir davantage mon déguisement. Il ne me reste qu'à faire bonne mine et bonne contenance.

LE FERRARAIS.

Erostrate, le seigneur Philogon votre père est arrivé de Sicile.

LE FAUX EROSTRATE.

Je le sais bien, je l'ai vu; je suis même demeuré quelque temps avec lui.

LE FERRARAIS.

C'est possible; pourtant, d'après ce qu'il dit, il ne semble pas qu'il vous ait vu encore.

LE FAUX EROSTRATE.

Et vous, en quel moment, dans quel endroit lui avez-vous parlé?

LE FERRARAIS.

Le voici, regardez-le! On croirait que vous ne le connaissez pas. Le voici, Seigneur Philogon; voici votre cher fils Erostrate.

PHILOGON.

Lui Erostrate? Mon fils Erostrate n'est pas ainsi fait. C'est plutôt Dulippe!... Eh! oui, c'est Dulippe!

LITIO.

Qui pourrait en douter?

LE FAUX EROSTRATE.

Quel est cet homme?

PHILOGON.

Or çà, que signifie ce beau costume qui te ferait prendre pour un docteur?

LE FAUX EROSTRATE.

A qui s'adresse ce vieillard?

PHILOGON.

Que Dieu m'aide! Tu ne me reconnais pas?

LE FAUX EROSTRATE.

Je ne me rappelle pas vous avoir jamais vu.

PHILOGON.

Entends-tu, Litio?... Où en sommes-nous? Conçoit-on ce drôle, qui fait semblant de ne pas me reconnaître?

LE FAUX EROSTRATE.

Mon brave gentilhomme, vous m'avez pris pour un autre.

LITIO.

Ne vous ai-je pas dit ce qui en est, de cette ville de Ferrare? Voici que Dulippe, Dulippe votre valet, feint de ne vous avoir jamais vu. C'est un effet de l'influence du pays.

PHILOGON.

Tais-toi, animal.

LE FAUX EROSTATE.

Je ne m'appelle pas Dulippe; demandez à qui vous voudrez. Tout le monde ici me connaît, depuis le plus grand jusqu'au plus petit. Informez-vous de mon nom à la personne qui est avec vous.

LE FERRARAIS.

Je vous ai toujours connu pour Erostrate de Catane, et parmi ceux qui vous voient, personne ne vous a jamais donné un autre nom.

LITIO.

Vous devriez vous apercevoir, mon maître, que nous sommes dans une vraie caverne. Ce jeune homme, qui devrait nous servir de guide et d'escorte, est d'accord avec Dulippe; il veut que le traître soit Erostrate, et il imagine nous le faire croire, à nous aussi.

LE FERRARAIS.

Tu as grand tort de te plaindre de moi, Litio. Je n'ai jamais connu cet homme-là sous un autre nom que sous celui d'Erostrate et je l'ai entendu appeler ainsi par tout le monde depuis qu'il est arrivé de Sicile.

LE FAUX EROSTRATE.

Et comment pourriez-vous me connaître sous un autre nom? et qui pourrait m'en donner un autre que le mien? Mais je suis bien bon de rester ici à entendre les radotages de ce vieillard!

PHILOGON.

Ah! bandit! ah! traître! ah! pendard! c'est ainsi que tu accueilles ton maître! Assassin, qu'as-tu fait d'Erostrate, puisque tu as volé son nom?

DALIO, *sortant de la maison avec d'autres domestiques.*

Eh quoi! ce chien est encore à aboyer ici! et je souffrirais qu'il dise des injures à mon maître!

LE FAUX EROSTRATE.

Rentre au logis. Que veux-tu faire de ce pilon de cuisine?

DALIO.

Je veux m'en servir pour casser la tête à ce vieux fou.

LE FAUX EROSTRATE.

Allons! allons! pose cette pierre que tu as ramassée. Rentrez tous au logis et ayez pour son âge le respect que sa conduite ne mérite pas.

SCÈNE IX.

PHILOGON, LITIO, LE FERRARAIS.

PHILOGON.

Qui pourra venir à mon secours? à qui m'adresserai-je, puisque ce malheureux, que j'ai élevé chez moi dès sa plus tendre enfance, que j'ai traité comme mon fils, fait semblant de ne me pas reconnaître; puisque vous, un honnête homme que j'avais pris pour guide, pour sauvegarde, et dont je croyais m'être fait un ami sûr, vous vous accordez avec ce fripon de valet! Sans pitié pour la situation d'un pauvre vieillard qui se trouve seul ici, étranger dans cette ville; sans crainte de l'éternelle justice de Dieu, vous avez attesté que ce misérable est Erostrate, et c'est une imposture; car tous les hommes, car la nature, avec toute sa puissance, ne pourraient faire en des centaines de siècles qu'il fût un autre que Dulippe.

LITIO.

Si dans ce pays-ci tous les témoignages

ressemblent à celui-là, les plaideurs doivent prouver aisément tout ce qui leur convient.

LE FERRARAIS, *à Philogon.*

Mon gentilhomme, depuis que ce cavalier est arrivé ici, soit de Sicile, soit de tout autre lieu, toujours je l'ai entendu nommer Erostrate, toujours je l'ai vu passer pour le fils d'un riche marchand de Catane, appelé Philogon. Est-il Erostrate ou ne l'est-il pas? c'est ce que je laisserai décider par les personnes qui l'ont connu avant qu'il vînt à Ferrare. Quand on atteste ce que l'on croit être vrai, on ne peut être condamné comme faussaire, ni devant Dieu ni devant les hommes. J'ai dit ce que j'entends dire publiquement et ce que je tiens pour parfaitement vrai.

PHILOGON.

Ainsi donc celui que j'avais donné à mon fils chéri pour guide, pour compagnon, pour ami, l'aura vendu, assassiné, enfin aura commis à son égard quelque trahison infâme! Il aura volé, non-seulement ses habits, ses livres, son argent, tout ce que mon enfant avait emporté de Sicile pour vivre ici, mais encore son nom, afin de pouvoir trafiquer à son profit des lettres de change et du crédit que j'avais donné à mon fils auprès des marchands. Ah! malheureux Philogon! infortuné vieillard! Mais n'y a-t-il pas ici un juge, un gouverneur, un podestat, un commissaire à qui je puisse recourir?

LE FERRARAIS.

Oui, nous avons ici des juges, des podestats; nous avons surtout un prince d'une haute justice. Si le bon droit est pour vous, seigneur Philogon, ne craignez pas qu'on le méconnaisse.

PHILOGON.

Eh bien! je vous en conjure, allons trouver le prince, le podestat ou quelque autre juge à qui je puisse me plaindre de la plus infâme imposture, de la plus abominable friponnerie, non-seulement que l'on ait jamais commise, mais encore dont on ait jamais eu l'idée.

LITIO.

Mon maître, il faut quatre choses à qui veut plaider: d'abord un très bon droit, puis quelqu'un pour exposer ce droit, puis des protections, puis enfin quelqu'un pour vous faire justice.

PHILOGON.

Je ne sache pas que les lois fassent mention des protections. Que veux-tu dire par-là?... explique-toi.

LITIO.

Je veux dire qu'il faut avoir des amis puissants qui recommandent votre affaire au juge; qui, si vous avez raison, la fassent expédier en peu de temps; qui, si vous avez tort, la fassent traîner en longueur, des jours, des mois entiers, tant et si bien qu'à la fin votre adversaire, fatigué par les dépenses du procès, excédé d'ennuis et de tracas, en soit réduit à désirer un accommodement avec vous.

LE FERRARAIS.

Pour ce qui concerne cet objet, seigneur Philogon, quoique la justice ne procède pas ainsi habituellement à Ferrare, si vous avez besoin de pareilles ressources, j'espère vous les procurer. Je vous ferai parler à un très habile avocat qui vous rendra tous les services nécessaires.

PHILOGON.

Ainsi donc il faudra me livrer comme une proie aux avocats et aux procureurs! L'argent que j'ai apporté avec moi, les biens même que je possède dans mon pays ne suffiront pas pour rassasier leur avidité insatiable. Je sais très bien quels sont leurs usages. Quand je m'adresserai à eux, ils me diront que j'ai cent fois raison; ils me promettront une victoire infaillible, afin de m'enlacer dans leurs filets; mais après que je me serai laissé prendre à leurs piéges, quand il ne dépendra plus de moi d'en sortir, ils commenceront à trouver des points douteux dans l'affaire! Que dis-je, qu'ils en trouveront? ils en feront naître; ils me diront que j'ai eu grand tort de ne pas leur confier ma cause dès l'origine; par ces moyens ils chercheront à me tirer, non pas seulement l'argent de la bourse, mais aussi l'ame du corps.

LE FERRARAIS.

Cet avocat à qui je veux vous adresser, Seigneur Philogon, ne ressemble point aux autres; c'est un demi-saint.

LITIO.

Et peut-être un demi-diable.

PHILOGON.

Litio n'a pas tort: moi aussi je me fie très peu à ces gens qui portent la tête de travers et qui vous entortillent avec de belles paroles jusqu'à ce qu'ils se soient emparés de vous.

LE FERRARAIS.

Celui que je vous propose n'est pas de cette espèce-là; je le crois, du moins; et quand je me tromperais, son inimitié, sa haine violente contre cet homme, que ce soit Erostrate ou Dulippe, l'engageront, indépendamment de toute considération d'intérêt, à vous donner tout le secours et toute l'assistance qu'il pourra.

PHILOGON.

Quelle haine existe donc entre eux?

LE FERRARAIS.

Je vais vous le dire; tous les deux courtisent la fille d'un gentilhomme de notre ville et se trouvent en rivalité d'amour.

PHILOGON.

Ce misérable fait donc, à mes dépens, une assez belle figure dans Ferrare, pour qu'il ose courtiser des filles de gentilshommes?

LE FERRARAIS.

Oui, certes.

PHILOGON.

Comment s'appelle ce docteur?

LE FERRARAIS.

On le nomme maître Cleandre; c'est un de nos premiers jurisconsultes.

PHILOGON.

Allons donc le trouver.

LE FERRARAIS.

Allons.

ACTE CINQUIÈME.

SCÈNE I.

LE FAUX EROSTRATE, *seul.*

Il faut convenir que j'ai joué de malheur! Avant que j'eusse pu trouver Erostrate, mon mauvais destin a voulu que je me rencontrasse face à face avec le seigneur Philogon. Il a bien fallu faire semblant de ne pas le reconnaître, me quereller avec lui, crier bien fort, lui répondre en un style très peu respectueux. Maintenant qu'il en advienne ce qui pourra. Il est impossible que je n'aie pas gravement offensé le père de mon maître, qu'il n'en conserve pas à tout jamais un terrible ressentiment... Aussi je me demande si le mieux n'est pas d'entrer chez Damonio, de parler sur-le-champ au véritable Erostrate, de lui rendre son nom et ses habits, puis de m'esquiver le plus vite possible, pour ne plus reparaître, tant que vivra le seigneur Philogon, dans cette maison où je fus élevé depuis ma première enfance jusqu'à l'âge d'homme... Mais voici Pasiphile; il ne pouvait arriver plus à propos pour entrer en ce logis et pour prier mon maître de venir me parler.

SCÈNE II.

LE FAUX EROSTRATE, PASIPHILE.

PASIPHILE.

J'ai appris deux nouvelles bien agréables: la première, c'est que l'on prépare un superbe repas au logis de messire Erostrate; la seconde, c'est qu'il me cherche. Je viens le trouver chez lui en toute hâte, afin de lui épargner la fatigue de courir de côté et d'autre après moi, et parce que nul n'aime mieux que Pasiphile à se trouver partout où l'on apprête une chère abondante et délicate. Me voici.

LE FAUX EROSTRATE.

Pasiphile, fais-moi un plaisir, si tu es mon ami...

PASIPHILE.

Votre ami! qui l'est plus que moi? qui plus que moi désire vous servir? Ordonnez!

LE FAUX EROSTRATE.

Entre un instant chez Damonio, demande Dulippe, et dis-lui...

PASIPHILE.

Impossible de lui parler; il est en prison.

LE FAUX EROSTRATE.

En prison! où?...

PASIPHILE.

Dans un cachot affreux; rien que cela!

LE FAUX EROSTRATE.

Sais-tu pourquoi?

PASIPHILE.

Nullement; qu'il vous suffise d'avoir appris de moi qu'il est en prison; je vous en ai trop dit peut-être.

LE FAUX EROSTRATE.

Il faut, Pasiphile, que tu m'apprennes tout, si jamais tu as eu le désir de m'obliger.

PASIPHILE.

Ne m'y forcez pas. Que vous importe d'en savoir davantage?

LE FAUX EROSTRATE.

Il m'importe plus que tu ne crois.

PASIPHILE.

Il m'importe aussi plus que vous ne croyez de me taire.

LE FAUX EROSTRATE.

Et voilà, Pasiphile, le fruit de ma confiance en toi? voilà les résultats de tes promesses?

PASIPHILE.

Je voudrais n'être pas venu ici, au prix du jeûne le plus rigoureux, au prix d'un jour entier d'abstinence!

LE FAUX EROSTRATE.

Ou tu vas tout me conter, ou tu auras soin de ne plus remettre les pieds chez moi.

PASIPHILE.

Eh bien ! seigneur Erostrate, j'aime mieux me mettre mal avec tout l'univers que de perdre votre affection. Mais si vous apprenez des nouvelles qui vous affligent, c'est vous seul qu'il faudra en accuser.

LE FAUX EROSTRATE.

Rien ne peut m'affliger plus que le malheur de Dulippe ; rien, pas même le mien.

PASIPHILE.

Puisqu'il en est ainsi, je vous dirai que l'on a surpris le pauvre garçon dans les bras de la fille de Damonio.

LE FAUX EROSTRATE.

O ciel ! Damonio a découvert cette intrigue?

PASIPHILE.

Une servante l'a dénoncée ; Damonio a fait saisir Dulippe, ainsi que la nourrice de Polyneste, complice de ses amours, et les a fait jeter tous deux au fond d'un cachot, où, je crois, ils feront pénitence de leurs péchés.

LE FAUX EROSTRATE.

Pasiphile, va-t-en dans mon logis, à la cuisine ; fais préparer et disposer à ta fantaisie les viandes qui s'y trouvent.

PASIPHILE.

Certes, même en me nommant Grand-Juge, vous n'auriez pu me donner un emploi qui me convînt mieux que celui-là.

SCÈNE III.

LE FAUX EROSTRATE, *seul.*

J'ai éloigné Pasiphile le plus vite que j'ai pu, afin qu'il ne fût pas témoin de mes larmes et de mes plaintes ; car je ne saurais me contenir plus long-temps. Ah ! fortune cruelle ! tous les revers qui, venant l'un après l'autre, suffiraient pour faire le malheur d'un homme durant sa vie entière, tu les verses à la fois sur ma tête en quelques moments, et dans l'avenir tu m'en prépares encore d'innombrables et d'affreux. Mon maître qui, même dans sa jeunesse, n'avait jamais perdu de vue sa maison, tu lui fais quitter, déjà vieux, la Sicile, précisément quand son arrivée à Ferrare devait m'être le plus funeste. Tu as adouci, tu as modéré les aquilons, le vent du midi, tous les autres vents, afin qu'il se présentât ici non pas un peu plus tôt ni un peu plus tard, mais justement le jour où je pouvais redouter davantage sa présence. Il ne te suffisait pas de m'avoir jeté à la traverse un pareil embarras ; il fallait encore qu'au même moment tu vinsses révéler l'intrigue d'Erostrate, mon maître, avec Polyneste, cette intrigue conduite jusqu'ici dans un si profond silence ! Durant deux ans, tu l'as tenue cachée, tout exprès pour m'amasser en un jour plus d'infortunes, et réunir en un faisceau toutes les catastrophes qui pouvaient fondre sur moi. Que dois-je et que puis-je faire? Je n'ai pas le temps d'imaginer de nouvelles ruses ; chaque moment, chaque minute perdus sans secourir Erostrate, aggravent encore le danger. Je n'ai d'autre parti à prendre que d'aller trouver le seigneur Philogon, de lui conter toute l'histoire sans rien dissimuler, pour qu'il vienne en aide le plus tôt possible à son fils, dont la vie est en grand péril, à moins d'une prompte assistance... Oui, c'est le seul parti que j'aie à prendre ; j'affronte, je le sais, le plus rude traitement ; mais quand je songe à tous mes motifs de reconnaissance envers mon jeune maître, mon attachement pour lui ne me laisse qu'une seule pensée : sauver sa vie, même aux dépens de la mienne. Mais que faire? Irai-je partout chercher Philogon, ou bien resterai-je à l'attendre au logis? S'il me rencontre dans la rue, ce seront de sa part de grands éclats, des vociférations ; il ne voudra pas m'écouter, et ses cris ameuteront les passants autour de nous. Il vaut mieux l'attendre, car le désir de voir son fils le ramènera certainement de ce côté.

SCÈNE IV.

LE FAUX EROSTRATE, PASIPHILE.

PASIPHILE, *à la cantonade.*

Accommodez ce plat ; mais ne le faites pas cuire avant le moment du dîner. (*au faux Erostrate.*) J'espère que le repas ira bien, mais sans ma présence il serait arrivé quelque catastrophe.

LE FAUX EROSTRATE.

Quelle catastrophe?

PASIPHILE.

C'est ce Dalio qui voulait mettre à la même broche la grosse pièce de viande et les grives. L'imbécile qui ne sait pas que pour cuire convenablement, l'une veut beaucoup de temps, pendant qu'aux autres il en faut très peu !

LE FAUX EROSTRATE.

Plût au ciel qu'il n'y eût pas à redouter de plus terribles catastrophes !

PASIPHILE.

Sur deux mésaventures, nous ne pouvions en esquiver une. Si l'on avait laissé les grives au feu aussi long-temps que la grosse pièce, elles auraient été desséchées et brûlées. Si on les avait retirées les premières, elles se fussent trouvées froides et mauvaises.

LE FAUX EROSTRATE.

Tu as eu raison.

PASIPHILE.

Je vais aller au marché pour acheter, si bon vous semble, des oranges et des olives, car sans ces accessoires, le service serait tout-à-fait incomplet.

LE FAUX EROSTRATE.

Rien n'y manquera, sois-en certain.

SCÈNE V.

PASIPHILE, *seul.*

Depuis que je lui ai appris l'emprisonnement de Dulippe, il est tout-à-fait troublé et bouleversé. Je vois bien qu'il a un terrible souci en tête; mais qu'il ait autant de soucis qu'il voudra, ce n'est pas mon affaire, pourvu que je soupe avec lui. Mais ne vois-je pas venir notre *dominus Cleandrus?* Qu'il soit le bienvenu; je veux contribuer à lui mettre une belle coiffure sur la tête. Il épousera Polyneste; car, pour Erostrate, d'après ce que je lui ai dit des faits et gestes de la belle, je ne crois pas qu'il s'en soucie beaucoup maintenant.

SCÈNE VI.

CLEANDRE, PHILOGON, PASIPHILE, LITIO.

CLEANDRE, *à Philogon.*

Comment pouvez-vous prouver que cet homme-là n'est pas Erostrate, quand vous voyez que la notoriété publique contredit votre assertion? Comment prouverez-vous aussi que vous êtes Philogon, tandis que cet autre assure que ce nom lui appartient, et s'appuie du témoignage de l'individu qui passe aux yeux de tout le monde pour Erostrate?

PHILOGON.

Je veux me constituer ici prisonnier; on enverra sur-le-champ à Catane, à mes frais, n'importe, pour en faire venir deux témoins, ou même trois, pour plus de sûreté, qui connaissent et Dulippe, et Philogon, et Erostrate; et ces témoins diront qui est Philogon, de moi ou de cet autre, et si ce scélérat de valet est Erostrate ou Dulippe.

PASIPHILE, *à Cleandre.*

Je vous salue très humblement, Seigneur.

CLEANDRE, *à Philogon.*

Un tel voyage sera bien long et bien coûteux.

PHILOGON

Peu importe!

CLEANDRE.

Il est vrai que ce moyen est absolument nécessaire; je n'en vois aucun autre.

PASIPHILE, *à Cleandre.*

Que Dieu vous conserve, mon très honoré patron!

CLEANDRE.

Qu'il te donne ce que tu mérites!

PASIPHILE.

Alors il me donnera votre bienveillance et il me l'assurera à perpétuité.

CLEANDRE.

Il te donnera une corde pour te pendre, gourmand, drôle, mécréant que tu es!

PASIPHILE.

Je confesse que je suis gourmand; mais pour être un drôle et un mécréant, c'est ce que je n'avoue pas; et je ne sais pourquoi vous m'accablez d'injures, moi qui suis votre empressé serviteur et votre ami dévoué.

CLEANDRE.

Toi, mon serviteur! toi, mon ami!

PASIPHILE.

Au nom du ciel! dites-moi en quoi j'ai eu le malheur de vous offenser.

CEEANDRE.

Va à la potence! Eloigne-toi d'ici!

PASIPHILE.

Toujours j'ai eu pour vous le plus profond respect.

CLEANDRE.

Je te le paierai, traître, sois-en sûr!

PASIPHILE.

Quelle trahison peut-on m'imputer?

CLEANDRE.

Je te l'apprendrai à tes dépens, voleur, ivrogne, fripon, bête brute!

PASIPHILE.

Je ne suis pas votre esclave, pour supporter toutes les injures qu'il vous plaira de me dire.

CLEANDRE.

Infâme! tu as encore l'audace d'ouvrir la bouche! Je te châtierai, si Dieu me prête vie.

PASIPHILE.

Après ce que j'ai enduré, que diable pouvez-vous me faire? Je n'ai ni bien ni procès dont je puisse craindre la perte.

CLEANDRE.

Malheureux, coquin fieffé!

PASIPHILE.

Je crois être aussi homme de bien que vous.

CLEANDRE.

Tu en as menti par la gorge !

PHILOGON, *à Cleandre.*

Modérez votre colère.

PASIPHILE.

Il veut me battre !

CLEANDRE.

Je te rattraperai quand il le faudra ; laisse seulement, et j'espère bien te faire pendre.

PASIPHILE, *à part.*

Je ne veux pas me quereller davantage avec lui.

(*Il s'en va.*)

SCÈNE VII.

CLEANDRE, PHILOGON, LITIO.

PHILOGON.

Vous vous êtes emporté là !...

CLEANDRE.

Ce n'est rien! Mais revenons à notre fait. — Je n'aurai pas de repos que je ne l'aie traité comme il le mérite. — Continuez-moi le récit de votre affaire.

PHILOGON.

Remettez-vous d'abord un peu, car vous seriez en mauvaise disposition pour m'entendre.

CLEANDRE.

Non ; parlez. Je vous écouterai fort bien.

PHILOGON.

Je pense qu'il faut absolument envoyer quelqu'un à Catane.

CLEANDRE.

Vous m'avez déjà dit cela ; suivant moi, c'est le meilleur parti à prendre. Vous prétendez que ce jeune homme est votre domestique? Eh bien! apprenez-moi comment il était à votre service ; racontez-moi tout dans le plus grand détail.

PHILOGON.

C'est ce que je vais faire. Dans le temps que les Turcs s'emparèrent d'Otrante...

CLEANDRE.

Hélas! vous me rappelez toutes mes peines.

PHILOGON.

Comment?

CLEANDRE.

Alors je me vis misérablement chassé de cette ville, ma patrie ; dans ce désastre, j'éprouvai de si douloureuses pertes que toute ma vie j'en demeurerai pauvre et désolé.

PHILOGON.

Je suis sensible à tous vos malheurs.

CLEANDRE.

Poursuivez.

PHILOGON.

Dans le même temps, quelques-uns de nos Siciliens, qui croisaient sur cette mer avec trois galères, apprirent qu'un des vaisseaux des infidèles s'en retournait chargé d'un riche butin.

CLEANDRE.

Peut-être, hélas! sa cargaison se composait-elle en grande partie de mes dépouilles.

PHILOGON.

Ils allèrent à la rencontre de ce vaisseau, l'attaquèrent, finirent par s'en emparer, et revinrent avec leur prise à Palerme, d'où ils étaient partis. Ils avaient trouvé entre autres, sur le bâtiment turc, ce drôle, dont j'ai tant à me plaindre, et qui alors avait tout au plus cinq ans.

CLEANDRE.

Malheureux que je suis! dans le désastre d'Otrante, je perdis un fils du même âge.

PHILOGON.

Je me trouvai là au moment du retour de nos croiseurs. La figure de cet enfant m'intéressa ; je leur en offris vingt ducats, et ils me le donnèrent pour ce prix.

CLEANDRE.

Etait-ce un jeune Turc, ou bien les infidèles l'avaient-ils enlevé à Otrante?

PHILOGON.

Les vendeurs disaient que c'était un enfant de cette ville. Mais ceci n'a point trait à notre affaire. Je l'achetai, et je le payai de mes deniers.

CLEANDRE.

Ce que j'en dis n'est pas pour discuter avec vous si la vente était ou non valide. Plût au ciel que cet enfant fût le mien!

LITIO *à Philogon.*

Tenons-nous sur nos gardes.

CLEANDRE.

Et, dites-moi, l'enfant en question s'appelait-il alors Dulippe?

LITIO *à Philogon.*

Ayons l'œil bien ouvert, mon cher maître.

PHILOGON *à Litio.*

De quoi te mêles-tu? (*à Cleandre.*) Non, il ne s'appelait pas Dulippe, mais Chiarino.

CLEANDRE.

Chiarino! se peut-il?

LITIO *à Philogon.*

Fort bien! fort bien! laissez-vous tirer ainsi les vers du nez!

CLEANDRE.

Grand Dieu! si tu voulais m'accorder le plus grand de tous les bonheurs... Et, dites-moi, pourquoi donc avez-vous changé le nom que portait cet enfant?

PHILOGON.

Je l'appelai Dulippe, parce que, lorsqu'il

pleurait, toujours ce nom se mêlait à ses larmes.

CLEANDRE.

J'en suis certain à présent; c'est mon fils, mon fils unique qui me fut ravi dans le désastre de ma patrie. Il tenait de son aïeul le nom de Chiarino, et celui de Dulippe, qu'il répétait en pleurant, était le nom d'un de mes domestiques, chargé de le surveiller et d'avoir soin de lui.

LITIO.

Mon maître, on trouve des fripons autre part que dans le royaume de Naples; je vois bien qu'il y en a aussi à Ferrare. Cet homme-là veut vous faire croire qu'il est le père de votre esclave, afin de vous l'enlever.

CLEANDRE.

Je n'ai jamais trompé personne.

PHILOGON, *à Litio.*

Drôle! veux-tu bien te taire?

LITIO.

A tout effet il y a une cause.

CLEANDRE.

Seigneur Philogon, gardez-vous de penser le moins du monde que je veuille vous en imposer.

LITIO.

Pour moi j'en ai, non pas un léger soupçon, mais presque une certitude.

CLEANDRE.

Tais-toi donc! Seigneur Philogon, cet enfant se souvenait-il du nom de son père ou de sa mère? se rappelait-il sa famille?

PHILOGON.

Oui, il se souvenait de sa mère... il me l'a nommée; mais ce nom est sorti de ma mémoire.

LITIO.

Moi, je me le rappelle.

CLEANDRE.

Eh bien! dis-le.

LITIO.

Non pas, non pas!

PHILOGON.

Dis-le, si tu le sais.

LITIO.

Cet étranger n'a appris de vous que trop de choses; plutôt que de dire ce nom, je me laisserais tuer. Vous devriez vous apercevoir qu'il ne va qu'en tâtonnant dans la conversation; s'il sait ce nom, qu'il le dise avant nous.

CLEANDRE.

Rien de plus facile. Ma femme, la mère de cet enfant, s'appelait Sophronie.

LITIO.

Le beau miracle, qu'ayant su se lier avec vous comme il l'a fait, il ait pu vous jeter ce nom de Sophronie!

CLEANDRE.

Je n'ai pas besoin de preuves plus évidentes pour être certain que cet enfant est mon fils, qui me fut ravi il y a vingt ans et que j'ai tant de fois pleuré! Il doit avoir sur l'épaule gauche un signe pareil à une mûre?

LITIO.

Par ma foi! je crois que oui.

CLEANDRE.

Que tu me rends heureux, Litio! allons le retrouver! O fortune, je te pardonne volontiers tous les coups dont tu m'as frappé, puisque tu me rends mon fils chéri!

PHILOGON.

Quant à moi, j'ai d'autant moins à remercier la fortune que j'ai perdu le mien, et que vous, en qui j'espérais trouver des dispositions favorables, vous allez prendre parti contre moi.

CLEANDRE.

Allons, seigneur Philogon, allons trouver mon fils; car je ne sais quoi me dit que vous retrouverez le vôtre en même temps.

PHILOGON.

Allons!

CLEANDRE.

Puisque les portes sont ouvertes, entrons.

LITIO.

Mon cher maître, prenez garde que l'on ne vous conduise là dans quelque piége.

PHILOGON.

Crois-tu donc qu'après avoir perdu Erostrate, je puisse tenir à la vie?

(Ils entrent dans la maison du faux Erostrate.)

SCÈNE VIII.

DAMONIO, *sortant de sa maison*, PSITERIA.

DAMONIO.

Maudite bavarde! comment Pasiphile aurait-il appris tous ces détails, si tu ne les lui avais pas révélés?

PSITERIA.

Seigneur, ce n'est pas par moi qu'il est venu à les savoir, car il m'en a parlé le premier.

DAMONIO.

Tu mens, coquine; mais je te conseille de dire la vérité, autrement je te fais rompre les os.

PSITERIA.

Tuez-moi si vous avez la preuve que je vous trompe.

DAMONIO.

En quel endroit Pasiphile t'a-t-il parlé?

PSITERIA.

Ici même, dans la rue, il n'y a pas une heure.

DAMONIO.

Et que faisais-tu là?

PSITERIA.

J'allais chez dame Beritola, pour voir de la toile que je lui avais donnée à tisser.

DAMONIO.

Pourquoi Pasiphile se fût-il mis à causer avec toi, si toi-même, méchante créature, tu n'avais pas entamé l'entretien?

PSITERIA.

Loin de là, ce fut lui qui commença par me rudoyer et me dire des injures, parce que je vous avais révélé cette intrigue. Quand je lui demandai d'où il en avait eu connaissance : « J'ai tout entendu, me répondit-il, quand tu as fait ton récit au seigneur Damonio, vu que je me trouvais dans un endroit d'où je ne perdais pas un mot. » Je crois en effet qu'il était tapi au milieu du foin dans l'écurie.

DAMONIO.

Ah! malheureux! que faire dans mon embarras! Va-t-en, scélérate! je t'arracherai quelque jour de la bouche ta langue maudite!

SCÈNE IX.

DAMONIO, *seul.*

Quelle fatalité que Pasiphile soit instruit de cette déplorable affaire! Si vous avez un secret et que vous vouliez qu'il soit bien gardé, confiez-le seulement à Pasiphile; laissez-le faire, et ce sera bientôt le secret du public. Il ne faut qu'avoir deux oreilles pour en être instruit en détail. Messire Cleandre le premier, puis Erostrate, auront tout appris. La belle et riche dot, l'honorable dot pour ma fille! Ah! l'excès du malheur ne peut aller plus loin! Ciel! fais au moins que Polyneste ne m'ait pas trompé en m'assurant que ce jeune homme n'est pas d'une condition aussi basse que celle dont il s'était couvert! Puisse-t-il, comme elle le dit, être fils d'un homme riche et considéré dans son pays! Quand il ne serait ni aussi riche, ni aussi noble qu'elle le prétend, pourvu qu'il ne soit ni tout-à-fait pauvre ni d'une condition trop obscure, je m'estimerais heureux que ma fille l'épousât; je la lui donnerais sur-le-champ. Mais je crains que toute cette histoire soit un roman qu'il aura forgé pour séduire Polyneste. Je veux l'interroger un peu; sans doute je m'apercevrai bien à son langage s'il dit vrai ou s'il en impose. Mais qui donc sort de cette maison? n'est-ce point Pasiphile?

SCÈNE X.

PASIPHILE, DAMONIO.

PASIPHILE, *à part.*

Puissé-je trouver maintenant Damonio chez lui!

DAMONIO.

Que me veux-tu?

PASIPHILE, *de même.*

Il faut que je coure lui dire bien vite...

DAMONIO.

Qu'as-tu à me dire? Pourquoi cette joie et ces transports?

PASIPHILE, *de même.*

Ah! je l'aperçois, là, dans la rue.

DAMONIO.

Quelles nouvelles m'apportes-tu, Pasiphile? D'où te vient cette allégresse?

PASIPHILE.

Je vous annonce la paix, la tranquillité, le bonheur.

DAMONIO.

J'en aurais besoin.

PASIPHILE.

Je sais que vous êtes fort affligé d'un malheur arrivé chez vous et dont peut-être vous ne croyez pas que j'aie connaissance. Mais bannissez votre chagrin. Du courage! le domestique qui vous a fait cet affront est fils d'assez bonne maison pour le réparer, et si noble et si riche que vous soyez, vous n'avez pas lieu de le refuser pour gendre.

DAMONIO.

Qu'en sais-tu?

PASIPHILE.

Son père Philogon, gentilhomme de Catane, que vous devez connaître de nom, à cause de son immense fortune, vient d'arriver de Sicile, et il loge là, dans cette maison en face.

DAMONIO.

Dans celle d'Erostrate?

PASIPHILE.

Dites dans celle de Dulippe. Votre voisin était connu sous le nom d'Erostrate, tandis que le véritable Erostrate, ce n'est pas lui, mais le jeune homme que vous tenez en prison et qui se faisait appeler Dulippe. C'est celui-ci qui se nomme Erostrate et qui est le maître. Quant au prétendu étudiant, il n'est autre que Dulippe le valet. C'est une ruse qu'ils avaient arrangée ensemble, afin qu'Érostrate entrât à votre service sous le déguisement d'un domestique, et par ce moyen réussît plus facilement dans ses amours.

DAMONIO.

Polyneste ne m'en a donc pas imposé?

PASIPHILE.

Son récit est-il conforme au mien?

DAMONIO.

Oui, mais je le prenais pour une fable.

PASIPHILE.

Soyez sûr qu'il est aussi vrai que possible. Vous allez recevoir tout à l'heure la visite de Philogon, accompagné de messire Cleandre, qui aspirait à vous avoir pour beau-père. Mais à propos du docteur, apprenez encore une autre histoire : dans ce jeune homme qui s'est fait nommer jusqu'à présent Erostrate, messire Cleandre a retrouvé son fils, que les infidèles lui avaient ravi jadis, en même temps que sa patrie, et qui fut acheté en Sicile, et élevé, dès la première enfance, par Philogon. Jamais on ne vit aventure plus étrange et plus intéressante ; on en ferait une comédie. Vous pourrez obtenir d'eux tous les éclaircissements possibles, car je ne crois pas qu'ils tardent à venir ici.

DAMONIO.

Je veux apprendre toute cette histoire de la bouche de Dulippe, ou, pour mieux dire, de celle d'Érostrate, avant de voir Philogon.

PASIPHILE.

Vous avez raison ; je leur dirai de différer un moment leur visite... Mais les voici qui viennent.

SCÈNE XI.

PHILOGON, LE SIENNOIS, CLÉANDRE, CHARION.

LE SIENNOIS.

Eh ! mes très chers seigneurs, vous n'avez besoin ni l'un ni l'autre de vous étendre en de si longues excuses. Qu'ai-je à vous reprocher? — à l'un, de m'avoir donné pour vrai un conte assez bouffon ; à l'autre, de m'avoir dit quelques injures ; encore n'était-ce pas sans un motif plausible. Comme tout le mal s'est borné à des paroles, je vous pardonne de très grand cœur ; bien plus, je vous l'assure, je serais fâché que tout cela ne fût pas arrivé, car cette aventure me servira de leçon et de règle de conduite. Elle m'apprendra une autre fois à ne pas être si crédule. Je dois attacher d'autant moins d'importance à tout ceci qu'il s'agit d'une affaire d'amour.

CLEANDRE.

Cela est vrai ; il est donc inutile d'en dire plus long sur ce sujet. Outre l'avantage dont vous parlez, c'est un bonheur que nul désagrément ne vous soit advenu, de la ruse imaginée par ces jeunes gens. Vous aurez là quelquefois à raconter une histoire qui ne laissera pas que d'intéresser vivement ceux qui l'entendront. Quant à vous, seigneur Philogon, croyez-le bien, il était écrit là-haut que par cette voie seulement je pourrais retrouver mon fils chéri.

PHILOGON.

Je le crois, en effet ; car je suis persuadé que dans l'univers pas une feuille ne remue sans la volonté de Dieu. Mais allons voir Damonio ; c'est un siècle, que chaque moment qui retarde pour moi le bonheur de voir mon Erostrate.

CLEANDRE.

Allons donc. *(au Siennois.)* Seigneur, je vous engage à vous en retourner tranquillement. *(a Charion.)* Toi, Charion, va-t-en au logis ; car pour parler de telles affaires, on ne doit pas avoir tout d'abord un si grand nombre de témoins.

SCÈNE XII.

PHILOGON, PASIPHILE, CLEANDRE.

PASIPHILE.

Seigneur Cleandre, je ne serai pas content que vous ne m'ayez dit quel sujet de plainte vous avez contre moi.

CLEANDRE.

Mon cher Pasiphile, je suis parfaitement certain à présent que tu ne méritais pas les injures que je t'ai dites : j'avais ajouté foi entière dans un témoignage qui n'était pas digne de ma confiance, et qui m'a poussé à te maltraiter de la sorte.

PASIPHILE.

Je suis charmé que votre raison ait triomphé d'une accusation si noire ; mais vous n'auriez pas dû si facilement y ajouter foi et m'accabler ainsi d'injures.

CLEANDRE.

Tu as on ne peut plus raison, mon pauvre Pasiphile ; je suis ton ami comme je l'ai toujours été, et je te le prouverai en toute occasion. Je t'invite à ma table pour huit jours. Mais voici Damonio qui sort de chez lui.

SCÈNE XIII.

CLEANDRE, PHILOGON, DAMONIO, PASIPHILE.

CLEANDRE, *a Damonio.*

Nous venons, seigneur Damonio, faire succéder la joie à la douleur trop juste causée par le coup qui vous a frappé. Nous pouvons vous l'affirmer ; ce prétendu valet qui, entraîné par les égarements de la jeunesse, vous a si gravement offensé, est en position de réparer amplement l'affront qu'il vous a fait. Ce gentilhomme, le seigneur Philogon, de Catane, est son père. Par son sang et sa famille, il vous égale, et il l'emporte sur vous par sa fortune, ses biens, l'étendue de ses affaires, comme le bruit public doit vous l'avoir appris.

PHILOGON, *à Damonio.*

En présence de ces gentilshommes, je vous prie d'accepter mon fils pour gendre, et je suis prêt à vous donner, pour l'injure que vous avez reçue, toutes les autres réparations qu'il vous plaira de me demander.

CLEANDRE.

Et moi qui recherchais votre fille en mariage, je serai enchanté que vous la donniez à ce jeune homme qui lui convient mieux, à cause des rapports d'âge et de l'amour qu'ils se portaient et qu'ils se portent encore. Je voulais me marier afin d'avoir un héritier; mais je n'en ai plus besoin, puisque j'ai retrouvé, grace à Dieu, le fils tant aimé que le désastre de ma patrie m'avait ravi, comme je vous le raconterai plus à loisir.

DAMONIO.

En présence de toutes les qualités que vous réunissez, seigneur Philogon, votre amitié me sera précieuse; je ne dois pas moins désirer votre alliance que vous la mienne. Je l'accepte donc de grand cœur; entre tous les partis que l'on m'a offerts ou que j'ai recherchés pour ma fille, nul ne me conviendrait davantage. Que votre fils devienne mon gendre, qu'il soit aussi mon fils et je serai heureux de voir désormais en vous un parent qui me sera cher. Ma joie n'est pas moins vive que la vôtre, seigneur Cleandre; croyez bien que je partage votre bonheur, dont j'ai été instruit par Pasiphile. Voici votre fils, mon gendre, et votre belle-fille, seigneur Philogon.

SCÈNE XIV.

LES PRÉCÉDENTS, POLYNESTE, EROSTRATE.

EROSTRATE, *à Philogon.*

O mon père!

PASIPHILE.

Voyez ce que c'est que l'amour paternel. Le seigneur Philogon, dans l'excès de sa joie, ne peut proférer un seul mot. Au lieu de parler, il pleure, il sanglotte! Mais est-il convenable de demeurer ainsi dans la rue?... Entrons au logis.

DAMONIO.

Pasiphile a raison; entrons chez moi, nous y serons mieux.

SCÈNE XV.

DAMONIO, PASIPHILE, NEVOLA.

NEVOLA, *à Damonio.*

Seigneur, voici les chaînes que vous avez demandées.

DAMONIO.

Je n'en ai que faire.

NEVOLA.

Ni moi non plus.

PASIPHILE.

Eh bien! Nevola, garde-les pour ton usage. (*au public.*) Quant à vous, Messeigneurs, si notre comédie de *l'Un pour l'Autre* a su vous plaire, ayez la bonté de nous le témoigner hautement.

FIN DE L'UN POUR L'AUTRE.

LA CALANDRA

(Calandra)

COMÉDIE EN CINQ ACTES

DU CARDINAL BIBBIENA,

REPRÉSENTÉE, POUR LA PREMIÈRE FOIS, A URBIN, EN 1508.

NOTICE

SUR BIBBIENA ET SUR LA CALANDRA[1].

Il est assez étrange d'avoir à compter, parmi les auteurs de théâtre, un prince de l'Église, un membre du sacré collége, de découvrir une couronne dramatique cachée sous le chapeau rouge d'un cardinal. Bibbiena nous offre un exemple de cette singularité qui s'est reproduite en France, il est vrai, grace au cardinal de Richelieu, à qui les affaires de l'État et celles de l'Église laissaient le temps de s'occuper de *Mirame*. Il est vrai que *Mirame* est une tragédie, et parmi les différents genres de compositions théâtrales, la tragédie est l'œuvre qui s'écarte le moins de la gravité obligée du caractère ecclésiastique. Bien loin de là, l'ouvrage qui donne place au cardinal Bibbiena dans les annales du théâtre est une comédie, et une comédie peu orthodoxe par le fonds, nous devons le dire, et d'une *gaîté* de détails poussée souvent si loin, que nous avons dû la modifier en plus d'un passage. Il nous a fallu même supprimer entièrement quelques plaisanteries dont se fût effarouché à bon droit notre public, même dans la solitude du cabinet, et qui cependant ne scandalisaient pas le pape Léon X et l'auguste assemblée des cardinaux collègues de l'auteur. Au reste, nous ne nous sommes permis ces légères atteintes à l'inviolabilité du texte original que lorsque nous étions certains de leur absolue nécessité.

L'auteur de la *Calandra* naquit à Bibbiena, petite ville du Cosentin, le 4 août 1470, de parents très obscurs. Son véritable nom était Bernardo Dovizi. Comme Politien, qui changea son véritable nom contre celui de Monte-Pulciano, sa ville natale, et comme plusieurs autres personnages de son temps, Bernardo Dovizi, quand il entra dans le monde, préféra le nom de son bourg au nom tout-à-fait inconnu de sa famille. Un de ses frères, qui était secrétaire de Laurent de Médicis, lui procura l'entrée de cette maison, l'attacha au service du cardinal Jean, l'un des fils de Laurent. Les Médicis, qui avaient reconnu chez Bibbiena un esprit et des talents distingués, l'employèrent dans les affaires publiques et lui confièrent plusieurs négociations importantes. Ce fut dans une de ces missions qu'il sut captiver les bonnes graces du pape Jules II. A la mort de ce pontife, Bibbiena contribua puissamment à lui donner pour successeur le cardinal Jean de Médicis, qui prit avec la tiare le nom de Léon X. Jean de Médicis avait alors trente-six ans seulement. C'était un *jeune homme*, si l'on pense que bien peu de papes ont été élus avant l'âge de soixante ans. Les trente-six ans de Jean de Médicis auraient pu être un obstacle à son élection, sans l'adresse de Bibbiena. Si l'on en croit Tiraboschi, il fit accroire aux cardi-

(1) Quoique beaucoup d'auteurs disent *Calandria*, nous nous sommes décidé pour *Calandra*, en voyant le titre ainsi écrit dans le prologue même de la comédie, sur l'exemplaire dont nous avons fait usage, édition des Juntes, 1558. Ce titre venant du nom du héros, il était impossible d'en donner un autre à la pièce traduite.

naux que son patron, malgré sa jeunesse, ne pouvait vivre long-temps, et que le mauvais état de sa santé, à défaut du poids des années, rendrait bientôt vacant le trône pontifical. On reconnaît l'auteur de la *Calandra* à ce tour de comédie.

Le nouveau pape se montra reconnaissant des services de Bibbiena : il le récompensa en lui donnant le chapeau rouge. C'était en 1513. Il y avait cinq ans que l'on avait joué la *Calandra* ; il aurait été surprenant que Bibbiena l'eût composée après son élévation au cardinalat ; mais il n'est pas moins étonnant peut-être qu'il ait été élu cardinal après l'avoir faite. Bibbiena, dans sa haute position, se souvint de sa qualité d'homme de lettres ; il se montra le zélé protecteur des auteurs et des artistes. Parmi ceux qu'il favorisa le plus particulièrement, on cite le poète Sadolet, et Raphaël, à qui Bibbiena aurait fait épouser une de ses nièces, sans la mort prématurée de ce grand peintre. Léon X confia à Bibbiena les doubles fonctions de légat et de commandant en chef dans sa guerre contre le duc d'Urbin, dont les états conquis dans cette guerre furent donnés à un des neveux du pape. En 1518, Bibbiena fut envoyé par Léon auprès du roi François Ier, afin de l'engager à se croiser contre les Turcs. Des dissentiments survenus entre le roi de France et le souverain pontife firent échouer cette négociation ; d'ailleurs l'esprit des croisades était passé, et quelques années plus tard ce fut avec les Ottomans eux-mêmes que s'allia François Ier contre ses ennemis chrétiens, spectacle inouï qui aurait terriblement scandalisé les Godefroy de Bouillon et les Joinville. Dès ce temps-là, dans les résolutions de paix et de guerre, l'enthousiasme religieux avait cédé la place aux calculs de la politique.

Après son infructueuse mission en France, Bibbiena revint à Rome : il y mourut subitement à l'âge de cinquante ans, le 9 novembre 1520. Cette fin soudaine donna lieu à des bruits d'empoisonnement ; on attribua même à Léon X la mort de son ancien et fidèle ami ; mais rien ni dans le caractère de Léon ni dans la position de Bibbiena vis-à-vis de lui, ne saurait donner la moindre probabilité à cette accusation tout-à-fait gratuite.

Indépendamment de *la Calandra*, on ne connaît de Bibbiena que quelques *Rime*. C'est donc sur cette comédie que se fonde sa réputation littéraire. Écrite aux premiers jours de la renaissance du théâtre en Italie, *la Calandra*, pour le fonds de l'intrigue, est tout-à-fait dans le genre des comiques latins, aussi bien que la *Mandragore* de Machiavel [1], les pièces de l'Arioste et toutes les autres comédies de ce temps. Mais comme les deux écrivains que nous venons de nommer, Bibbiena a jeté à pleines mains la couleur italienne sur le dialogue et les détails, qui sont étincelants de gaîté et de saillies. Les Italiens font grand cas de l'élégance et de la pureté toute toscane du style de Bibbiena qui, sous ce rapport, est un écrivain classique. Notre goût s'accommoderait peu des équivoques et des jeux de mots, fort nombreux dans la *Calandra ;* comme nos idées de décence repousseraient, et non sans raison, les crudités dont fourmille le texte original. La cour élégante de Léon X pensait autrement ; et nous voyons que, parmi les représentations de *la Calandra*, une des plus célèbres fut celle donnée dans une salle du Vatican, lors des fêtes offertes par Léon X, à Isabelle d'Est, princesse de Mantoue. La salle avait été splendidement décorée par Peruzzi, célèbre peintre et architecte. Enfin l'on avait entouré de tout l'éclat possible cette comédie, dont plus d'un passage serait impossible à traduire décemment, et qui, ce jour-là, était offerte comme divertissement à une princesse par une cour pontificale. Parmi les représentations mémorables de *la Calandra*, nous citerons aussi celle qui fut donnée devant le roi Henri II et la reine Catherine de Médicis à leur entrée solennelle à Lyon, le 27 septembre 1548, par des comédiens que les négociants florentins établis dans cette ville avaient fait venir à leurs frais d'Italie.

Quant à l'action de cette pièce, c'est le même genre d'intrigue que l'on a vu dans les *Suppositi* de l'Arioste, et que l'on retrouve dans la plupart des comédies italiennes du même temps, une histoire romanesque de reconnaissance, compliquée ici d'une de ces ressemblances à la façon des *Ménechmes* qui, dans les théâtres anciens et modernes, ont défrayé tant de pièces. Pour les enfants enlevés par les Turcs, moyen dont Bibbiena s'est servi comme l'Arioste et tant d'autres, ces aventures n'avaient rien d'extraordinaire dans un temps où les Infidèles, continuellement en guerre avec la chrétienté, effrayaient de leurs incursions les côtes de l'Italie, saccageaient les villes et les bourgs sans défense et emmenaient captifs sur leurs vaisseaux les enfants et les femmes. Il ne faut donc pas s'étonner que les auteurs de cette époque aient exploité souvent des moyens d'action alors très vraisemblables.

THÉODORE MURET.

(1) Cette opinion sur la *Mandragore* sera discutée dans la notice sur Machiavel, par M. Avenel. *N. des dir.*

LA CALANDRA

COMÉDIE.

PERSONNAGES.

CALANDRO.
LIDIO.
FESSENIO, valet de Lidio.
POLINICO, précepteur de Lidio.
RUFO, magicien.
FANNIO, domestique de Santilla
SANTILLA.
FULVIA, femme de Calandro.
SAMIA, servante de Fulvia.
UNE COURTISANE.
LA NOURRICE de Santilla.
UN PORTEFAIX.
DOUANIERS.

La scène est à Rome, sur une place publique.

PROLOGUE.

Vous allez voir aujourd'hui une nouvelle comédie intitulée *la Calandra ;* elle est en prose et non pas en vers, moderne et non pas antique, en langue vulgaire et non pas en latin. Son titre de *Calandra* lui vient d'un personnage nommé *Calandro.* Vous le trouverez tellement balourd qu'il vous semblera difficile peut-être que la nature ait pu créer jamais un homme aussi sot que celui-là. Mais si vous avez eu connaissance, par ouï-dire ou par vos propres yeux, d'un grand nombre de pareils exemples de sottise ; si particulièrement vous savez l'histoire de Martino d'Amelia, qui croyait être le mari de l'étoile Diane et posséder le pouvoir de devenir femme, Dieu, poisson, arbre, selon sa fantaisie, alors les balourdises et la crédulité de Calandro ne vous étonneront plus. Comme cette comédie vous offrira des actions et des paroles prises dans la vie commune, l'auteur a pensé qu'il valait mieux ne point écrire en vers, attendu que l'on parle en prose, tout librement, sans s'assujétir aux lois de la poésie. Cette innovation ne doit pas vous choquer, si vous êtes gens de bon goût, attendu que les choses nouvelles et modernes amusent et plaisent toujours plus que les vieilles et les antiques, qui d'ordinaire sentent le rance, par suite du long usage. Notre comédie n'est pas en latin parce qu'elle est destinée à être jouée devant des spectateurs nombreux qui ne sont pas tous érudits. L'auteur, désireux sur toutes choses de vous plaire, l'a écrite en idiome vulgaire, afin qu'elle fût comprise par tout le monde et que tout le monde y prît plaisir. D'ailleurs la langue que Dieu et la nature nous ont donnée ne doit pas jouir auprès de nous de moins de faveur et de moins d'estime que les langues latine, grecque, hébraïque, auxquelles la nôtre ne le céderait en rien peut-être si nous la relevions, si nous voulions la suivre avec soin et la polir, comme les Grecs, les Latins, les Hébreux ont fait pour leur idiome. C'est être ennemi de soi-même que de faire plus de cas de la langue d'autrui que de sa propre langue. Moi qui vous parle, je sais très bien que je ne changerais pas la mienne contre toutes les langues du monde, et sans doute vous partagerez mon avis. Aussi vous serez bien aises, j'espère, que l'on vous donne une comédie écrite dans votre langue... dans *notre* langue et non pas *votre*, dois-je dire plutôt. Vous allez entendre cette pièce, car c'est à nous de parler et à vous de vous taire. Si, par hasard, quelqu'un dans l'assemblée prétendait que l'auteur a dévalisé Plaute, laissons-le dire; même supposé que cela fût vrai, Plaute n'aurait que ce qu'il mérite, le benêt, pour n'avoir pas tenu son bien sous clé et sous bonne garde. Mais l'auteur jure par la croix de Dieu qu'il n'a pas le plus petit vol à se reprocher vis-à-vis de Plaute, et il est prêt à le prouver. Pour s'assurer de la vérité de ses paroles, que l'on fasse l'inventaire du bien de Plaute, et l'on verra qu'il ne lui manque rien. D'après cette épreuve il sera constant que Plaute n'a pas été le moins du monde dévalisé, et l'on n'aura pas le droit de traiter de voleur l'auteur de notre comédie. Si toutefois quelqu'un persistait à lui adresser une pareille imputation, on prie au moins cette personne de ne pas le décrier en l'accusant devant le magistrat de police, mais d'aller faire tout bas son rapport à Plaute. Mais voici que l'on vous apporte l'argument de la pièce; préparez-vous à la bien recevoir en ouvrant tous l'oreille aussi large que vous pourrez.

ARGUMENT.

Demetrio, habitant de Modon, avait eu un fils nommé Lidio et une fille appelée Santilla, tous les deux jumeaux, et si ressemblants de tournure et de visage que, lorsque leur costume n'établissait pas de différence entre eux, personne ne pouvait les distinguer l'un de l'autre. Vous devez croire à cette histoire, car beaucoup de faits pareils sont là pour vous en attester la vraisemblance, ne fût-ce que l'exemple de ces deux frères, gentilhommes romains, Antonio et Valerio Porcari, qu'à chaque instant Rome entière prend l'un pour l'autre. — Je reviens à nos deux enfants. A l'âge de six ans ils sont privés de leur père. Les Turcs prennent et brûlent Modon; ils massacrent tous les habitants qu'ils y trouvent. La nourrice des deux enfants et Fannio, domestique de leur famille, habillent Santilla en garçon, afin de la sauver, et lui donnent le nom de Lidio, pensant que son frère a été égorgé par les Infidèles. Ils quittent Modon, sont pris en route et conduits prisonniers à Constantinople. Perillo, marchand florentin, les rachète tous les trois, les emmène avec lui à Rome et les loge chez lui. Leur long séjour dans cette ville leur en fait adopter la langue, les manières et les mœurs. Le jour où se passe l'action, Perillo veut donner sa fille en mariage à Santilla, qui est connue sous le nom de Lidio et que l'on a toujours prise pour un homme. Le véritable Lidio s'est échappé sain et sauf de Modon avec un valet appelé Fessenio; il arrive en Toscane, et là, lui aussi, il adopte la langue, le costume, les mœurs du pays. A l'âge de dix-sept ou dix-huit ans il vient à Rome, s'éprend de Fulvia, qui le paie de retour. Déguisé en femme, il obtient d'elle plusieurs rendez-vous galants, et après beaucoup de quiproquos Lidio et Santilla ont le bonheur de se reconnaître. — Vous, ayez soin de bien ouvrir les yeux, afin de ne pas prendre l'un pour l'autre, car je vous préviens qu'ils ont les mêmes traits et la même taille. Tous deux se nomment Lidio, tous deux ont un costume pareil; tous deux maintenant habitent Rome, et tout à l'heure vous allez les voir paraître. Ne croyez pas cependant qu'une opération magique les ait transportés si promptement de Rome ici [1]. La ville que vous voyez là, c'est Rome elle-même, cette grande, cette immense, cette magnifique cité qui absorbait dans son sein triomphant les villes, les fleuves, les royaumes. Elle est devenue, tout exprès pour vous, si petite que maintenant, comme vous pouvez le voir, elle tient à l'aise dans votre ville. Ainsi va le monde.

ACTE PREMIER.

SCÈNE I.

FESSENIO, *seul.*

Il est bien vrai que l'homme ne forme jamais un dessein sans que la fortune en forme un autre. Nous pensions demeurer en repos à Bologne, quand mon maître Lidio apprend que Santilla sa sœur est vivante,

(1) La *Calandra* fut représentée pour la première fois à Urbin.

qu'elle est arrivée en Italie, et tout aussitôt il sent renaître en lui cette affection qu'il lui portait, affection si tendre que jamais frère n'en éprouva pour sa sœur une pareille. Du reste, elle s'explique aisément : nés jumeaux tous les deux, ils se ressemblaient si parfaitement de visage, de voix, de manières, que jadis, à Modon, quand on habillait Lidio en fille et Santilla en garçon, non-seulement les étrangers, mais encore la mère et la nourrice des deux enfants ne pouvaient distinguer lequel était Lidio, lequel était Santilla. Comme le ciel n'aurait pu les créer plus ressemblants, chacun d'eux aussi aimait l'autre plus que lui-même. Aussitôt donc que Lidio eût appris que sa sœur, qu'il croyait morte, était vivante, il se mit à courir après elle, et quatre mois s'étaient déjà passés à Rome dans ces recherches, quand mon maître fit la rencontre d'une dame romaine nommée Fulvia, dont il devint éperdûment amoureux. Il me plaça comme valet auprès de Calandro, mari de la belle, afin de mener à bien cette intrigue, et j'y réussis bientôt à sa complète satisfaction ; car Fulvia, violemment éprise de mon maître, lui a ménagé plus d'une fois avec elle, en plein jour, de galantes entrevues, grace à un déguisement de femme et au nom de Santilla dont il s'affublait. Mais craignant que ses amours ne fussent découverts, depuis assez long-temps il se montre fort peu assidu auprès de sa maîtresse ; il fait semblant de vouloir quitter ce pays. Fulvia est tellement exaspérée, tellement furieuse de cet abandon, qu'il n'y a plus de repos pour elle et que maintenant elle a recours à des sorciers, à des négromants, à des magiciennes, afin de lui ramener son amant, comme s'il était déjà perdu pour elle. Maintenant voilà qu'elle nous envoie auprès du seigneur Lidio, moi et Samia, sa soubrette et sa confidente, pour le retenir par des cadeaux, par des prières, par la promesse de marier son fils avec Santilla, sœur de mon maître, si jamais on peut la retrouver. Elle agit de telle sorte, que si son mari ne tenait pas bien davantage de la brute que de l'homme, l'intrigue aurait été déjà découverte et ce serait sur moi que tomberait tout le poids de la catastrophe ; aussi je dois bien être sur mes gardes. Moi seul j'ai la gloire de faire ce qui semble impossible. Nul ne peut servir deux personnes ; eh bien ! moi, j'en sers trois, le mari, la femme et mon propre maître ; de sorte que je n'ai pas un instant de trêve. Je ne m'en plains pas ; car demeurer oisif en ce monde, c'est être déjà mort de son vivant. S'il est vrai qu'un bon valet ne doit jamais rester en repos, je n'ai rien à désirer de ce côté-là ; car je n'ai pas seulement le temps de me gratter l'oreille. Pour que rien n'y manque, il m'est tombé sur les bras une nouvelle intrigue amoureuse ; il est essentiel que j'en cause avec Lidio que je vois venir de ce côté. Diable ! cet animal de Polinico, son précepteur, est avec lui. Voici le dauphin, gare la tempête[1] ! Retirons-nous un peu à l'écart pour entendre leur conversation.

SCÈNE II.

LIDIO, POLINICO ; FESSENIO, *à l'écart.*

POLINICO.

Certes, Lidio, je n'aurais jamais imaginé que tu fusses venu en cette ville pour te livrer à de vaines intrigues d'amour et abjurer ainsi toute vertu. Mais la faute doit en être imputée tout entière à ce bon sujet de Fessenio.

FESSENIO, *à part.*

Morbleu !...

LIDIO.

Ne parlez pas ainsi, Polinico.

POLINICO.

Eh ! Lidio, je sais mieux que toi le fond des choses et quel vaurien tu as pour valet.

FESSENIO, *à part.*

Grand merci du compliment.

POLINICO.

L'homme prudent ne perd jamais de vue les adversités qui peuvent l'assaillir.

FESSENIO, *à part.*

Voilà bien mon pédant avec ses lourdes maximes !

POLINICO.

Quand cette intrigue sera tout-à-fait connue, outre les dangers que tu vas courir, chacun te regardera comme un sot.

FESSENIO, *à part.*

Animal de pédagogue !

POLINICO.

Comment, au lieu d'éviter et de mépriser des plaisirs frivoles, as-tu fait la folie de t'éprendre d'amour, toi étranger dans cette ville ? et pour qui ? pour une des plus nobles dames de Rome ! Fuis, te dis-je, fuis les périls de cette passion insensée.

LIDIO.

Polinico, je suis jeune et la jeunesse est aveuglément soumise aux lois de l'amour. Les pensées graves conviennent à un âge plus avancé. Je ne puis avoir d'autres volontés que celles de l'amour qui me force à aimer cette noble dame plus que moi-même. Si l'on venait à découvrir ma passion, eh bien ! je le

(1) Proverbe italien fondé sur la croyance que l'apparition des dauphins annonçait l'orage aux matelots.

crois, beaucoup de gens m'en feraient un honneur; car si les femmes montrent de la sagesse en fuyant l'amour d'un homme d'un rang supérieur à leur condition, c'est au contraire chez les hommes une preuve de grand cœur que d'aimer une femme au-dessus d'eux.

FESSENIO, *à part.*

Bien répondu.

POLINICO.

Voilà les beaux enseignements que t'a donnés ce drôle de Fessenio pour se rendre nécessaire!

FESSENIO.

Drôle toi-même!

POLINICO.

Ah! je m'étonnais que tu ne vinsses pas ici renverser toute œuvre bonne et sage!

FESSENIO.

Alors tes œuvres n'ont rien à craindre de moi.

POLINICO.

Il n'y a rien de pis que de voir la vie des gens raisonnables à la merci de la langue des fous.

FESSENIO.

J'ai toujours donné à mon maître de meilleurs conseils que les tiens.

POLINICO.

On ne saurait surpasser, en fait de conseils, les gens que l'on est loin d'égaler sous le rapport de la conduite. Va, si je t'avais connu tout d'abord pour ce que tu es, je ne t'aurais pas recommandé si chaudement à Lidio.

FESSENIO.

Comme si j'avais besoin de tes recommandations! Ha! ha! ha!

POLINICO.

Je m'aperçois à présent qu'on se trompe souvent en faisant l'éloge d'un homme et jamais en le jugeant avec sévérité.

FESSENIO.

Tu montres bien ici toi-même ta sottise, puisque tu as fait l'éloge d'un homme sans le connaître; pour moi, je sais qu'en parlant de toi je ne me suis jamais trompé.

POLINICO.

Tu me traitais donc mal?

FESSENIO.

C'est toi qui l'as dit.

POLINICO.

Patience! Je n'ai pas envie de disputer ici contre toi, car ce serait faire assaut de voix avec le tonnerre.

FESSENIO.

Tu prends ce parti-là parce que tu n'as jamais raison avec moi.

POLINICO.

Ou plutôt pour ne pas employer d'autres arguments que les paroles.

FESSENIO.

Eh! que pourrais-tu me faire, je t'en prie?

POLINICO.

Tu verrais... Gare! gare!

FESSENIO.

N'agace pas l'ours quand ses naseaux s'allument déjà!

POLINICO.

Il suffit... Je ne veux pas vis-à-vis d'un valet...

LIDIO.

Halte-là! c'en est assez, Fessenio!

FESSENIO.

Ne menace pas! car tout misérable valet que je suis, je te rappellerais que la mouche même se fâche et que le plus mince cheveu produit de l'ombre.

LIDIO.

Fessenio, tais-toi!

POLINICO.

Laisse-moi, je te prie, continuer ma conversation avec Lidio.

FESSENIO.

Soit, pour avoir la paix.

POLINICO.

Écoute, Lidio; sache que Dieu nous a fait deux oreilles pour écouter beaucoup.

FESSENIO.

Et une seule bouche pour ne pas trop parler.

POLINICO, *à Fessenio.*

Ce n'est pas à toi que je m'adresse. (*à Lidio.*) Le mal récent encore peut se guérir; mais il ne le peut plus quand il est invétéré. Guéris-toi de cet amour, je te le répète.

LIDIO.

Pourquoi?

POLINICO.

Parce qu'il ne te vaudra jamais que du tourment.

LIDIO.

Pour quelle raison?

POLINICO.

Eh! bon Dieu! tu ne sais donc pas que l'amour traîne toujours à sa suite les inimitiés, les haines, la discorde, la ruine, la pauvreté, la défiance, l'inquiétude, toutes ces maladies si terribles pour le cœur des mortels? Fuis, fuis l'amour!

LIDIO.

Hélas! Polinico, je ne le puis!

POLINICO.

Pourquoi?

FESSENIO, *à part.*

Pour le mal que je te souhaite!

LIDIO.

Le monde entier est soumis à son pouvoir; il n'est pas de plus grand bonheur que de voir exaucer nos désirs amoureux; sans l'amour, est-il rien de beau, d'aimable, de parfait?

FESSENIO.

On ne saurait mieux parler.

POLINICO.

Le plus grand de tous les défauts chez un valet, c'est la flatterie, et tu as la faiblesse de croire Fessenio! Écoute-moi plutôt, Lidio, mon cher élève!

FESSENIO.

Oui, cela lui profiterait beaucoup!

POLINICO.

L'amour est semblable au feu, qui, lorsqu'on y jette du soufre ou d'autres substances nuisibles, attaque et détruit notre vie.

LIDIO.

Et lorsqu'on y jette de l'encens, de l'ambre, de l'aloès, il exhale un parfum à ressusciter les morts.

FESSENIO.

Ha! ha! voilà maître Polinico pris dans ses propres filets.

POLINICO.

Lidio, reviens à un parti meilleur.

LIDIO.

Le meilleur, à ce qu'il me semble, est de s'accommoder au temps.

POLINICO.

Le meilleur, c'est ce qui est bon, ce qui est honnête. Il t'arrivera malheur, je te le prédis.

FESSENIO.

Voilà le prophète qui rend ses oracles.

POLINICO.

Souviens-toi que l'homme vertueux n'obéit jamais à la passion.

FESSENIO.

Et que jamais non plus il ne cède à la peur.

POLINICO.

Tu as tort; tu devrais savoir que c'est une grande présomption que de mépriser les conseils des sages.

FESSENIO.

Pendant que tu te vantes d'être sage, tu te baptises fou: car tu devrais savoir toi-même que la plus grande folie est d'essayer ce qui est impossible.

POLINICO.

Mieux vaut être vaincu en disant la vérité que de vaincre avec le mensonge.

FESSENIO.

Je dis la vérité aussi bien que toi; mais je ne suis pas comme toi un docteur, toujours blâmant et critiquant. Pour quatre mots latins que tu sais, tu te crois si sage, qu'excepté toi, tu ne vois que des imbéciles dans le monde. Pourtant tu n'es pas un Salomon et tu ne songes pas que ce qui convient au vieillard ne convient pas au jeune homme. L'un aime les dangers, l'autre le repos. Toi qui es vieux, tu parles au seigneur Lidio comme un vieillard. Laisse-le agir en jeune homme lui qui est jeune, et règle-toi sur les circonstances et sur ses goûts.

POLINICO.

C'est une grande vérité que plus un maître a de valets, plus il a d'ennemis. Celui-ci te conduit tout droit à la potence; et quand il n'en résulterait pas pour toi d'autre malheur, tu auras toujours des remords dans l'âme, et le supplice le plus terrible de tous est le souvenir des fautes que nous avons commises. Quitte donc cette femme, Lidio.

LIDIO.

Je ne pourrais pas plus la quitter que l'ombre ne peut quitter le corps.

POLINICO.

Ce ne serait pas assez de la quitter, il faudrait encore la haïr.

FESSENIO.

Ha! ha! il ne peut porter un veau et tu veux qu'il porte un bœuf[1]!

POLINICO.

Elle-même t'abandonnera bientôt quand elle se verra courtisée par un autre amant. Les femmes sont sujettes à changer.

LIDIO.

Oh! elles ne se ressemblent pas toutes.

POLINICO.

Elles se ressemblent toutes par le caractère, sinon par l'apparence.

LIDIO.

Tu es complètement dans l'erreur.

POLINICO.

Examine-les bien, Lidio, et tu verras qu'il n'y a aucune différence de l'une à l'autre. On ne peut jamais se fier à une femme, même quand elle est morte.

FESSENIO.

Polinico se comporte mieux que je ne l'en aurais cru capable tout à l'heure.

POLINICO.

Comment?

FESSENIO.

Tu t'accommodes très bien aux mœurs du temps.

POLINICO.

Je dis la vérité à Lidio.

(1) Il y a dans le texte: *Non può il vitello, e vuel che porti il bue.* Nous avons cru devoir traduire littéralement ce proverbe, comme plusieurs autres que l'on aura remarqués plus haut, et qui donnent à la comédie de Bibbiena une couleur si essentiellement italienne.

FESSENIO.

Tu es bien de ton siècle.

POLINICO.

Enfin, où veux-tu en venir?

FESSENIO.

A reconnaître que tu te règles tout-à-fait sur les usages de l'époque.

POLINICO.

De quelle façon?

FESSENIO.

En te déclarant l'ennemi des femmes, comme presque tout le monde dans cette cour; voilà pourquoi tu les déchires; c'est fort mal de ta part.

LIDIO.

Fessenio a raison; on ne saurait trouver juste ce que tu as dit sur leur compte; car elles sont le seul délassement, le seul bien que nous ayons au monde. Sans elles, nous serions inutiles ici-bas, incapables de tout, sauvages, pareils à des brutes.

FESSENIO.

Est-il besoin d'en dire davantage? ne savons-nous pas que telle est la supériorité des femmes, que chacun aujourd'hui cherche à les imiter et que tous les hommes se changeraient volontiers en femmes, s'ils le pouvaient, pour l'ame et pour la figure?

POLINICO.

Je ne veux pas répondre davantage.

FESSENIO.

Je le crois bien; tu n'as aucune raison à nous opposer.

POLINICO.

Je te rappelle, Lidio, qu'il faut toujours éviter l'occasion du mal, et je t'exhorte de nouveau à te délivrer, pour ton bien, de cette folle intrigue.

LIDIO.

Polinico, il n'est aucun sentiment qui puisse, moins que l'amour, recevoir des conseils ou se plier à des impressions contraires. La nature de cette passion est telle, qu'elle se consumerait elle-même, plutôt que de céder devant les paroles d'autrui. Ainsi donc, chercher à m'ôter mon amour pour cette dame, c'est comme si tu voulais embrasser une ombre ou prendre le vent dans des filets.

POLINICO.

C'est là mon grand chagrin, toi qui étais autrefois plus flexible que la cire, de te trouver maintenant aussi rude au toucher que l'écorce d'un vieux chêne. Sais-tu bien ce qui en est de cette femme? Je te laisse le soin d'y songer; mais sois sûr que ton imprudente passion te portera malheur.

LIDIO.

Je ne le crois pas; mais quand cela serait, ne m'as-tu pas enseigné dans tes leçons qu'il est glorieux de s'immoler à sa flamme et qu'il n'est pas de plus belle mort que de perdre la vie en aimant bien?

POLINICO.

A la bonne heure. Agis d'après ta fantaisie et d'après celle de ce coquin; tu n'apprendras que trop tôt quels sont les effets de l'amour.

FESSENIO.

Un moment, Polinico; sais-tu quels sont ces effets?

POLINICO.

Quels sont-ils, animal?

FESSENIO.

Les mêmes que ceux de la truffe, qui met les jeunes gens en disposition galante et donne la colique aux vieillards.

LIDIO, *riant.*

Ha! ha! ha!

POLINICO.

Tu ris de ces sornettes, Lidio? tu méprises mes paroles? Je ne dis rien de plus; je t'abandonne à ta folie et je m'en vais.

FESSENIO.

Avez-vous vu de quelle manière il se donne des airs de brave homme, comme si nous ne le connaissions pas, le vilain hypocrite! Il nous a dérangés de telle façon, que je ne pourrai plus vous conter et que vous ne pourrez plus entendre les belles nouvelles dont je voulais vous régaler sur le compte de Calandro.

LIDIO.

Dis-les-moi, dis-les-moi: ce sera un régal en effet et qui m'ôtera le mauvais goût que m'ont laissé les bavardages de Polinico.

(Polinico sort.)

SCÈNE III.

LIDIO, FESSENIO.

LIDIO.

Parle maintenant.

FESSENIO.

Calandro, le mari de votre maîtresse et mon maître par circonstance, ce pauvre imbécile qui n'était qu'un mouton et dont vous avez fait un bélier, vous a vu ces jours derniers, déguisé en femme et sous le nom de Santilla, venir auprès de la dame, puis vous en retourner. Or, trompé par le costume, ne s'est-il pas épris pour vous d'une belle passion, si bien qu'il m'a prié de devenir l'auxiliaire de son amour! J'ai fait semblant d'avoir travaillé beaucoup en sa faveur, et je lui ai donné les plus grandes espérances qu'aujourd'hui même il arriverait au but de ses vœux.

LIDIO, *riant.*

Ha! ha! ha! l'aventure est bouffonne! Je

me rappelle en effet que l'autre jour, au moment où, vêtu en femme, je quittais Fulvia, il me suivit un instant; mais je ne supposais pas que ce fût par amour. Il faut profiter de cet incident.

FESSENIO.

Je vous servirai bien, laissez-moi faire; je lui prouverai de nouveau que j'ai fait des miracles pour lui; et soyez tranquille, seigneur Lidio, il en croira encore plus que je ne lui en dirai. Je lui fais souvent avaler les plus incroyables extravagances du monde; car vous n'avez jamais vu un pareil imbécile. Je pourrais vous conter de lui mille traits de sottise; mais, pour ne pas entrer dans de trop grands détails, je vous dirai seulement que ses balourdises sont si énormes, qu'une seule commise par Aristote, par Salomon ou par Sénèque, aurait gâté toute leur science et toute leur sagesse. Ce qui me fait surtout rire aux dépens de Calandro, c'est qu'il se croit si beau et si aimable, que toutes les femmes qui le voient s'éprennent aussitôt de lui, comme si le monde ne possédait pas un pareil modèle de perfection; enfin (comme dit le proverbe populaire), s'il mangeait du foin, ce serait un bœuf; il vaut presque en son genre Martino d'Amelia ou Giovanni Manente [1]. Aussi, avec son burlesque amour, nous ferons facilement de lui tout ce qui nous plaira.

LIDIO.

Ha! ha! ha! il y a de quoi mourir de rire! Mais, dis-moi, puisqu'il me prend pour une femme et que lui il est homme, quand je me trouverai avec lui, comment me tirer de l'entrevue?

FESSENIO.

Laissez-moi ce soin, tout ira bien. Mais... Ho! ho! ho! l'apercevez-vous?... Allez-vous-en, afin qu'il ne nous voie pas ensemble.

SCÈNE IV.

CALANDRO, FESSENIO.

CALANDRO.

Fessenio!

FESSENIO.

Qui m'appelle? ah! c'est mon maître.

CALANDRO.

Eh bien! dis-moi, quelles nouvelles de ma chère Santilla? Qu'a-t-elle donc?

FESSENIO.

Vous demandez quelles nouvelles de Santilla, ce qu'elle a?...

CALANDRO.

Oui.

FESSENIO.

Ce qu'elle a! je ne sais trop; pourtant j'imagine... la robe et la chemise dont elle est vêtue... son tablier, ses gants, ses pantoufles [1]...

CALANDRO.

Que me parles-tu de gants et de pantoufles, ivrogne? Je ne te demande pas ce qui lui appartient, mais comment elle se porte.

FESSENIO.

Ah! vous voulez savoir comment elle se porte?

CALANDRO.

Eh! oui, messire Fessenio.

FESSENIO.

Quand je l'ai vue il y a un moment, elle était comme cela, assise sans bouger, le visage appuyé sur sa main, et tandis que je lui parlais de vous, elle m'écoutait, les yeux attentifs, la bouche ouverte, tirant même un peu sa jolie langue, comme cela...

CALANDRO.

Ta réponse me satisfait on ne peut davantage. Mais laissons cela. Ainsi donc, elle écoute ma passion sans déplaisir? eh! eh!

FESSENIO.

Comment! si elle l'écoute! j'ai déjà si bien agi auprès d'elle, que bientôt vous n'aurez plus rien à désirer. Que voulez-vous de plus?

CALANDRO.

Cela va bien pour toi, mon cher Fessenio.

FESSENIO.

Je l'espère.

CALANDRO.

Certes, Fessenio, j'ai besoin de ton aide, car je suis bien malade.

FESSENIO.

Bon Dieu! mon maître, avez-vous la fièvre?... voyons un peu.

CALANDRO.

Du tout, du tout. Que parles-tu de fièvre? Je dis que Santilla m'a mis dans un étrange état.

FESSENIO.

Elle vous a battu?

CALANDRO.

Que tu es simple!... je veux dire qu'elle m'a inspiré un terrible amour.

(1) C'était probablement des héros populaires sous le nom desquels on mettait toutes les balourdises et toutes les niaiseries proverbiales, et qui jouaient le même rôle que jouent chez nous *Gribouille* et *M. de la Palisse*.

(1) On trouve dans l'Un pour l'autre (*I Suppositi*) de l'Arioste, acte II, scène IV, une plaisanterie fondée tout-à-fait sur la même équivoque. *Chè è di Santilla?* signifie à la fois *Quelles nouvelles de Santilla?* et *Qu'est-ce qui appartient à Santilla?* Nous avons tâché de rendre l'ambiguité de la phrase italienne.

FESSENIO.

Bientôt vous serez auprès d'elle.

CALANDRO.

Allons donc la trouver.

FESSENIO.

J'y vais; mais il y a encore assez loin.

CALANDRO.

Ne perds pas de temps.

FESSENIO.

Je ne m'endormirai pas.

CALANDRO.

A la bonne heure.

FESSENIO.

Vous verrez que je serai bientôt de retour ici avec la réponse. Adieu. (*Calandro sort.*) Voyez-vous l'aimable amoureux! La plaisante aventure!... (*riant.*) Ha! ha! ha! Le même amant a frappé d'un seul coup la femme et le mari. (*riant encore.*) Ho! ho! ho! ho! Mais voici Samia, la soubrette de Fulvia, qui sort de la maison. Comme elle a l'air troublé!... Elle est au fait de toute l'intrigue... Je saurai par elle ce qui se passe au logis.

SCÈNE V.

FESSENIO, SAMIA.

FESSENIO, *appelant.*

Samia! Samia! attends un peu, Samia!

SAMIA.

Ah! te voilà, Fessenio!

FESSENIO.

Que se passe-t-il là-dedans?

SAMIA.

Ma foi! rien de bon pour ma maîtresse.

FESSENIO.

Comment?

SAMIA.

Elle est là, indisposée.

FESSENIO.

Qu'a-t-elle?

SAMIA.

Ne me le fais pas dire.

FESSENIO.

Mais encore?

SAMIA.

Trop de...

FESSENIO.

Trop de quoi?...

SAMIA.

Trop d'envie...

FESSENIO.

Envie de quoi?

SAMIA.

Eh! tu m'entends bien... trop d'envie de s'ébattre avec Lidio

FESSENIO.

Je savais cela comme toi.

SAMIA.

Tu ne sais pas encore autre chose.

FESSENIO.

Qu'est-ce?

SAMIA.

Que ma maîtresse m'envoie près d'un homme qui fera faire à Lidio tout ce qu'elle voudra.

FESSENIO.

Par quel moyen?

SAMIA.

Par le moyen d'enchantements.

FESSENIO.

D'enchantements?

SAMIA.

Oui.

FESSENIO.

Et quel sera ce chanteur?

SAMIA.

Il ne s'agit pas de chanteur[1]. Je te parle d'un homme qui rendra Lidio amoureux à la folie.

FESSENIO.

Quel est cet homme-là?

SAMIA.

Rufo le magicien, qui a le pouvoir de tout faire.

FESSENIO.

Et comment cela?

SAMIA.

Il a un esprit pour *babiller*...

FESSENIO.

Un esprit *familier*, tu veux dire?

SAMIA.

Je ne sais pas trop bien ces mots-là. Il suffit que je sache le dire assez bien pour qu'il vienne auprès de ma maîtresse. Au revoir. Ah! çà, motus sur tout ceci.

FESSENIO.

Sois tranquille.

(*Il s'en va.*)

SCÈNE VI.

SAMIA, *puis* RUFO.

SAMIA.

Il est encore de si bonne heure, que Rufo ne sera pas encore rentré pour dîner; le mieux

(1) Il y a ici une équivoque intraduisible. Le même mot (*canto*) signifie, en italien, *enchantement* et *chant.* Samia le prend dans le premier de ces deux sens; Fessenio le comprend, ou fait semblant de le comprendre, de l'autre manière. C'est sur cette équivoque que roule une plaisanterie impossible à transporter dans la traduction. · Un peu plus loin nous avons essayé de rendre par la consonnance des mots, *babiller* et *familier*, une autre plaisanterie qui consiste dans la ressemblance qui existe entre *favellario* et *famigliare*.

est de regarder si je le verrai sur la place. Ah! par bonheur, le voici qui va de ce côté. Eh! Rufo! Rufo! seigneur Rufo, ne m'entendez-vous pas?

RUFO, *à part.*

J'ai beau me retourner, je ne vois pas qui m'appelle.

SAMIA.

Attendez-moi.

RUFO.

Quelle est cette femme?

SAMIA.

Vous m'avez fait m'essouffler à courir après vous.

RUFO.

Que voulez-vous de moi?

SAMIA.

Ma maîtresse vous prie de venir la voir le plus tôt possible.

RUFO.

Qui est ta maîtresse?

SAMIA.

Fulvia.

RUFO.

La femme de Calandro?

SAMIA.

Justement.

RUFO.

Que me veut-elle?

SAMIA.

Elle vous le dira.

RUFO.

Ne demeure-t-elle pas ici sur la place?

SAMIA.

Oui, ce n'est qu'à deux pas: allons-y.

RUFO.

Va toujours devant, je vais te suivre. (*Samia s'éloigne.*) Se pourrait-il que Fulvia fût au nombre des personnes assez simples pour me regarder comme un magicien et pour croire que j'ai un esprit à ma disposition, ainsi que l'assurent beaucoup de bonnes femmes imbéciles? Je ne saurais douter de l'intention dans laquelle Fulvia me fait demander. Entrons chez elle avant l'arrivée de cet homme que je vois venir.

(*Il entre chez Calandro.*)

SCÈNE VII.

FESSENIO, *puis* CALANDRO.

FESSENIO.

Je m'aperçois que les dieux, aussi bien que les mortels, ont des fantaisies bien bouffonnes. Voici que l'amour, qui d'ordinaire ne prend dans ses piéges que des cœurs dignes de lui, s'est avisé de se loger chez un animal comme Calandro, pour ne plus le quitter. Maître Cupidon fait bien voir qu'il a peu de cervelle quand il élit domicile chez un niais de cette espèce. Sans doute il a voulu s'en amuser comme d'un âne au milieu d'une bande de singes; et je crois qu'il ne l'a pas mis en de trop bonnes mains; mais il s'est emparé du premier gibier qui est tombé dans ses rêts.

CALANDRO.

Fessenio! Fessenio!

FESSENIO.

Qui m'appelle?... mon maître!

CALANDRO.

As-tu vu Santilla?

FESSENIO.

Oui.

CALANDRO.

Comment la trouves-tu?

FESSENIO.

Vous avez bon goût. Je crois que d'un bout à l'autre des Maremmes on ne trouverait pas une telle merveille. Faites tout au monde pour réussir auprès d'elle.

CALANDRO.

Je réussirai, quand je devrais aller auprès d'elle nu et sans souliers.

FESSENIO.

Voilà bien les amants avec ces belles paroles!

CALANDRO.

Si je la possède jamais tout entière, je suis capable de la manger.

FESSENIO.

De la manger! Ha! ha! Calandro... grace pour elle; les bêtes féroces se mangent l'une l'autre; mais les hommes ne mangent pas les femmes.

CALANDRO.

Il suffit. Fessenio, ne néglige rien pour que cette charmante Santilla soit à moi.

FESSENIO.

Reposez-vous donc sur moi. Je veux arranger cette affaire en un tour de main.

CALANDRO.

C'est cela; dépêche-toi.

FESSENIO.

J'y cours sans m'arrêter; puis dans un instant je serai de retour pour vous annoncer que tout est conclu.

SCÈNE VIII.

RUFO, *seul.*

L'homme ne doit jamais désespérer de la fortune; car les bonnes aubaines nous arrivent souvent quand nous y pensons le moins. Comme je le supposais, Fulvia croit que j'a un esprit familier. Éprise d'un ardent amour pour un jeune homme, elle dit qu'à défaut de tout autre remède à ses peines, elle veut essayer de mon pouvoir, et elle me prie de forcer ce jeune homme à venir la voir, déguisé en femme. Elle me promet de me récompenser généreusement si je réussis, et j'espère bien réussir en effet. L'amant de la dame est Lidio le Grec, que je connais, qui est mon ami, car nous sommes compatriotes. Je connais aussi fort bien Fannio son valet; ainsi je me flatte de conduire à bien cette affaire. Je n'ai pas promis à Fulvia une réussite certaine, à moins que d'abord je ne parle à Lidio. Tout ira au mieux si Lidio s'est emparé d'elle aussi bien que j'ai su le faire. Or çà! allons au logis de Perillo, le marchand florentin chez qui loge Lidio. Comme c'est l'heure du dîner, je le trouverai peut-être.

ACTE DEUXIÈME.

SCÈNE I.

SANTILLA, *déguisée en homme sous le nom de Lidio;* FANNIO, *son valet;* LA NOURRICE *de Santilla.*

SANTILLA.

Il est aisé de voir combien les hommes sont ici-bas mieux partagés par le sort que les femmes. Mieux que toute autre j'ai pu m'en assurer par ma propre expérience. Depuis le jour où Modon, notre patrie, fût brûlée par les Turcs, j'ai toujours porté des habits d'homme et je me suis fait appeler Lidio (c'était le nom de mon frère bien-aimé); toujours et partout l'on m'a prise pour un homme, et je n'ai rencontré sur mon chemin que des aventures dont nous avions à nous féliciter. Si, au contraire, j'avais porté un nom de femme et les habits de mon véritable sexe, les Turcs, dont nous étions esclaves, n'auraient pas consenti à nous vendre. Peut-être Perillo eût-il refusé de nous recevoir s'il avait vu en moi une femme, et il aurait fallu continuer à gémir dans la plus dure servitude. Tant que je passerai pour un homme, toute femme que je suis, nous vivrons ici tranquilles. Perillo, me prenant pour un cavalier, comme vous le savez, et ayant trouvé toujours en moi un commis très fidèle, m'aime au point de vouloir me donner pour femme Virginie, sa fille unique, dont il compte faire sa légataire universelle. J'ai su par son neveu qu'il prétend que le mariage soit célébré demain ou après-demain. Je suis sortie un moment afin de vous consulter sur ce cas difficile, toi, Fannio, mon ancien serviteur, et toi, ma bonne nourrice; car je suis terriblement embarrassée, vous devez le croire, et je ne sais si...

FANNIO.

Silence! silence! prenons garde d'être entendus par cette femme qui se dirige vers nous d'un air si affligé.

SCÈNE II.

SAMIA, SANTILLA, *sous le nom de Lidio;* FANNIO, LA NOURRICE.

SAMIA, *à part.*

C'est une passion incurable! Ma maîtresse dit qu'elle a vu son cher Lidio sous ses fenêtres et elle m'envoie lui parler. Je vais le tirer à part pour m'acquitter de ma commission. (*à Santilla.*) Bonjour, seigneur.

SANTILLA.

Bonjour.

SAMIA.

Deux mots, s'il vous plaît.

SANTILLA.

Qui es-tu?

SAMIA.

Vous me demandez qui je suis?

SANTILLA.

Je m'informe de ce que je ne sais pas.

SAMIA.

Vous l'apprendrez tout à l'heure.

SANTILLA.

Que veux-tu?

SAMIA.

Ma maîtresse vous prie de l'aimer autant qu'elle vous aime et de venir la voir aussitôt que cela vous plaira.

SANTILLA.

Mais je ne sais pas du tout qui est ta maîtresse.

SAMIA.

Ah! seigneur Lidio, pourquoi me tourmenter ainsi?

SANTILLA.

C'est toi-même qui veux me tourmenter.

SAMIA.

Par le ciel! voilà qui est fort, si vous ne savez pas qui est Fulvia, si vous ne me connaissez pas!... si enfin... Que puis-je dire de plus?

SANTILLA.

Bonne femme, si tu ne me dis rien de plus, je n'ai rien à te répondre.

SAMIA.

Fort bien ! faites semblant de ne pas me comprendre !

SANTILLA.

Je ne te comprends ni ne te connais, et je ne me soucie ni de te comprendre ni de te connaître. Va-t-en en paix.

SAMIA.

Certes, vous agissez avec une grande discrétion, et, par la sainte croix! je ne manquerai pas de le dire à Fulvia.

SANTILLA.

Dis-lui tout ce que tu voudras, pourvu que tu me laisses en repos. Peste soit d'elle et de toi !

SAMIA, *à part.*

Maudit sois-tu, chien de Grec que tu es ! Ma maîtresse m'envoie trouver le magicien ; mais si l'esprit familier répond de la même manière, la voilà bien avancée !

(Elle sort.)

SCÈNE III.

SANTILLA, *sous le nom de Lidio;* FANNIO, LA NOURRICE.

SANTILLA.

Assurément c'est un triste et misérable sort que notre condition, à nous autres femmes. Ce que je vois est bien capable de me confirmer dans cette idée et de me faire regretter d'être femme.

FANNIO.

J'aurais voulu qu'elle s'expliquât jusqu'au bout ; il n'y avait pas là d'inconvénient.

SANTILLA.

D'importants soucis ne laissent pas de place à de moins graves pensées. Au reste, si elle en eût dit plus long, je lui aurais parlé avec plus de courtoisie.

FANNIO.

Je la connais bien.

SANTILLA.

Qui est-ce ?

FANNIO.

Samia, la servante de Fulvia, une noble dame romaine.

SANTILLA.

Fulvia ? Je la connais aussi ! ce nom de Fulvia lui convient à merveille.

SCÈNE IV.

RUFO, SANTILLA, *sous le nom de Lidio;* FANNIO, LA NOURRICE.

RUFO, *appelant.*

Eh !... eh !... eh !...

SANTILLA.

Quelle est cette voix ?

RUFO.

Je vous cherche pour vous dire deux mots.

SANTILLA.

Bonjour, Rufo. De quoi s'agit-il ?

RUFO.

De quelque chose d'agréable pour vous.

FANNIO.

Qu'est-ce donc ?

RUFO.

Vous allez le savoir.

SANTILLA.

Attendez un peu, Rufo. — *(à la nourrice.)* Écoute, Teresia. Va-t-en au logis et vois ce que fait le seigneur Perillo pour ce qui regarde mon futur mariage. Quand Fannio rentrera, envoie-le vers moi, afin de m'informer de ce qui se passe ; car je ne veux pas que l'on puisse me joindre aujourd'hui, pour que l'on s'assure, d'après moi, de la vérité du proverbe : « Lorsqu'on a du temps devant soi, l'on est sauvé. » Va. *(La nourrice sort.)* A présent, Rufo, voyons ce que tu as de si favorable à me dire.

RUFO.

Quoique je vous connaisse depuis peu, je vous suis sincèrement dévoué en qualité de compatriote, et le ciel nous donne l'occasion d'avoir ensemble des rapports agréables.

SANTILLA.

Certainement, je vous suis très sincèrement dévoué, et je serai toujours charmé de me trouver en rapport avec vous. Mais veuillez vous expliquer.

RUFO.

Je vais le faire en peu de mots. Écoutez, Lidio. C'est une dame qui vous aime et qui voudrait que votre cœur fût à elle comme le sien est à vous. A défaut de tout autre moyen, elle s'adresse à moi. Si elle a recours à mon aide, c'est que, grace à certaines pratiques mystérieuses et à mes études en chiromancie, j'ai parmi les femmes, qui sont crédules d'ordinaire, la réputation d'un habile magicien. Elles croient fermement que j'ai à mon service un esprit par l'entremise duquel je fais et je défais ce que bon me semble. Pour moi, je me prête volontiers à cette croyance, parce que souvent elle me procure, de la part de ces pauvres femmes, ou des profits fort avantageux, ou de fort doux plaisirs. C'est ce qui doit m'arriver avec celle dont il est question, si vous vous conduisez comme il faut. Elle veut que je vous force par mon art à vous rendre auprès d'elle, et moi, pensant que j'obtiendrais facilement de vous cette complaisance, je lui ai donné quelque espoir. Si vous le voulez bien, nous nous enrichirons tous les deux et vous passerez agréablement votre temps auprès de la dame.

SANTILLA.

Rufo, dans ces sortes d'affaires la fraude est assez commune, et moi, qui suis sans expérience, je pourrais facilement me trouver pris. Mais je me fie à vous, puisque vous êtes le négociateur, et je ne répugnerai pas à entrer dans vos vues, quand toutefois j'aurai réfléchi, bien réfléchi. Fannio et moi, nous allons y penser. Mais dites-moi quelle est cette personne?

RUFO.

Elle s'appelle Fulvia; elle est riche, noble et belle.

FANNIO, *à Santilla.*

Oh! oui, la maîtresse de cette maison; celle dont je vous parlais tout à l'heure.

SANTILLA.

Tu as raison.

RUFO.

Comment! sa servante vous a parlé?

SANTILLA.

Il n'y a qu'un moment.

RUFO.

Et que lui avez-vous répondu?

SANTILLA.

Eh! je l'ai renvoyée en la traitant assez mal.

RUFO.

Je le conçois... Mais, dans le cas où elle reviendrait vous parler, montrez-vous plus aimable, si vous voulez que nous réussissions.

SANTILLA.

J'y consens.

FANNIO.

Dites-moi, Rufo; quand Fulvia veut-elle recevoir mon maître?

SANTILLA.

Le plus tôt sera le mieux.

FANNIO.

A quelle heure?

RUFO.

En plein jour.

SANTILLA.

L'on me verra!

RUFO.

Cela est vrai; mais Fulvia entend que vous veniez chez elle en femme.

FANNIO.

Que pourrait-elle faire de mon maître, si l'esprit familier le change en femme?

RUFO.

Elle prétend, je le pense bien, que le seigneur Lidio vienne la voir habillé en femme, mais non pas qu'il devienne femme tout-à-fait. C'est là ce qu'elle veut dire.

SANTILLA.

L'idée est assez drôle; ne trouves-tu pas, Fannio?

FANNIO.

Mais oui; elle ne me déplaît pas.

RUFO.

Très bien; vous consentez donc?

FANNIO.

Dans un moment nous te dirons ce que nous aurons résolu.

RUFO.

Où nous trouverons-nous?

FANNIO.

Ici.

SANTILLA.

Le premier arrivé attendra l'autre.

RUFO.

Très bien. Adieu.

(Rufo sort.)

SCÈNE V.

SANTILLA, *sous le nom de Lidio;* FANNIO.

FANNIO.

Le ciel nous fournit les moyens dont nous avions besoin pour que l'on ne puisse pas vous rencontrer aujourd'hui; car, si vous allez chez Fulvia, Jupiter lui-même ne pourra vous découvrir. En outre, possédant le secret des désordres de Fulvia, vous pourrez lui becqueter quelque argent pour vous payer de votre silence sur ce point délicat. D'ailleurs, c'est une aventure à mourir de rire. Vous êtes femme; elle vous fait venir chez elle déguisée en femme; vous vous y rendrez, afin de voir ce qu'elle demande, et elle trouvera ce qu'elle ne cherchait pas.

SANTILLA.

Risquerons-nous cette folie?

FANNIO.

Oui, dans l'intention que je vous dis là.

SANTILLA.

Soit. Va-t-en au logis, vois ce qui s'y passe, prends des habits de femme pour m'en revêtir. Tu me trouveras à la boutique de Franzino, et nous répondrons affirmativement à Rufo.

FANNIO.

Éloignez-vous d'ici; car cet homme que je vois venir pourrait être envoyé vers vous par Perillo.

SANTILLA.

Il n'est pas de la maison; cependant je suis ton conseil.

(Ils s'en vont.)

SCÈNE VI.

FESSENIO, FULVIA.

FESSENIO.

Je veux parler un peu à Fulvia, que j'aperçois là sur sa porte, et lui conter que Lidio veut s'éloigner, afin de voir comment elle prendra cette nouvelle.

FULVIA.

Mon cher Fessenio, sois le bienvenu. Dis-moi, que fait mon bien-aimé Lidio?

FESSENIO.

Il ne me semble plus le même.

FULVIA.

Ah! grand Dieu! qu'a-t-il?

FESSENIO.

Il a résolu de quitter cette ville pour aller à la recherche de Santilla, sa sœur.

FULVIA.

Malheureuse que je suis! il a résolu de partir?

FESSENIO.

Telle est son intention.

FULVIA.

Mon cher Fessenio, si tu veux ton propre avantage et celui de ton maître, si tu comptes ma vie pour quelque chose, va trouver Lidio, exhorte-le, prie-le, presse-le, supplie-le, afin que ce motif ne le détermine pas à quitter Rome. Je ferai chercher sa sœur dans toute l'Italie, et s'il arrive qu'on la retrouve, eh bien! mon cher Fessenio, comme je te l'ai dit mille fois, je promets à ton maître que je marierai sa sœur à Flaminio, mon fils unique.

FESSENIO.

Vous voulez que je lui fasse cette promesse?

FULVIA.

Je m'engage et je m'oblige à la tenir.

FESSENIO.

Je suis certain qu'il la recevra avec grand plaisir, car elle est de nature à lui plaire.

FULVIA.

Il y va de mes jours si, toi et lui, vous ne venez pas à mon aide. Prie-le de sauver cette vie qui lui appartient.

FESSENIO.

Je ferai ce que vous désirez. Pour vous servir, je vais trouver Lidio à son logis, où j'espère le rencontrer maintenant.

FULVIA.

Mon cher Fessenio, tu agiras pour tes intérêts autant que pour les miens. Adieu.

(Elle rentre chez elle.)

FESSENIO.

La pauvre femme est dans un terrible état, et, par le ciel! on ne peut s'empêcher d'avoir pitié d'elle. Il faudra que Lidio, déguisé en femme, comme à l'ordinaire, se rende auprès d'elle; il le fera volontiers, car il ne désire pas moins une pareille entrevue que Fulvia. Mais d'abord il faut que je m'occupe du seigneur Calandro, que je vois déjà revenir. Je lui dirai que j'ai terminé l'affaire qui lui tient au cœur.

SCÈNE VII.

FESSENIO, CALANDRO.

FESSENIO.

Salut, seigneur; le mot est juste, car c'est votre salut que je vous apporte. Donnez-moi la main.

CALANDRO.

La main et même les pieds!

FESSENIO.

Il semble qu'en votre faveur les paroles sortent d'elles-mêmes de sa bouche.

CALANDRO.

Qu'est-ce que cela signifie?

FESSENIO.

Eh! parbleu! que l'univers est à vous, que vous êtes le plus heureux des mortels!

CALANDRO.

Que m'apportes-tu donc?

FESSENIO.

Je vous apporte votre chère Santilla, qui vous aime encore plus que vous ne l'aimez, qui désire être auprès de vous encore plus que vous ne le désirez; car je lui ai dit que vous êtes libéral, que vous êtes beau, que vous êtes sage, si bien enfin qu'elle veut tout ce que vous voulez. Oui, seigneur, elle n'a pas plus tôt entendu votre nom que je l'ai vue s'enflammer d'amour pour vous. Vous serez bien heureux.

CALANDRO.

C'est vrai. Pendant mille ans je couvrirai de baisers ses lèvres de rose, ses joues vermeilles comme du vin et fraîches comme du beurre.

FESSENIO.

Vous voulez dire: Où le vermillon se marie à la blancheur du lait.

CALANDRO.

Fessenio, je te nomme empereur!

FESSENIO.

C'est un honneur dont je suis très reconnaissant.

CALANDRO.

Allons chez la beauté qui m'est chère.

FESSENIO.

Comment! chez elle! Croyez-vous donc qu'elle demeure dans un mauvais lieu? Vous ne pouvez aller chez cette beauté que d'une manière convenable.

CALANDRO.

Et de quelle manière?

FESSENIO.

Sur vos pieds.

CALANDRO.

J'entends bien; mais je veux dire comment?

FESSENIO.

Vous devez comprendre que, si vous alliez chez la belle ouvertement et sans mystère, on vous verrait; aussi, afin que votre visite ne soit pas découverte et ne lui attire point de scandale, je suis convenu avec elle que l'on vous introduira chez elle dans un coffre; on vous portera dans sa chambre, et là vous prendrez tous les ébats qui vous plairont.

CALANDRO.

Tu vois bien que je n'irai pas sur mes pieds, comme tu disais.

FESSENIO.

Ah! aimable amant que vous êtes, vous avez raison.

CALANDRO.

Ah! çà, je ne serai pas trop mal dans ce coffre, n'est-ce pas, Fessenio?

FESSENIO.

Du tout, du tout. (*à part.*) Benêt que tu es!

CALANDRO.

Dis-moi; le coffre sera-t-il assez grand pour que je puisse y entrer tout entier?

FESSENIO.

Qu'importe? si vous n'y entrez pas tout entier, nous vous y ferons entrer par morceaux.

CALANDRO.

Par morceaux?

FESSENIO.

Oui, par morceaux.

CALANDRO.

De quelle façon?

FESSENIO.

Rien de plus facile.

CALANDRO.

Dis-moi le moyen.

FESSENIO.

Vous ne le savez pas?

CALANDRO.

Non, parbleu!

FESSENIO.

Si vous aviez voyagé sur mer vous le sauriez. Quand on veut faire entrer un grand nombre de passagers dans une petite barque (vous auriez vu cela vous-même), assurément ils n'y pourraient tenir si l'on ne coupait aux uns les mains, aux autres les bras ou les jambes, selon que cela est nécessaire; et de la sorte tout ce monde-là est arrangé dans la barque, comme les autres marchandises, de manière à tenir fort peu de place.

CALANDRO.

Et après?

FESSENIO.

Après? Quand on est arrivé au port, chacun reprend ses membres et les remet en place. Il est vrai que souvent, par malice ou par ruse, l'un prend les membres de l'autre et se les ajuste où il lui plaît. Quelquefois ces échanges réussissent mal, parce qu'on se trouve avoir pris quelques membres plus gros que ses membres légitimes, ou bien une jambe plus courte que sa propre jambe; de manière qu'on se trouve boiteux ou contrefait. Vous comprenez?

CALANDRO.

Très bien; et, sur ma foi! je me garderai de me loger dans ce coffre, de peur que l'on me change quelques-uns de mes membres.

FESSENIO.

A moins que vous les changiez vous-même personne ne vous les changera, puisque vous serez seul dans le coffre. Si vous ne pouvez y tenir tout d'un morceau, on vous coupera au moins les jambes, comme on fait aux gens qui s'embarquent. Puisqu'on vous portera, vous n'en aurez pas besoin en route.

CALANDRO.

Mais où peut-on ainsi découper un homme?

FESSENIO.

Partout, ici, là, au premier endroit venu. Voulez-vous que je vous montre de quelle façon l'on procède?

CALANDRO.

Je t'en prie même.

FESSENIO.

Ce sera l'affaire d'un instant; rien de plus facile; il suffit d'un mot magique. Répétez-le après moi, mais d'une voix humble et basse, car si vous veniez à crier le moins du monde, vous gâteriez toute l'opération.

CALANDRO.

Ne crains rien.

FESSENIO.

Essayons sur votre main... Dites comme moi : *Ambracullac!*

CALANDRO.

Anluabrac!

FESSENIO.

Ce n'est pas cela : *Ambracullac!*

CALANDRO.

Alabracuc!

FESSENIO.

C'est encore pis! *Ambracullac!*

CALANDRO.

Alucambrac!

FESSENIO.

Ah! bon Dieu! Voyons... essayons ainsi. *Am...*

CALANDRO, *répétant après lui.*

Am...

FESSENIO, *secouant, à chacun de ces lazzis, le bras de Calandro.*

Bra...

CALANDRO.

Bra...

FESSENIO.

Cul...

CALANDRO.

Cul...

FESSENIO.

Lac...

CALANDRO.

Lac..

FESSENIO.

Bu...

CALANDRO.

Bu...

FESSENIO.

Fo...

CALANDRO.

Fo...

FESSENIO.

La...

CALANDRO.

La...

FESSENIO.

Cio...

CALANDRO.

Cio...

FESSENIO.

Hor..

CALANDRO.

Hor...

FESSENIO.

Tella...

CALANDRO.

Tella...

FESSENIO.

Do...

(*Il secoue encore plus violemment le bras de Calandro.*)

CALANDRO, *criant.*

Aye! aye! aye!

FESSENIO.

Vous gâteriez les plus belles choses du monde, grace à votre maudit défaut de mémoire et de patience. Au nom du ciel! ne vous avais-je pas dit tout à l'heure qu'il ne fallait pas crier? Vous avez rompu le charme!

CALANDRO.

Et toi tu m'as rompu le bras!

FESSENIO.

A présent, sachez-le, il n'y a pas moyen de vous partager.

CALANDRO.

Comment donc ferai-je?

FESSENIO.

Je prendrai un coffre assez grand pour que vous y puissiez entrer tout d'une pièce.

CALANDRO.

A merveille! et pour l'amour de Dieu, choisis le coffre de telle manière qu'il n'y ait pas besoin de me couper par morceaux; car j'ai ce bras-là disloqué.

FESSENIO.

A la bonne heure. Adieu. (*Calandro s'en va.*) Je ferai bien à présent d'aller trouver Lidio et de lui conter cette scène, dont on rirait pendant un an. Je m'en vais sans parler à Samia, que je vois marmottant là sur la porte.

SCÈNE VIII.

SAMIA, *puis* FULVIA.

SAMIA, *d'abord seule.*

Comme va le monde! Il n'y a pas encore un mois, Lidio, tout feu et tout flamme pour ma maîtresse, aurait voulu ne la quitter jamais; et maintenant qu'il la voit bien éprise de lui, il ne songe plus à cette femme naguère adorée. Si nous ne trouvons pas quelque remède à cette situation, certainement, pauvre Fulvia, il arrivera dans ce logis quelque malheur; car bientôt toute la ville sera instruite de cette intrigue. Je serais bien surprise que les frères de Calandro n'en eussent rien appris, car ma maîtresse ne pense qu'à Lidio, ne s'occupe et ne parle que de Lidio. Il est bien vrai que lorsqu'on a un amour au cœur, on a toujours un aiguillon qui vous presse. Fasse le ciel que tout ceci tourne bien!

FULVIA, *de sa fenêtre.*

Samia!

SCÈNE IX.

SANTILLA, *sous le nom de Lidio*, FANNIO.

SAMIA, *à part.*

Voici ma maîtresse qui m'appelle de là-haut. Elle aura vu de sa fenêtre Lidio, que j'aperçois s'entretenant avec je ne sais qui. Peut-être veut-elle me députer encore auprès de Rufo.

FULVIA.

Samia !

SAMIA.

Me voici.

SANTILLA.

Voilà ce que t'a dit Teresia ?

FANNIO.

Oui.

SANTILLA.

Et l'on parle de cette alliance, chez Perillo, comme d'une affaire conclue ?

FANNIO.

Absolument.

SANTILLA.

Et Virginia en est contente ?

FANNIO.

Elle ne peut se contenir.

SANTILLA.

Et l'on prépare la noce ?

FANNIO.

Toute la maison en est sens dessus dessous.

SANTILLA.

Et l'on croit que je suis enchantée de ce projet ?

FANNIO.

On n'en doute pas.

SANTILLA.

O malheureuse Santilla ! ce qui fait la joie des autres est pour moi seule une cause de chagrin. Les caresses de Perillo et de sa femme sont comme des traits aigus qui me déchirent ; car je ne puis, en comblant leur vœu le plus cher, assurer moi-même mon bonheur. Pourquoi le ciel ne m'a-t-il pas donné la nuit au lieu du jour, la mort à la place de la vie, et la tombe pour berceau quand je sortis du sein maternel ! Ah ! que l'instant de ma naissance n'a-t-il été celui de mon trépas ! Combien tu es heureux, ô mon frère bien-aimé, si, comme je le crois, tu as péri dans notre patrie ! Que faire, infortunée Santilla ! car c'est ce nom, et non pas celui de Lidio, que je dois porter à présent ! Je suis femme, et il faut que je joue le rôle de mari ! Si j'épouse Virginia, elle connaîtra sur-le-champ mon véritable sexe ; le père, la mère, la fille, indignement joués par moi, laveront leur outrage dans mon sang. Je ne puis non plus refuser ce mariage... si je refuse, courroucés de cette autre injure, ils me chasseront avec ignominie. Si je découvre que je suis femme, je me perds moi-même. Je ne saurais demeurer plus long-temps dans cette position. Malheureuse ! d'un côté je vois un précipice, de l'autre des loups prêts à me dévorer !

FANNIO.

Ne vous désespérez pas ainsi ; peut-être le ciel ne vous abandonnera pas. Je crois que le meilleur parti à prendre est, comme vous en aviez le projet, de vous tenir cachée toute la journée loin de Perillo ; l'invitation de Fulvia est venue tout à point pour vous aider dans ce dessein. J'ai là tout prêts des habits pour vous vêtir en femme. Esquiver un danger, c'est souvent en esquiver mille.

SANTILLA.

Je suivrai ton conseil ; mais où est ce Rufo ?

FANNIO.

Nous sommes convenus que le premier arrivé attendrait l'autre.

SANTILLA.

Il vaut mieux que Rufo nous attende. Éloignons-nous, afin de n'être pas vus de cet homme, qui peut-être nous cherche par ordre de Perillo, quoique toutefois il ne me paraisse pas être de ses gens.

SCÈNE X.

FESSENIO, *puis* CALANDRO.

FESSENIO, *d'abord seul.*

Tout est arrangé pour le mieux. Lidio s'habille en femme et attend Calandro dans sa chambre ; il lui fera l'accueil le plus galant ; puis, au moment indiqué, les fenêtres étant fermées, une beauté facile se placera auprès de Calandro, attendu que le gros imbécile est pétri d'une telle pâte qu'il ne distinguerait pas un âne d'un rossignol. Ah ! je le vois venir tout rayonnant ! (*à Calandro.*) Que le ciel comble vos vœux, mon cher maître !

CALANDRO.

Dis-moi, Fessenio, le coffre est-il prêt ?

FESSENIO.

Oui, et vous y tiendrez sans que l'on vous ôte seulement un cheveu, pourvu que vous sachiez bien vous arranger.

CALANDRO.

Le mieux du monde. Mais dis-moi une chose que j'ignore.

FESSENIO.

Qu'est-ce ?

CALANDRO.

Faudra-t-il que, dans ce coffre, je sois éveillé ou endormi ?

FESSENIO.

Oh ! l'admirable question ! si vous serez éveillé ou endormi ? Mais ne savez-vous pas qu'à cheval on est éveillé, que dans les rues on marche, qu'à table on mange, que sur les chaises on s'assied, que dans les lits on dort, et que dans les coffres on meurt?

CALANDRO.

Comment! on meurt?

FESSENIO.

Oui, on meurt; pourquoi pas?

CALANDRO.

Diable! cela ne vaut rien.

FESSENIO.

N'êtes-vous jamais mort

CALANDRO.

Non pas, que je sache.

FESSENIO.

Si vous n'êtes jamais mort, comment donc savez-vous que cela ne vaut rien?

CALANDRO.

Est-ce que tu es jamais mort, toi?

FESSENIO.

Parbleu! mille fois dans ma vie!

CALANDRO.

Est-ce bien désagréable?

FESSENIO.

Pas plus que de dormir.

CALANDRO.

Il faudra donc que je meure?

FESSENIO.

Oui, quand vous serez dans le coffre.

CALANDRO.

Quelqu'un ne pourrait-il mourir pour moi?

FESSENIO.

Du tout : il faut mourir en personne.

CALANDRO.

Eh! comment faire pour mourir?

FESSENIO.

C'est une bagatelle. Puisque vous ne savez pas comment on doit s'y prendre, je vous le dirai avec plaisir.

CALANDRO.

Oui, oui, dis-le-moi.

FESSENIO.

On ferme les yeux, on croise les mains, on plie les bras, on se tient bien immobile, bien tranquille, on ne voit, on n'entend rien de ce qui se fait ou se dit autour de vous.

CALANDRO.

Je comprends bien, mais le difficile, c'est de revivre ensuite.

FESSENIO.

Ah! c'est là un des plus profonds secrets qu'il y ait au monde; presque personne ne le possède. Soyez sûr que je ne le dirais à nul autre que vous; je vous le confierai avec plaisir, mais donnez-moi d'abord votre parole que vous ne le révélerez jamais à qui que ce soit.

CALANDRO.

Je te promets de ne le révéler à personne, et même, si tu le veux, de ne pas me le révéler à moi-même.

FESSENIO.

Ah! quant à vous-même, vous pourrez vous le révéler sans inconvénient, pourvu que vous ne disiez le secret qu'à une de vos oreilles et que l'autre n'en sache rien.

CALANDRO.

Enseigne-le-moi donc.

FESSENIO.

Vous savez, seigneur Calandro, que l'unique différence, entre un vivant et un mort, c'est que le premier remue et le second ne remue pas. Or, en faisant ce que je vais vous dire, vous serez toujours à même de ressusciter.

CALANDRO.

Parle donc.

FESSENIO.

On tourne son visage vers le ciel; on crache en l'air; après quoi on se donne une secousse de tout le corps; puis, on ouvre les yeux, on parle, on remue les membres; alors, la mort s'en va et l'on revient à la vie. Soyez sûr, seigneur Calandro, que, par ce moyen, l'on n'est jamais mort. A présent vous pouvez bien dire que vous possédez le plus magnifique secret de l'univers entier, y compris les Maremmes.

CALANDRO.

J'en suis enchanté. Désormais je pourrai donc mourir et revivre à ma fantaisie?

FESSENIO.

Certainement, mon cher maître.

CALANDRO.

Et cela sans aucune difficulté?

FESSENIO.

Assurément.

CALANDRO.

Pour voir si je sais bien m'y prendre, veux-tu que nous essayions un peu?

FESSENIO.

Cela ne fera pas mal; mais tâchez de ne pas vous tromper.

CALANDRO.

Tu verras; tiens, regarde.

FESSENIO.

Tordez la bouche... encore!... encore de ce côté! Mourez à votre aise! Très bien! Certes, il faut être habile pour trépasser aussi parfaitement, comme a su le faire ce brave homme qui, fort savant déjà dans l'art de mourir au dehors, est mort si bien quand il a été dans le coffre, qu'il n'entendait et ne sentait plus rien; et qu'il a fallu que je lui criasse : « Très bien, Zas! très bien, Zas! bravo! » Je vous dirai de même : « Bravo, bravo! à merveille, seigneur Calandro! »

CALANDRO.

Me voilà mort!... Me voilà mort!...

FESSENIO.

Ressuscitez, ressuscitez à présent! Par ma foi, vous mourez à merveille! Maintenant, crachez en l'air!

CALANDRO.

Ah! tu as eu grand tort de me faire revivre.

FESSENIO.

Pourquoi?

CALANDRO.

Je commençais à voir l'autre monde.

FESSENIO.

Vous le verrez à loisir, lorsque vous serez dans le coffre.

CALANDRO.

Je suis d'une impatience!...

FESSENIO.

Allons, puisque vous savez si bien mourir et ressusciter, ne perdez pas de temps.

CALANDRO.

Allons! allons!

FESSENIO.

Non; il faut toujours procéder par ordre. Afin que Fulvia ne s'aperçoive de rien, feignez, vis-à-vis d'elle, de vouloir partir pour votre maison de campagne de Menicuccio, et venez dans un endroit où vous me trouverez avec tous les objets nécessaires.

CALANDRO.

Bien dit! c'est ce que je vais faire aussitôt que la bête sera préparée.

FESSENIO.

Quelle bête?

CALANDRO.

Je veux parler de ma mule qui est là, chez moi, toute sellée.

FESSENIO.

Ah! c'est que je comprenais autrement.

CALANDRO.

Je brûle d'être en tête à tête avec cette créature ravissante, avec cet ange du Paradis.

(Il entre chez lui.)

FESSENIO, *seul.*

Vraiment! un ange du Paradis? Si je ne me trompe, nous allons voir réunies aujourd'hui, dans ta noble personne, la balourdise et l'impureté!... Il va monter sur sa mule... Il faut que je prenne les devants pour dire à cette beauté peu cruelle dont nous nous sommes pourvus, de se tenir prête et de m'attendre... Oh! oh! voici déjà Calandro sur sa bête! J'admire la vigueur de ce pauvre petit mulet qui peut porter un si lourd animal.

(Il sort.)

SCÈNE XI.

CALANDRO, FULVIA.

CALANDRO.

Fulvia! Fulvia!

FULVIA.

Que voulez-vous, messire?

CALANDRO.

Mettez-vous à la fenêtre.

FULVIA, *à la fenêtre.*

Qu'y a-t-il?

CALANDRO.

Je vais jusqu'à la campagne, afin que notre fils Flaminio ne se fatigue pas trop à chasser.

FULVIA.

Vous avez raison. Quand reviendrez-vous?

CALANDRO.

Peut-être ce soir. Adieu.

(Il sort.)

FULVIA, *seule.*

Va-t-en, et grand mal te fasse! Regardez un peu le beau mari que m'ont donné mes frères! Rien qu'à le voir, je suis près de me trouver mal.

ACTE TROISIÈME.

SCENE I.

FESSENIO, *seul, s'adressant au public. — Il tient un paquet d'habits.*

Honorables spectateurs, voyez cet amoureux trophée. Si quelqu'un veut acquérir de la pénétration, de l'amabilité, de la finesse, il n'a qu'à faire emplette de ces habits-là et qu'à les porter quelque temps. Ils viennent de Calandro, ce beau cavalier, dont la malice est si extraordinaire, que le voilà très amoureux d'un jeune homme qu'il prend pour une jolie fille; de Calandro, cet être surnaturel qui meurt et ressuscite à volonté. Si l'on veut acheter ces habits, il ne s'agit que de les payer, car ils ne sont plus à mes yeux que la défroque d'un trépassé. Calandro s'est fourré dans le coffre comme un mort, avant même d'être arrivé. Ha! ha! ha! et c'est dans un si galant équipage que ce gracieux amant attend avec une joyeuse impatience l'heure du berger. En vérité Bramante était un bijou auprès de lui ! J'ai couru devant, afin que la nymphe que je me suis procurée pour la circonstance me trouve ici. Ah ! la voilà qui vient. Voilà aussi le portefaix chargé du coffre. Il croit porter une marchandise bien précieuse; il ignore que c'est au contraire la plus misérable qu'il y ait au monde !... — Allons, personne ne veut-il de ces habits ? Non ! — Serviteur donc, estimable public !... Je vais unir ensemble le mouton et la truie ! Demeurez en paix.

SCÈNE II.

FESSENIO, CALANDRO, *dans un coffre*, UNE COURTISANE, UN PORTEFAIX, *puis des* DOUANIERS.

LA COURTISANE.

Me voici, Fessenio, allons !

FESSENIO.

Laisse d'abord aller ce coffre. *(au portefaix qui est chargé du coffre.)* Non pas par ici, portefaix !... Par là, tout droit.

LA COURTISANE.

Qu'y a-t-il dedans ?

FESSENIO.

Des cadeaux pour toi, ma chère.

LA COURTISANE.

Quels sont ces cadeaux ?

FESSENIO.

Des ajustements, des étoffes de soie.

LA COURTISANE.

De qui viennent-ils ?

FESSENIO.

De celui qui veut avoir tes faveurs, ma toute belle.

LA COURTISANE.

Et il me fera des présents?

FESSENIO.

Si tu te conduis de point en point comme je te l'ai dit.

LA COURTISANE.

Tu peux t'en rapporter à moi.

FESSENIO.

Surtout, rappelles-toi bien que tu dois te nommer Santilla; et souviens-toi de toutes les autres recommandations que je t'ai faites.

LA COURTISANE.

Je n'oublierai pas la moindre chose.

FESSENIO.

Autrement tu n'aurais pas une épingle.

LA COURTISANE.

Tu seras content. Mais que veulent ces douaniers au portefaix ?

FESSENIO.

Paix, silence ! écoute.

LES DOUANIERS, *au portefaix*.

Holà ! que portes-tu dans ce coffre?

LE PORTEFAIX.

Je ne sais.

UN DOUANIER.

Es-tu allé à la douane ?

LE PORTEFAIX.

Non.

LES DOUANIERS.

Allons, allons ! qu'y a-t-il?

LE PORTEFAIX.

Je ne l'ai pas vu.

LES DOUANIERS.

Réponds, maraud !

LE PORTEFAIX.

On m'a dit qu'il y avait des étoffes de soie et des robes.

UN DOUANIER.

Le coffre est fermé à la clé.

FESSENIO.

Aye ! aye ! ça va mal ! voilà notre plan déconcerté, découvert, renversé de fond en comble; nous sommes perdus.

LA COURTISANE.

Qu'est-ce donc ?

FESSENIO.

Nos projets sont détruits !

LA COURTISANE.

Parle ! qu'y a-t-il, Fessenio?

FESSENIO.

Viens à mon aide, ma chère Sofilla.

LA COURTISANE.

Que faut-il faire ?

FESSENIO.

Pleure, crie, désole-toi, arrache-toi les cheveux.

LA COURTISANE.

Pourquoi ?

FESSENIO.

Tu le sauras bientôt.

LA COURTISANE, *pleurant et criant.*

Ah ! ah ! hi ! hi ! hélas !

LES DOUANIERS, *qui ont forcé le coffre.*

Ah ! mon Dieu ! c'est un mort !

FESSENIO.

Que faites-vous là? que cherchez-vous ?

UN DOUANIER.

Le portefaix nous a dit que ce coffre renfermait des choses sujettes aux droits, et nous y trouvons un mort...

FESSENIO.

Eh bien ! oui, un mort.

UN DOUANIER.

Qui est ce mort ?

FESSENIO.

Le mari de cette pauvre petite femme qui se désespère, comme vous voyez.

UN DOUANIER.

Pourquoi le portez-vous ainsi dans un coffre?

FESSENIO.

A dire vrai, c'est afin de dérouter la police.

UN DOUANIER.

Pourquoi?

FESSENIO.

Nous serions pourchassés par tout le monde.

UN DOUANIER.

Pour quelle raison?

FESSENIO.

Parce que cet homme est mort de la peste.

UN DOUANIER.

De la peste! aye! et moi qui l'ai touché!!

FESSENIO.

Tant pis pour toi!

LES DOUANIERS.

Où le portez-vous?

FESSENIO.

Nous allons l'enterrer dans une fosse, ou bien nous jetterons le coffre et l'homme dans la rivière.

CALANDRO, *se montrant hors du coffre.*

Ohé! ohé! me noyer! Je ne suis pas mort! je ne suis pas mort! coquin!

(*Tout le monde s'enfuit, hors Fessenio.*)

FESSENIO.

Eh bien! les voilà tous qui se sauvent! Eh! Sofilla! Eh! portefaix! portefaix! Sofilla!... Oui, il n'y a qu'à courir après eux; le diable ne les ferait pas retourner; puisse-t-il les emporter tous!

SCÈNE III.

CALANDRO, FESSENIO.

CALANDRO.

Ah! scélérat de Fessenio, tu prétendais me noyer!

FESSENIO.

Eh bien! mon cher maître! pourquoi donc voulez-vous me battre?

CALANDRO.

Tu demandes pourquoi, misérable!

FESSENIO.

Mais oui... pourquoi?

CALANDRO.

Tu mérites bien d'être battu, infâme brigand!

FESSENIO.

On est bien malheureux de voir si mal reconnaître un bon office; vous me maltraitez donc pour vous avoir sauvé?

CALANDRO.

Sauvé! comment cela?

FESSENIO.

Eh! mais, j'ai pris ce moyen pour que vous ne fussiez pas porté à la douane.

CALANDRO.

Et qu'en serait-il arrivé, si l'on m'y avait porté?

FESSENIO.

Ce qui serait arrivé? vous eussiez mérité que je vous y laissasse porter; vous auriez vu, alors!

CALANDRO.

Et qu'aurais-je donc vu?

FESSENIO.

Il semble que vous soyez né de ce matin! Eh! parbleu! ayant été saisi en fraude, vous étiez perdu, et l'on vous aurait vendu comme on vend tous les objets pris en contrebande.

CALANDRO.

En ce cas, tu avais bien raison. Pardonne-moi, Fessenio.

FESSENIO.

Une autre fois, attendez jusqu'à la fin pour vous mettre en colère. (*à part.*) Que je sois pendu si tu ne me le paies pas!

CALANDRO.

C'est ce que je ferai. Mais dis-moi, qui était cette femme toute échevelée, qui se sauvait si vite?

FESSENIO.

Qui c'était? vous ne la connaissez donc pas?

CALANDRO.

Non.

FESSENIO.

C'était la mort, qui se trouvait dans le coffre avec vous.

CALANDRO.

Avec moi!

FESSENIO.

Sans doute, avec vous.

CALANDRO.

Oh! oh! pourtant je ne l'ai pas vue auprès de moi, là-dedans.

FESSENIO.

Je le crois bien! vous ne voyez pas non plus le sommeil quand vous dormez, ni la soif quand vous buvez, ni la faim quand vous mangez; de même aussi, convenez-en, tandis que vous vivez, vous ne voyez pas la vie, et pourtant elle est avec vous.

CALANDRO.

Assurément non, je ne la vois pas.

FESSENIO.

De même on ne voit pas la mort quand on meurt.

CALANDRO.

Pourquoi le portefaix s'est-il enfui?

FESSENIO.

Par peur de la mort; si bien que je crains

fort que vous ne puissiez aller voir Santilla aujourd'hui.

CALANDRO.

Ah! c'est à en mourir tout de bon, si aujourd'hui je ne la vois pas.

FESSENIO.

Je ne saurais qu'y faire, à moins que vous ne consentiez à vous fatiguer un peu.

CALANDRO.

Fessenio, il n'y a rien que je ne fasse pour être avec Santilla; je me rendrais auprès d'elle pieds nus, s'il le fallait.

FESSENIO.

Ah! ah! pieds nus! cela est de trop; dispensez-vous-en.

CALANDRO.

Eh bien! que faut-il faire?

FESSENIO.

Il faut que vous-même vous soyiez le portefaix. Vos habits sont si en désordre, vos traits sont si changés pour avoir été mort pendant quelque temps, que personne ne vous reconnaîtra. Je me présenterai comme le menuisier qui a fait le coffre; Santilla comprendra tout au premier mot, car elle est plus fine qu'une sibylle, et tous les deux vous mènerez à bien vos affaires.

CALANDRO.

Bien imaginé! pour l'amour d'elle je porterais des pierres sur mon dos.

FESSENIO, *lui plaçant le coffre sur les épaules.*

Voilà qui est héroïque. Allons, tendez les épaules, prenez garde de tomber, tenez-vous bien. Le coffre y est-il?

CALANDRO.

Parfaitement.

FESSENIO.

Allez donc devant; arrêtez-vous devant la porte de Santilla; je vais vous rejoindre. (*Calandro sort.*) Par ma foi! cette bête de somme est à merveille sous son fardeau. Le stupide animal! Tandis que j'introduirai notre courtisane par la porte de derrière, il faudra bien que Lidio se laisse embrasser par notre galant; mais si les accolades de Calandro l'ennuient, les baisers de Fulvia ne lui paraîtront ensuite que plus doux. Ah! voici Samia; elle n'a pas vu Calandro. Je vais lui dire deux mots; notre butor restera un peu plus long-temps sous sa charge.

SCÈNE IV.

FESSENIO, SAMIA.

FESSENIO.

D'où viens-tu?

SAMIA.

De chez ce magicien auprès de qui ma maîtresse m'avait tout à l'heure envoyée par cette rue.

FESSENIO.

Qu'a-t-il dit?

SAMIA.

Qu'il allait se rendre chez elle dans un instant.

FESSENIO.

Quel conte me fais-tu là? Je vais trouver Lidio pour lui porter un message de Fulvia.

SAMIA.

Est-il chez lui?

FESSENIO.

Oui.

SAMIA.

Que penses-tu de ses dispositions?

FESSENIO.

Rien de bon, à vrai dire; pourtant je ne sais.

SAMIA.

Alors nous voilà bien!

FESSENIO.

Adieu.

(*Il sort.*)

SCÈNE V.

SAMIA, *puis* FULVIA.

SAMIA, *d'abord seule.*

Oui, nous voilà bien! Je n'ai de bonnes nouvelles à donner à ma maîtresse ni de la part de Lidio ni de la part de l'esprit familier; voilà de quoi la désespérer! Mais je l'aperçois sur la porte.

FULVIA.

Tu as été bien long-temps à revenir.

SAMIA.

C'est seulement à présent que j'ai trouvé Rufo.

FULVIA.

Que dit-il?

SAMIA.

Je ne sais pas trop.

FULVIA.

Mais encore?

SAMIA.

Il dit que l'esprit familier lui a donné une réponse; mais je ne me la rappelle pas.

FULVIA.

Maudite sois-tu, oie que tu es!

SAMIA.

Oh! je me souviens... Le magicien a dit que son esprit familier avait fait une réponse *amgibue*.

FULVIA.

Ambiguë, tu veux dire?

SAMIA.

Oui, c'est cela.

FULVIA.

Rufo n'a pas dit autre chose?

SAMIA.

Il a dit qu'il interrogerait de nouveau son esprit familier.

FULVIA.

Rien de plus?

SAMIA.

Ah!.. que, désirant vous servir, il viendra tout à l'heure vous parler lui-même.

FULVIA.

Malheureuse que je suis! point de ressources de ce côté!... Mais Lidio?

SAMIA.

Il ne fait pas plus de cas de vous que de ses vieux souliers.

FULVIA.

Tu l'as trouvé?

SAMIA.

Et je lui ai parlé.

FULVIA.

Et dis-moi, dis-moi, qu'a-t-il dit?

SAMIA.

Vous me saurez mauvais gré de vous répondre.

FULVIA.

O ciel! qu'est-ce donc? Dis, dis toujours!

SAMIA.

On aurait cru qu'il ne vous connaissait seulement pas.

FULVIA.

Est-il possible?

SAMIA.

Ah! mon Dieu, oui.

FULVIA.

Comment as-tu vu cela?

SAMIA.

D'une telle façon qu'il m'a fait peur.

FULVIA.

Peut-être a-t-il voulu plaisanter avec toi?

SAMIA.

Il ne m'aurait pas vilipendée comme il l'a fait.

FULVIA.

Tu n'auras pas su t'y prendre avec lui.

SAMIA.

J'ai fait tout ce que vous m'aviez ordonné.

FULVIA.

Peut-être il n'était pas seul?

SAMIA.

J'eus soin de le tirer à part.

FULVIA.

C'est que tu auras parlé trop haut.

SAMIA.

Presque à l'oreille.

FULVIA.

Que t'a-t-il dit à la fin?

SAMIA.

Il m'a chassée de sa présence.

FULVIA.

Il ne m'aime donc plus?

SAMIA.

Il ne vous aime ni ne vous estime.

FULVIA.

Tu crois?

SAMIA.

J'en suis sûre.

FULVIA.

Qu'entends-je? Ah! c'est affreux!...

SAMIA.

Je n'ai dit que trop vrai.

FULVIA.

Et il n'a pas demandé de mes nouvelles?

SAMIA.

Bien loin de là, il a dit qu'il ne savait pas qui vous étiez.

FULVIA.

Il m'a donc reniée?

SAMIA.

Heureuse encore s'il ne vous hait pas!

FULVIA.

Ah! destin funeste! Je vois trop bien, à présent, l'excès de mon malheur et de la cruauté de Lidio. Ah! combien le sort des femmes est déplorable et combien d'entre elles placent mal leur amour! Infortunée! je l'ai trop aimé! je me suis donnée tellement à lui que je ne m'appartiens plus! Ciel! pourquoi ne fais-tu pas que Lidio m'aime comme je l'aime ou que je puisse le fuir comme il me fuit! Mais que demandai-je? Cesser d'aimer mon Lidio, le fuir! Non, je ne le pourrais! Je ne saurais non plus aller moi-même le trouver... Cependant, pourquoi ne me serait-il pas permis de me déguiser en homme une seule fois, comme souvent il s'est déguisé en femme pour venir me voir? C'est raisonnable, c'est juste! Lidio mérite assurément que pour lui je fasse cette démarche et que je risque bien plus encore. Pourquoi donc ne prendrais-je pas ce parti? pourquoi n'irais-je pas le trouver? pourquoi perdrais-je ma jeunesse? Grand bien arrive aux femmes qui croient ressusciter plus tard leurs beaux jours! Qui me rendrait un amant tel que Lidio? Quel temps plus favorable pourrais-je choisir pour aller le voir, que ce moment où mon mari est absent, où Lidio est chez lui? Qui m'en empêche? qui me retient? Oui, c'est le seul parti à prendre, car je m'aperçois bien que Rufo n'est pas sûr de disposer en ma faveur de son esprit familier. Les intermédiaires ne réussissent jamais aussi bien que la personne dont les intérêts sont en jeu; ils ne savent pas prendre le moment ni servir d'interprètes à la passion. Si je vais moi-même trouver Lidio, il verra mes larmes, il entendra mes accents de désespoir et mes prières; je me jetterai à ses pieds, je paraîtrai prête à mourir, j'entourerai son cou de mes bras. Comment serait-il assez cruel pour n'avoir pas pitié de moi? Les paroles d'amour, quand les oreilles les transmettent au cœur, ont plus de puissance qu'on ne le croit. Tout est possible aux amants; je l'espère et j'agirai en conséquence. Je vais prendre des habits d'homme; toi, Samia, reste sur la porte et ne permets pas que personne s'y arrête, afin que l'on ne me reconnaisse pas quand je sortirai. Ce sera l'affaire d'un moment.

SCÈNE VI.

SAMIA, *seule, puis* FULVIA.

SAMIA.

O malheureuses femmes! A combien de peines sommes-nous exposées quand l'amour s'empare de notre cœur! Fulvia, par exemple, elle naguère si sage, voilà que maintenant, dans sa passion pour Lidio, elle ne sait plus ce qu'elle fait. Ne pouvant avoir à ses côtés son cher Lidio, elle va courir après lui sous un déguisement d'homme, sans penser combien de maux peuvent résulter de cette folie. Quand elle le saurait, peut-être ne se contenterait-elle pas l'avoir livré ses richesses, son honneur, ses attraits, à cet homme qui la dédaigne et la méprise. Nous sommes toutes bien infortunées. Mais la voici qui revient déjà sous son déguisement. (*à Fulvia, qui reparait déguisée en homme.*) Vous n'avez pas perdu de temps.

FULVIA.

Tu entends bien, Samia; je vais trouver Lidio. Toi, reste ici, et pendant ce temps, tiens la porte fermée jusqu'à mon retour.

SAMIA.

Soyez tranquille.

(*Elle se retire de côté.*)

SCÈNE VII.

FULVIA, *seule.*

Non, il n'est aucune démarche à laquelle la passion ne puisse nous forcer. Moi qui naguère serais à grand' peine sortie de ma chambre sans être accompagnée, maintenant, poussée par l'amour, je sors toute seule de ma maison sous un déguisement d'homme. Si je m'imposais alors un timide esclavage, à présent j'ai conquis une généreuse liberté... Allons chez Lidio, bien qu'il demeure un peu loin. [illegible]ais le chemin, et je saurai à qui m'[illegible]r il n'y a chez lui que sa vieille servante, peut-être aussi Fessenio, et ils savent tout l'un et l'autre. Personne ne me reconnaîtra, personne n'apprendra jamais rien de cette intrigue; et quand on devrait le découvrir! eh bien! mieux vaut risquer cette démarche et m'en repentir ensuite, que de demeurer chez moi, pour avoir également à me repentir de mon inaction.

(*Elle s'en va.*)

SCÈNE VIII.

SAMIA, *seule.*

Elle va chercher du plaisir, et moi qui l'en blâmais, à présent, je l'excuse et je l'approuve; car, lorsqu'on n'a pas connu l'amour, on ignore les plus douces voluptés qu'il y ait au monde, et l'on ressemble à la brute. Pour moi, je sais que mon seul bonheur est de me trouver avec mon amant, Lusco l'intendant. Nous sommes seuls au logis; il est là dans la cour. Plutôt que de rester ici à garder la porte, je ferai bien de me distraire avec lui. L'exemple de ma maîtresse m'apprend à me donner du bon temps. Il faut être fou pour ne pas s'amuser quand on le peut, car l'ennui est toujours prêt à venir sans qu'on l'appelle! Eh! Lusco! Lusco!

(*Elle entre dans la maison.*)

SCÈNE IX.

FESSENIO, *seul, à Samia.*

Holà! ne ferme pas la porte! N'entends-tu pas?...—Mais n'importe! on m'ouvrira bien. J'ai mis Calandro en tête à tête avec notre beauté commode; maintenant il faut que je raconte cette histoire à Fulvia. Elle en étouffera de rire. Il est certain qu'une pareille aventure ferait rire les morts. Il doit se passer de belles choses entre Calandro et sa belle. Allons trouver Fulvia.

SCÈNE X.

FESSENIO, *dans la rue*, SAMIA, *dans la maison.*

FESSENIO, *frappant à la porte.*

Toc, toc, toc! Êtes-vous sourds, là-dedans? Toc, toc, toc! Ouvrez donc! n'entendez-vous pas?

SAMIA.

Qui frappe?

FESSENIO.

C'est ton Fessenio: ouvre donc, Samia.

SAMIA.

Tout à l'heure.

FESSENIO.

Pourquoi n'ouvres-tu pas maintenant?

SAMIA.

Je me lève pour mettre la clé dans la serrure.

FESSENIO.

Dépèche-toi.

SAMIA.

Je ne trouve pas le trou.

FESSENIO.

Sors donc.

SAMIA.

Aïe... aïe... je ne le puis encore.

FESSENIO.

Pourquoi?

SAMIA.

Le trou est bouché.

FESSENIO.

Souffle dans la clé.

SAMIA.

Je fais encore mieux.

FESSENIO.

Que fais-tu donc?

SAMIA.

Je la secoue autant que je puis.

FESSENIO.

Que de délais!

SAMIA.

Ah! voilà qu'à force de peine, j'en suis venue à bout; j'ai graissé la clé pour qu'elle ouvre mieux.

FESSENIO.

A quoi bon tant de précautions?

SAMIA.

Ma maîtresse a voulu que la porte fût fermée aujourd'hui à clé.

FESSENIO.

Pourquoi?

SAMIA.

Il n'y a pas d'inconvénient à te le dire : c'est qu'elle est allée trouver Lidio déguisée en homme.

FESSENIO.

Que dis-tu là, Samia?

SAMIA.

Tu l'as entendu; il m'est ordonné de tenir la porte fermée et de l'ouvrir quand ma maîtresse reviendra. Va-t-en; adieu.

SCÈNE XI.

FESSENIO, *seul.*

Assurément, il n'est pas de démarche téméraire et basardeuse que ne puisse risquer une personne dominée, comme Fulvia, par un violent amour. Elle est allée chez Lidio; elle ne s'attend pas à y trouver son mari. Calandro, malgré sa position équivoque, ne pourra s'empêcher de prendre la remontrance en mauvaise part, quand il la verra seule, sous ce costume et dans ce lieu. Peut-être sa colère ira-t-elle jusqu'à informer de l'aventure les parents de sa femme. Courons bien vite, afin de voir s'il n'y a pas moyen de détourner la catastrophe... Mais qu'est-ce que cela?... Oh! oh! Fulvia qui mène son mari comme un prisonnier... Voilà du nouveau!... Tenons-nous à l'écart; soyons tout yeux et tout oreilles, pour voir comment l'aventure va tourner.

SCÈNE XII.

FULVIA, CALANDRO.

FULVIA.

Ah! ah! monsieur mon mari, voilà donc la campagne où tu devais te rendre! Tu n'as donc pas chez toi ce qu'il te faut, puisque tu vas ailleurs pour te déranger! Malheureuse que je suis! Moi qui ai pour toi tant d'amour, qui te suis si fidèle! Ah! ah! je sais maintenant pourquoi, ces dernières nuits, tu as été si froid avec moi! C'était pour une autre femme que tu réservais toute ton ardeur; tu voulais te garder tout frais et tout vaillant pour cet amoureux combat! Par ma foi! je ne sais qui m'empêche de t'arracher les yeux! Et tu ne comptais pas, peut-être, me jouer clandestinement ce tour indigne? Mais ton secret appartenait à d'autres que toi. Revêtue de ce costume pour plus de sûreté, je suis allée moi-même sur-le-champ te trouver, et je te ramène dans l'état où tu étais, chien sans vergogne, afin de te faire honte, et pour que chacun ait pitié d'une pauvre femme en butte à de pareils outrages. Ingrat! imagines-tu que si j'avais un cœur aussi perfide que le tien, l'occasion m'eût manqué pour demander à d'autres les mêmes distractions que tu cherches hors de chez toi? Ne pense pas que je sois assez vieille ni assez laide pour être dédaignée! Sans le respect que j'ai dû conserver pour moi-même et non pas pour toi, vil débauché, crois-tu que je ne me serais pas vengée sur cette femme que j'ai trouvée à tes côtés? Mais va! que jamais je ne goûte de plaisir au monde, si je ne fais pas payer mon injure à toi et à ta maîtresse!

CALANDRO.

As-tu fini?

FULVIA.

Oui.

CALANDRO.

Eh bien! que le diable t'emporte! Laisse-moi me mettre en colère! N'est-ce pas toi, femme de malheur, qui m'as enlevé du paradis terrestre? N'est-ce pas toi qui m'as ravi tout le bonheur que je goûtais? Tu ne vaux pas seulement les vieux souliers de cet objet céleste. Ses caresses, ses baisers sont bien autre chose que les tiens! Elle me plaît mieux que le parfum du vin le plus doux; elle est plus radieuse et plus belle que l'étoile de Diane; elle a plus d'esprit que la fée Morgane. Tu n'aurais jamais osé la toucher, scélérate! Si jamais tu lui faisais le moindre mal, gare à toi.

FULVIA.

C'en est assez! entrons! entrons! Qu'on ouvre! holà! qu'on ouvre!

SCÈNE XIII.

FESSENIO, *seul.*

O Fessenio! qu'est-ce que tu as vu là? O amour! quelle est ta puissance! Quel poète, quel docteur, quel philosophe, pourrait jamais enseigner les ruses et les finesses que tu inspires à ceux qui suivent tes étendards! Toute habileté, toute science n'est rien, en comparaison de la tienne. Quelle autre, sans les conseils de l'amour, aurait imaginé un pareil tour, et serait sortie comme l'a fait Fulvia, d'une situation si critique? La voilà sur sa porte; je vais lui parler et lui donner quelques espérances au sujet de Lidio, car il faut bien avoir pitié de cette pauvre petite femme.

SCÈNE XIV.

FULVIA, FESSENIO, SAMIA.

FULVIA.

Vois, mon cher Fessenio, vois si je suis malheureuse! Au lieu de Lidio, j'ai trouvé mon butor de mari, avec qui je suis pourtant parvenue à me tirer d'affaire.

FESSENIO.

J'ai tout entendu. Mais entrez un peu, afin que d'autres ne vous voient pas sous ce costume.

FULVIA.

Tu as raison; le désir de voir Lidio m'avait tellement aveuglée, que je n'avais plus d'autre pensée; mais, mon cher Fessenio, dis-moi, as-tu trouvé Lidio?

FESSENIO.

En voyant couler le sang, je devine où est la blessure [1].

FULVIA.

Oui?

FESSENIO.

Oui.

FULVIA.

Que dis-tu, mon cher Fessenio? Parle!

FESSENIO.

Il ne partira pas si promptement.

FULVIA.

Au nom du ciel! quand pourrai-je lui parler?

FESSENIO.

Peut-être aujourd'hui même. Quand je vous ai vue avec votre mari j'allais trouver Lidio afin de l'engager à venir vous voir.

FULVIA.

Tâche d'y parvenir, mon cher Fessenio; tu t'en trouveras bien; c'est ma vie que je remets en tes mains.

FESSENIO.

Je ferai tout ce qui me sera possible pour l'engager à venir vous voir. Je vais me rendre auprès de lui; demeurez en repos.

FULVIA.

En repos? Ah! dis plutôt au milieu de tous les tourments de la guerre, au milieu des larmes. Tu vas là où est mon repos, puisque tu vas où est Lidio.

FESSENIO.

Adieu.

FULVIA.

Reviens vite, mon cher Fessenio.

FESSENIO.

Je n'y manquerai pas.

(*Il sort.*)

FULVIA.

Ah! malheureuse Fulvia! Si je reste trop long-temps dans une pareille anxiété, j'en mourrai! Infortunée! que dois-je faire?

SAMIA.

Peut-être l'esprit familier agira-t-il sur Lidio.

FULVIA.

Ma pauvre Samia, puisque le magicien est si long-temps à venir, va le chercher.

SAMIA.

Vous avez raison; je ne perdrai pas un moment.

FULVIA.

Recommande-lui bien instamment cette affaire et reviens sur-le-champ.

SAMIA.

Aussitôt que je l'aurai vu.

(*Fulvia rentre chez elle.*)

(1) Proverbe que nous avons cru devoir traduire littéralement: *Corre il sangue, ov'è la percossa ho.*

SCENE XV.

SAMIA, RUFO.

SAMIA.

Ah! grace au ciel, voici justement Rufo!

RUFO.

Que cherches-tu, Samia?

SAMIA.

Ma maîtresse meurt d'impatience de savoir ce que vous avez fait en sa faveur.

RUFO.

J'espère que nous réussirons.

SAMIA.

Et quand?

RUFO.

Je conterai tout à ta maîtresse.

SAMIA.

Vous demeurez trop long-temps dans vos opérations.

RUFO.

Samia, ce sont là des affaires qui ne s'expédient pas à la volée. Il est nécessaire de consulter les étoiles, de mettre en usage des paroles magiques, des eaux, des herbes, des pierres, et une quantité d'autres babioles, de sorte qu'il faut le temps.

SAMIA.

Eh bien! si vous le voulez, faites vos conjurations.

RUFO.

J'ai la ferme espérance de les mener à bien.

SAMIA.

Connaissez-vous l'amant de ma maîtresse?

RUFO.

Assurément non.

SAMIA.

Le voilà qui vient par ici.

RUFO.

Le connais-tu bien?

SAMIA.

Il n'y a pas deux heures que je lui ai parlé.

RUFO.

Que t'a-t-il dit?

SAMIA.

Je l'ai trouvé plus difficile à manier qu'un chardon.

RUFO.

Parle-lui maintenant, pour voir si mon esprit familier l'a un peu radouci.

SAMIA.

C'est votre avis?

RUFO.

Je t'en prie.

SAMIA.

Je vais l'aborder.

RUFO.

Ensuite retourne près de ta maîtresse; moi j'irai tout de suite la trouver.

SAMIA.

C'est cela.

RUFO, *à part.*

Tandis qu'elle parle à Lidio je vais me tenir là tout prêt.

(*Il s'éloigne.*)

SCÈNE XVI.

FANNIO, SANTILLA, *sous le nom de Lidio;* SAMIA.

FANNIO, *à Santilla.*

Seigneur Lidio, je vois venir à notre rencontre Samia, la servante de Fulvia. Répondez-lui un peu doucement.

SANTILLA.

Oui, c'est elle; je croyais aussi la reconnaître.

SAMIA.

N'êtes-vous plus de mauvaise humeur?

SANTILLA.

Non, non, ma chère Samia. Pardonne-moi; j'étais tout occupée d'autre chose et j'avais à peine ma tête à moi, si bien que je ne sais pas ce que tu m'as dit. Mais parle, quelles nouvelles de ma Fulvia?

SAMIA.

Vous voulez le savoir?

SANTILLA.

C'est uniquement pour cela que je te cherche.

SAMIA.

Eh bien! elle vous demande votre cœur.

SANTILLA.

Je ne puis le lui donner.

SAMIA.

Pourquoi?

SANTILLA.

Tu ne sais donc pas qu'elle l'a déjà?

SAMIA.

Que Dieu ne vous bénisse, vous autres amants, qu'autant que vous dites la vérité! Tantôt il ne pouvait pas entendre seulement nommer Fulvia, et maintenant il veut me faire croire qu'elle est son seul amour! comme si j'ignorais que vous ne l'aimez pas et que vous refusez de venir auprès d'elle!

SANTILLA.

Au contraire, je ne vivrai pas tant que je ne serai pas avec Fulvia!

SAMIA.

Par la sainte croix! se pourrait-il que l'esprit familier eût déjà fait tant d'ouvrage? Vous viendrez donc comme à l'ordinaire?

SANTILLA.

Que signifie cela : « Comme à l'ordinaire? »

SAMIA.

Je veux dire déguisé en femme.

SANTILLA.

Oui, comme les autres fois.

SAMIA.

Quelle bonne nouvelle je vais porter à ma maîtresse !... Je ne veux pas demeurer davantage avec vous. Je rentrerai par la rue de derrière afin que l'on ne me voie pas vous quitter pour retourner au logis. Adieu.

SANTILLA.

Adieu.

SCÈNE XVII.

SANTILLA, *sous le nom de Lidio;* FANNIO, *puis* RUFO.

SANTILLA.

As-tu entendu, Fannio?

FANNIO.

Oui, et j'ai bien fait attention : « Comme à l'ordinaire ! » Certainement on vous prend pour un autre.

SANTILLA.

Je le crois comme toi.

FANNIO.

Il sera bien d'avertir Rufo, qui vient justement tout à point.

RUFO.

Or çà, que voulez-vous faire?

SANTILLA.

Crois-tu qu'il faille dédaigner cette intrigue?

RUFO.

Eh! eh! eh! il n'y a rien là que d'agréable, et je conçois l'amour que cette femme inspire, car assurément elle est belle.

SANTILLA.

Je la connais et je sais où elle demeure.

FANNIO.

On pourra s'amuser de l'aventure.

RUFO.

Et en tirer profit.

FANNIO.

Si j'ai bien retenu tes paroles, tu as dit tantôt qu'à défaut de toute autre ressource, Fulvia s'adresse à toi, ce qui prouve que cette intrigue n'en est pas à son début. Jamais nous n'en avions entendu parler; il est donc probable que l'on a pris ici Lidio pour un autre, comme l'a fait tout à l'heure la servante de Fulvia. C'est pourquoi il est nécessaire que, par prudence, tu dises à Fulvia, de la part de l'esprit familier, de ne point parler de ce qui s'est passé, attendu que l'intrigue pourrait être découverte et produire un terrible scandale. Avertis-la bien.

RUFO.

L'avis est sage et prudent, je m'y conformerai. Voilà tout ce qu'il faut dire? Je me rends près de Fulvia; vous, soyez prêts à tout.

SANTILLA.

Va, et reviens. Tu nous trouveras ici.

FANNIO.

Allez, seigneur Lidio; je vous suis à l'instant. (*Santilla s'éloigne.*) Deux mots, Rufo!

RUFO.

Que me veux-tu?

FANNIO.

J'ai à te dire un secret de la plus haute importance pour l'affaire dont il s'agit. Mais aie soin de le bien garder.

RUFO.

Que le ciel n'exauce jamais un seul de mes désirs, si je révèle ce secret à qui que ce soit.

FANNIO.

Vois, Rufo; une indiscrétion me serait funeste, et tu te priverais de tous les avantages que tu peux retirer de cette intrigue.

RUFO.

Ne crains rien; parle.

FANNIO.

Apprends que Lidio mon maître est hermaphrodite.

RUFO.

Herdaphrodite?

FANNIO.

Hermaphrodite, animal.

RUFO.

Qu'est-ce que cela veut dire?

FANNIO.

Tu ne le sais pas?

RUFO.

Non, puisque je te le demande.

FANNIO.

Les hermaphrodites sont des êtres qui ont l'un et l'autre sexe.

RUFO.

Et Lidio est un de ces êtres-là?

FANNIO.

Oui.

RUFO.

Il a à la fois le sexe de la femme et celui de l'homme?

FANNIO

Oui, te dis-je.

RUFO.

Eh bien ! je te jure qu'il m'a semblé toujours que Lidio avait quelque chose de féminin dans la voix ainsi que dans les manières.

FANNIO.

Dans son entrevue avec Fulvia, mon maître ne laissera paraître que son sexe féminin; Fulvia ayant demandé qu'il vînt auprès d'elle en femme, et trouvant une femme en lui, aura tant de confiance dans le pouvoir de l'esprit familier qu'elle t'adorera comme un dieu.

RUFO.

Voilà la plus belle idée dont j'aie jamais entendu parler. Elle fera pour nous pleuvoir l'or à foison.

FANNIO.

Fulvia est donc bien libérale?

RUFO.

Tu le demandes? Les amants savent-ils fermer leur bourse[1]? Ducats, parures, emplois, biens, ils donneraient tout, jusqu'à leur vie, quand ils aiment comme Fulvia.

FANNIO.

Tu me fais grand plaisir en me parlant ainsi.

RUFO.

Et toi, tu m'as fait grand plaisir aussi avec ton histoire de *barbaphrodite*.

FANNIO.

Je suis bien aise que tu ne saches pas ce mot-là, parce que tu ne pourras le révéler, même quand tu le voudrais.

RUFO.

Va-t-en retrouver Lidio; qu'il prenne son déguisement de femme. Moi je vais trouver Fulvia et lui dire que ses vœux seront exaucés.

FANNIO.

Moi je jouerai donc le rôle de la suivante?

RUFO.

Sans doute; soyez prêts tous les deux quand je reviendrai.

FANNIO.

J'ai bien fait de trouver aussi un costume féminin pour moi.

SCÈNE XVIII.

RUFO, *puis* SAMIA.

RUFO.

Jusqu'ici tout s'arrange si bien que le ciel n'aurait pu mieux disposer les événements. Si Samia est de retour chez sa maîtresse, celle-ci doit m'attendre. Je lui prouverai que l'esprit familier a fait tout ce qu'elle espérait de lui; j'ajouterai qu'il faut, sur cette petite image, prononcer certaines paroles et faire certaines cérémonies qu'elle prendra pour des opérations magiques. Je lui rappellerai qu'elle ne doit parler à personne, si ce n'est à sa suivante, de l'aide que j'ai donnée à ses amours. Ce sera l'affaire d'un moment, puis je reviendrai. Ah! j'aperçois Samia sur la porte.

SAMIA.

Entre vite, Rufo, et va trouver ma maîtresse dans cette chambre basse, car ce butor de Calandro est dans les appartements d'en-haut.

SCÈNE XIX.

SAMIA, FESSENIO.

SAMIA.

Ou vas-tu, Fessenio?

FESSENIO.

Chez ta maîtresse.

SAMIA.

Tu ne peux lui parler maintenant.

FESSENIO.

Pourquoi?

SAMIA.

Elle est avec le magicien.

FESSENIO.

Laisse-moi entrer.

SAMIA.

Impossible.

FESSENIO.

Tu me fais des contes.

SAMIA.

C'et toi qui m'en fais.

FESSENIO.

Eh bien! ce que j'avais à dire à ta maîtresse, elle le saura une autre fois; je reviendrai plus tard.

SAMIA.

Tu auras raison.

(*Elle s'en va.*)

FESSENIO.

Si Fulvia savait ce que je sais, elle ne s'occuperait pas d'esprits familiers. Lidio désire être auprès d'elle encore plus qu'elle ne le désire; il veut la voir dès aujourd'hui. Je venais apprendre moi-même à Fulvia cette bonne nouvelle, et je suis sûr que mon message me vaudra quelque présent; aussi n'ai-je pas voulu en charger Samia. Il faut m'éloigner d'ici, car si Fulvia m'apercevait, elle croirait que je me suis posté devant sa porte pour voir le magicien. Ce doit être cet homme qui sort de la maison.

(1) Litteralement: *Les amants ferment leur bourse avec une feuille de poireau.*

SCÈNE XX.

RUFO, *seul.*

Tout va au mieux. J'espère bien rétablir mes affaires et me rhabiller à neuf. Déjà Fulvia m'a donné de beaux écus; certes, je ne pouvais avoir une meilleure mine à exploiter. C'est une femme riche, et, à ce que je vois, plus amoureuse que sage. Si je ne me trompe, elle fera encore plus d'une folie, et voilà précisément ce dont j'avais besoin. Mais voyez, voyez comme les songes sont vrais quelquefois! Fulvia est la faisane que j'ai rêvé cette nuit avoir prise. Il me semblait que j'arrachais de sa queue plusieurs plumes et que je les mettais sur mon chapeau. Si Fulvia se laisse prendre par moi, comme il y en a toute apparence, je la plumerai de telle façon que mes intérêts s'en trouveront bien. Comme je vais en tirer bon parti! O l'excellente aubaine! Mais quelle est cette femme qui me fait des signes? Je ne la connais pas. Laissons-la s'approcher davantage.

SCÈNE XXI.

RUFO, FANNIO *habillé en femme.*

RUFO.

Ah! parbleu, Fannio, ce costume te déguise si bien, que je ne te reconnaissais pas.

FANNIO.

Ne suis-je pas bien affublé?

RUFO.

On ne peut mieux. Toi et ton maître allez exaucer les vœux de cette beauté affligée.

FANNIO.

Ses vœux ne seront pas exaucés pour cette fois.

RUFO.

Ah! oui!... parce que Lidio ne sera pour elle qu'une femme.

FANNIO.

Sans doute. Allons, il est temps d'entrer.

RUFO

Quand vous voudrez. Lidio est-il déguisé?

FANNIO.

Il m'attend ici près, et il porte si bien son costume que tout le monde y serait trompé.

RUFO.

A merveille! Fulvia vous attend. Va trouver Lidio, rendez-vous auprès de la dame. Moi je reste ici pour apprendre comment marchent les choses. Oh! oh! oh! Voyez, déjà Fulvia sur sa porte! Elle n'a pas tardé à faire ce que je lui avais dit.

SCÈNE XXII.

FESSENIO, FULVIA.

FESSENIO.

Vous voilà maintenant hors de peine, madame.

FULVIA.

Comment?

FESSENIO.

Lidio vous aime encore plus que vous ne l'aimez. Je n'ai pas plutôt rempli auprès de lui votre message qu'il s'est préparé pour venir vous voir; il est maintenant en route.

FULVIA.

Mon cher Fessenio, voilà une bonne nouvelle et qui te vaudra une récompense. Mais entends-tu là-haut Calandro qui demande de quoi s'habiller pour sortir? Éloigne-toi, afin qu'il ne te voie pas avec moi. Oh! quel plaisir! quel bonheur! Tout commence à me réussir! Laissons s'envoler ce vilain oiseau, afin que je demeure libre.

(*Elle rentre chez elle.*)

FESSENIO.

Je crois que ces amants-là vont réparer les moments perdus. Si Lidio est sage, il fera bien de profiter des bonnes dispositions de Fulvia pour établir sa sœur, dans le cas où il la retrouverait. Calandro n'étant pas au logis, il ne tiendra qu'à Lidio et à Fulvia de se donner ensemble du bon temps. Moi, je puis aller me promener. Mais... oh! oh! oh!... voici Calandro qui sort. Laissons-le déloger d'ici; car s'il s'arrêtait à causer avec moi, il pourrait voir Lidio, qui va arriver d'une minute à l'autre.

SCÈNE XXIII.

CALANDRO, LIDIO, *déguisé en femme, sous le nom de Santilla;* SANTILLA, *sous le nom de Lidio, mais avec des habits de femme.*

CALANDRO.

O l'heureux jour pour moi! A peine ai-je mis le pied dehors que je vois apparaître mon astre, mon soleil, qui vient vers moi. Mais dans quels termes le saluer? Lui dirai-je *bonjour*? Non; nous ne sommes plus au matin. Lui dirai-je *bonsoir*? Non; le soir n'est pas encore venu. « Dieu te soit en aide, dirai-je, ma beauté, mon ame! » Mais non, ce n'est pas encore la saluer comme il faut... « Mon cœur... mon ange... tes yeux fripons... » Non, ce n'est pas encore cela... Diable... La voici déjà tout près! Mon étoile...

mon... ma... *(Il aperçoit Santilla.)* Imbécile que je suis!... Je me trompais... voilà ma Santilla... et non pas celle-là... C'est à celle-ci qu'il faut dire *bonjour*... non... *bonsoir*... Je m'abuse encore... c'est celle-ci... non... Celle-là... Voilà ma belle... Eh non! elle est par ici... allons vers elle... Mais au contraire... c'est celle-ci qui est ma vie... Courons de son côté!

LIDIO *sous le nom de Santilla.*

Diantre! ce butor me prend pour une femme... Il est amoureux de moi... il me poursuivrait jusque chez lui... Retournons à mon logis... Je changerai de costume, et plus tard, je reviendrai trouver Fulvia.

CALANDRO.

Est-il possible!... La vraie Santilla, c'est celle qui a pris cette rue... Vite, courons la joindre.

(Il sort en courant après Lidio.)

SANTILLA.

Maintenant que l'imbécile ne peut plus me voir, entrons vite. Précisément, voici sur la porte Fulvia qui me fait signe... Allons!

ACTE QUATRIÈME.

SCÈNE I.

FULVIA SAMIA.

FULVIA.

Samia! Samia!

SAMIA.

Madame?

FULVIA.

Viens tout de suite.

SAMIA.

Oui, madame.

FULVIA.

Viens donc, viens donc, ou que le ciel te maudisse!

SAMIA.

Me voici; que voulez-vous?

FULVIA.

Va t-en vite trouver Rufo, le magicien, et dis-lui de venir me parler à l'instant même.

SAMIA.

Je monte chercher mon voile.

FULVIA.

Qu'as-tu besoin de voile, bête que tu es? va-t-en comme te voilà; cours, vole.

SAMIA, *a part.*

Que veut dire un pareil emportement? On dirait qu'elle a le diable au corps; et pourtant Lidio devrait le lui avoir ôté.

(Elle sort.)

FULVIA.

O esprits trompeurs! ô sottise de l'esprit humain! O malheureuse Fulvia! t'es-tu assez cruellement abaissée! Ton erreur a été funeste, non pas à toi seulement, mais à celui que tu aimes plus que toi-même. Infortunée! j'ai ce que je cherchais et j'ai trouvé ce que je ne voulais pas. Si l'esprit familier ne vient à mon aide. je n'ai plus qu'à me tuer; une mort volontaire est moins cruelle qu'une vie pleine de tourments. Mais voici Rufo; je vais savoir si l'espérance m'est permise ou s'il ne me reste plus que le désespoir... Je ne vois personne; il vaut mieux parler à Rufo ici même, car chez moi les bancs, les chaises, les coffres, les fenêtres ont, je crois, des oreilles.

SCENE II.

RUFO, FULVIA.

RUFO.

Que désirez-vous, madame?

FULVIA.

Mes larmes, mieux que ne le feraient mes paroles, doivent vous montrer ce que je souffre.

RUFO.

Parlez! qu'est-ce donc? Ne pleurez pas, madame! Qu'avez-vous?

FULVIA.

Je ne sais, Rufo, si je dois m'en prendre à ma propre ignorance ou si je dois vous accuser de m'avoir trompée.

RUFO.

Ah! que dites-vous, madame?...

FULVIA.

Je ne sais si c'est ma faute ou celle de l'esprit familier; mais vous avez changé en femme mon cher Lidio. Hélas! J'ai vu ses traits, mais voilà tout ce qu'en lui j'ai retrouvé de lui-même. Si je pleure, c'est moins encore sur la perte de ses douces caresses que sur son malheur, car, à cause de moi, le voilà privé du bonheur le plus désirable. Maintenant vous savez la cause de mes larmes, et vous pouvez comprendre ce que j'attends de vous.

RUFO.

Si vos pleurs (et, à cet égard, il est difficile de feindre) ne me confirmaient vos paroles, Fulvia, j'aurais grand'peine à vous croire; mais, en admettant pour vrai votre récit, je crois que vous devez n'accuser que vous-même. En effet, je m'en souviens, vous avez demandé que Lidio vînt vous voir *en femme*, et je pense à présent que l'esprit familier, pour mieux exaucer vos vœux, a fait tout à la fois une femme de votre amant, et pour le costume et pour le sexe. Mais calmez votre douleur; le sexe qu'il a pu ravir à Lidio, il peut tout aussi bien le lui rendre.

FULVIA.

Ah! tu me consoles tout-à-fait. Oui, cette métamorphose est arrivée comme tu le dis; si tu me rends mon Lidio tel qu'il était, mon argent, mes bijoux, tout sera pour toi.

RUFO.

Maintenant que je sais que l'esprit familier est favorablement disposé à votre égard, je vous annonce d'une manière positive que votre amant redeviendra homme; mais, pour éviter toute nouvelle équivoque, dites clairement ce que vous voulez.

FULVIA.

Mon premier vœu, c'est qu'on rende à mon amant... vous comprenez?

RUFO.

A merveille.

FULVIA.

Et qu'il revienne me voir, non pas avec le sexe, mais avec l'habit d'une femme.

RUFO.

Si vous aviez ainsi parlé ce matin, vous n'auriez pas à regretter cette erreur, dont je me félicite néanmoins, parce qu'elle vous fera connaître la puissance de mon esprit familier.

FULVIA.

Mets fin le plus vite possible à la douleur que j'éprouve; car si je ne vois pas Lidio, il n'est plus de joie pour moi.

RUFO.

Non-seulement vous le verrez, mais encore vous le toucherez.

FULVIA.

Il reviendra aujourd'hui près de moi?

RUFO.

Il est maintenant vingt heures; il ne pourra rester que peu de temps avec vous.

FULVIA.

Peu m'importe qu'il reste long-temps, pourvu que je le voie.

RUFO.

Peut-on s'abstenir de boire quand on arrive, altéré, auprès d'une fontaine?

FULVIA.

Il viendra donc aujourd'hui?

RUFO.

L'esprit familier vous l'enverra tout de suite si vous voulez; restez donc à l'attendre sur votre porte.

FULVIA.

Non; comme il vient déguisé en femme, il ne faut pas qu'il se montre aux yeux de tous, de peur qu'on ne le reconnaisse pour un homme.

RUFO.

Soit.

FULVIA.

Mon cher Rufo, sois tranquille; tu n'auras plus à craindre la pauvreté.

RUFO.

Ni vous le chagrin.

FULVIA.

Et quand puis-je attendre Lidio?

RUFO.

Aussitôt que je serai rentré.

FULVIA.

Je dirai à Samia de vous suivre, afin que vous m'instruisiez de la réponse de l'esprit.

RUFO.

Bien; ayez soin ensuite d'être généreuse avec votre amant.

FULVIA.

Oh! ne t'en mets pas en peine; cadeaux, plaisirs, je ne ménagerai rien.

RUFO.

Soyez en paix. (*Fulvia sort.*) On a bien raison de représenter l'Amour avec un bandeau; quand on aime, on ne voit plus la vérité. Cette pauvre femme, par exemple, est si bien aveuglée par l'amour qu'elle croit qu'un Esprit peut faire à son gré d'une personne un homme ou une femme... O crédulité des amants! Mais voici Lidio et Fannio déjà dépouillés de leur déguisement.

SCÈNE III.

RUFO, SANTILLA, *sous le nom de Lidio*, FANNIO.

RUFO.

Je voudrais que vous fussiez encore habillés en femmes.

SANTILLA.

Pourquoi?

RUFO.

Pour retourner auprès de Fulvia. Ha! ha! ha!

SANTILLA.

De quoi ris-tu si fort?

RUFO, *riant*.

Ha! ha! ha! ha!

SANTILLA.

Encore une fois, d'où te vient cette gaîté?

RUFO.

Ha! ha! ha! Fulvia, croyant que l'esprit familier a changé Lidio en femme, le supplie à présent de vous faire redevenir homme et de vous renvoyer auprès d'elle.

SANTILLA.

Et que lui as-tu promis?

RUFO.

Que ses désirs seront accomplis.

FANNIO.

Tu as bien fait.

RUFO, *à Santilla*.

Quand retournerez-vous chez la dame?

SANTILLA.

Je ne sais.

RUFO.

Vous répondez bien froidement. Ne voulez-vous pas y retourner?

FANNIO.

Oui, oui!

RUFO.

Très bien. Je lui ai fait dire, de la part de l'Esprit, d'être généreuse à votre égard.

FANNIO.

Nous irons; ne crains rien.

RUFO.

Quand?

FANNIO.

Après avoir expédié certaine affaire; nous reprendrons notre costume et nous irons tout de suite.

RUFO.

N'y manquez pas, Lidio. Je crois voir d'ici la suivante de Fulvia sur sa porte; je ne veux pas qu'elle m'aperçoive avec vous. Adieu. Mais écoute, Fannio, un mot à l'oreille : fais en sorte que le *barbaphrodite* se conduise auprès d'elle comme un homme et non pas comme une femme.

FANNIO.

Il n'y manquera pas. Va-t-en.

SCÈNE IV.

FANNIO, SANTILLA, *sous le nom de Lidio;* SAMIA.

FANNIO, *à Santilla*.

Samia sort de la maison; écartez-vous un peu jusqu'à ce qu'elle soit passée.

SANTILLA.

Elle parle toute seule.

FANNIO.

Taisez-vous et écoutez.

SAMIA, *comme parlant à Fulvia*.

Allez! vous avez eu une belle idée de vous être adressée à ces esprits! ils ont bien arrangé votre Lidio!

FANNIO, *à Santilla*.

Elle parle de vous.

SAMIA, *à elle-même*.

Ils en ont fait une femme et maintenant ils veulent en faire un homme. C'est aujourd'hui un jour de tribulations pour ma maîtresse et de fatigue pour moi. S'ils réussissent dans cette seconde métamorphose, tout ira bien, et j'en serai instruite sur-le-champ, car Fulvia m'envoie demander des nouvelles de l'opération au magicien. En attendant, elle prépare pour son amant de beaux et bons ducats.

FANNIO, *à Santilla*.

L'avez-vous entendue parler de ducats?

SANTILLA.

Oui.

FANNIO.

Apprêtons-nous donc à entrer chez la belle.

SANTILLA.

Certainement, Fannio, tu as perdu la tête! Tu as promis à Rufo que nous irions chez Fulvia, et je ne sais comment tu veux que je me tire de là.

FANNIO.

Pourquoi?

SANTILLA.

Tu me le demandes, nigaud, comme si tu ne savais pas que je suis femme!

FANNIO.

Eh bien! après?...

SANTILLA.

Comment, après? Mais tu ne comprends donc pas, sot que tu es, que l'on connaîtra aussitôt mon sexe, que je me ferai le plus grand tort à moi-même, que Rufo perdra tout son crédit et que Fulvia restera couverte de confusion?

FANNIO.

Ah! comment?

SANTILLA.

Comment? mais sans doute.

FANNIO.

Quand on a affaire à des hommes il y a de la ressource.

SANTILLA.

Mais où il n'y a que des femmes, comme il arrivera quand je me trouverai seule avec Fulvia, quelle ressource peut-on trouver?

FANNIO.

Vous voulez plaisanter, n'est-ce pas?

SANTILLA.

C'est toi qui plaisantes! moi je parle sérieusement.

FANNIO.

Quand j'ai promis que vous retourneriez chez Fulvia, j'avais pensé à tout.

SANTILLA.

Quelle est donc ton idée?

FANNIO.

Me m'avez-vous pas dit que vous étiez avec elle dans une chambre très obscure?

SANTILLA.

Oui.

FANNIO.

Et qu'elle ne vous a parlé qu'avec ses mains?

SANTILLA.

Il est vrai.

FANNIO.

Bien! j'irai avec vous comme tantôt.

SANTILLA.

Pourquoi faire?

FANNIO.

Écoutez-moi. J'irai en qualité de votre servante.

SANTILLA.

Soit.

FANNIO.

Habillé comme vous.

SANTILLA.

Ensuite?

FANNIO.

Quand vous serez avec Fulvia dans sa chambre, faites semblant d'avoir quelque chose à me dire et sortez; vous resterez dehors à ma place; moi, j'entrerai dans la chambre en place de vous. Fulvia, ne me trouvant point de barbe, ne distinguera pas dans l'obscurité si c'est vous ou moi; ainsi elle croira que vous êtes redevenu homme, elle ajoutera foi entière au pouvoir de l'Esprit, les ducats pleuvront pour vous, et moi je passerai un moment agréable avec la dame.

SANTILLA.

Je t'assure, Fannio, que je n'ai jamais vu de plan mieux combiné.

FANNIO.

Je n'ai donc pas eu tort de dire à Rufo que nous retournerions chez Fulvia?

SANTILLA.

Non, certes. Mais cependant il serait bon de savoir ce qui se passe chez le seigneur Perillo pour le mariage qu'il me propose.

FANNIO.

Cette proposition-là est fort désagréable; ce que nous pouvons faire de mieux est d'en esquiver l'accomplissement.

SANTILLA.

Nous aurons beau tirer les choses en longueur, nous ne sortirons pas pour cela d'embarras; demain nous nous retrouverons dans la situation où nous sommes aujourd'hui.

FANNIO.

Qui sait? Gagner un point, c'est souvent en gagner cent. Notre visite à Fulvia peut nous servir et elle ne saurait rien gâter.

SANTILLA.

Tu as raison. Mais d'abord, pour l'amour de moi, va-t-en promptement au logis; informe-toi à Teresia de ce qui s'y passe; reviens vite, et nous irons sans plus de retard chez Fulvia.

FANNIO.

Bien imaginé. Je vais exécuter vos ordres.

SCÈNE V.

SANTILLA, *seule.*

Que la condition des femmes est déplorable! il faut qu'elles cèdent à l'autorité des hommes, non-seulement dans leurs actions, mais encore dans leurs pensées. Je ne sais quel parti prendre. Malheureuse! que dois-je faire? De quelque côté que je me tourne, je ne vois qu'inquiétudes et tourments, sans aucune chance de salut. Mais je vois sortir la servante de Fulvia... Elle parle à quelqu'un... Éloignons-nous pour qu'elle ne me voie pas.

SCÈNE VI.

FESSENIO, SAMIA.

FESSENIO.

Enfin, quels sont ces malheurs? Parle!

SAMIA.

Sur ma foi! le diable est entré ici.

FESSENIO.

Comment?

SAMIA.

Le magicien a changé Lidio en femme.

FESSENIO, *riant.*

Ha! ha! ha! ha!

SAMIA.

Tu en ris!

FESSENIO.

Eh! oui.

SAMIA.

C'est aussi vrai que l'Evangile.

FESSENIO.

Oui... que tu es folle!

SAMIA.

Et toi, tu es un imbécile. Que tu le veuilles ou que tu ne le veuilles pas, Fulvia n'a plus trouvé qu'une femme dans Lidio, en sorte que de son amant, il ne lui est plus resté que le plaisir de le voir.

FESSENIO.

Ha ! ha ! ha ! Et comment fera-t-elle ?

SAMIA.

Tu ne le sais pas et je ne veux pas te le dire.

FESSENIO.

Eh bien ! sur ma parole, je te crois. Maintenant apprends-moi ce que compte faire ta maîtresse.

SAMIA.

L'Esprit rendra à Lidio le sexe masculin. Je viens de chez le magicien qui m'a donné ce billet pour Fulvia.

FESSENIO.

Laisse-moi le lire.

SAMIA.

Garde-t-en bien, car il t'en arriverait quelque malheur.

FESSENIO.

Quand je devrais en mourir sur la place, je veux le voir.

SAMIA.

Fessenio, songe à ce que tu fais. Cela vient du diable !

FESSENIO.

Ne me fais pas languir davantage ; montre-moi le billet.

SAMIA.

Puisque tu le veux malgré tout, au moins signe-toi d'abord.

FESSENIO.

Bon ! Donne à présent.

SAMIA.

Oui ; mais aie soin d'être sur ce chapitre plus muet qu'un poisson. La plus légère indiscrétion me serait funeste.

FESSENIO.

Ne crains rien ; donne toujours.

(*Samia lui remet le billet.*)

SAMIA.

Lis tout haut ; que je sache aussi le contenu du billet.

FESSENIO, *lisant.*

« Rufo à Fulvia, salut. L'Esprit savait la métamorphose féminine de votre Lidio ; il en a ri beaucoup avec moi. Vous-même avez été cause de la mésaventure de Lidio et de votre déplaisir. Mais soyez sûre que l'Esprit rendra bientôt à votre amant le sexe que vous regrettez qu'il n'ait plus... »

SAMIA.

Comment ?

FESSENIO.

Eh ! tu entends bien? (*continuant à lire.*) « Il viendra vous voir sur-le-champ ; il assure qu'il vous adore plus que jamais, qu'il n'aime, qu'il ne voit, qu'il ne connaît, qu'il ne se rappelle plus que vous au monde. Ne parlez pas de tout ceci, de peur des caquets. Envoyez-lui souvent de l'argent, ainsi qu'à l'esprit familier, pour le rendre favorable à vous et à moi. Soyez heureuse et souvenez-vous de moi, votre fidèle serviteur. »

SAMIA.

Tu vois s'il n'est pas vrai que les esprits savent et peuvent tout.

FESSENIO.

Je demeure aussi stupéfait qu'on peut l'être.

SAMIA.

Je veux porter tout de suite cette bonne nouvelle à Fulvia.

(*Elle s'en va.*)

FESSENIO.

Adieu.

SCÈNE VII.

FESSENIO, *seul.*

O puissance du ciel ! dois-je donc croire que Lidio, par le pouvoir des enchantements, est devenu femme, et que, malgré cette métamorphose, il ne veut connaître et aimer au monde que Fulvia? Le ciel seul peut faire un pareil miracle ! Et pourtant, Samia dit que sa maîtresse s'en est assurée en touchant elle-même Lidio! Je veux être témoin du prodige par mes propres yeux, avant que Lidio ait recouvré son sexe, et j'adorerai volontiers le magicien s'il a fait cette merveille. Prenons cette rue pour aller chez Lidio, qui doit être à son logis.

ACTE CINQUIÈME.

SCÈNE I.

SAMIA, LIDIO, SANTILLA, *sous le nom de Lidio.*

SAMIA.

Il est certain qu'une femme produit sur l'argent le même effet que le soleil sur la glace, quand il la dissout et la fait fondre. A peine ma maîtresse a-t-elle lu le billet du magicien qu'elle m'a remis cette bourse pleine de ducats, afin de la porter à son cher Lidio. Ah! justement je l'aperçois. (*à Santilla.*) Voyez, seigneur Lidio, si votre maîtresse ne fait pas les choses grandement! Eh! mais, n'entendez-vous pas? qu'attendez-vous, seigneur Lidio?

SANTILLA.

Me voici!

LIDIO.

Qu'est-ce?

SAMIA, *à Lidio.*

Vous vous trompez! Pardon, seigneur, c'est à lui que je m'adressais. (*à Santilla.*) Écoutez donc.

LIDIO.

C'est toi qui te trompes. Adresse-toi à moi et laisse-le de côté.

SAMIA.

Vous avez raison; je perdais la mémoire. Allez en paix. (*à Santilla.*) Venez donc, seigneur.

LIDIO.

Qu'il s'en aille lui-même. C'est à moi qu'il faut parler.

SAMIA.

Comment! à vous? C'est à lui que j'ai affaire et non pas à vous. Bonsoir.

SANTILLA.

Comment! bonsoir? N'est-ce pas à moi que tu parles? ne suis-je pas Lidio?

SAMIA.

Sans doute, vous êtes bien Lidio; c'est vous que je cherche, et vous, passez votre chemin.

LIDIO, *à Samia.*

Tu extravagues. Regarde-moi bien! N'est-ce pas moi qui suis Lidio?

SAMIA.

Eh! mais, oui... je vous connais à merveille; vous êtes Lidio, en effet. Je vous appelle et vous ne voulez pas approcher... Tenez, prenez ceci.

SANTILLA.

Comment! qu'il prenne. Sotte! c'est moi qui suis Lidio, et non pas lui.

SAMIA.

C'est vrai; j'étais dans l'erreur. Vous avez raison. (*à Lidio.*) Vous avez tort; allez-vous-en. (*à Santilla.*) Prenez.

LIDIO.

Que fais-tu, nigaude? Tu veux lui donner cette bourse, et tu sais qu'elle est pour moi!

SANTILLA.

Pour toi! Laisse-la-moi donc!

LIDIO.

Certainement pour moi!

SANTILLA.

Pour toi? Ce n'est pas toi qui es Lidio; c'est moi.

LIDIO, *à Samia.*

Donne!

SANTILLA, *à Samia.*

Donne, donne-moi donc!

SAMIA.

Je ne veux pas que l'un ou l'autre de vous me prenne de force cette bourse; je crierais au voleur. Mais soyez tranquille; je saurai bien voir lequel des deux est Lidio. (*les regardant tous les deux.*) Grand Dieu! quel prodige incroyable! jamais on ne vit une telle ressemblance! la neige n'est pas plus pareille à la neige! un œuf ne ressemble pas davantage à un autre œuf! Je ne puis distinguer lequel de vous deux est Lidio. — Vous me paraissez être Lidio; — vous aussi; — vous êtes Lidio; — vous êtes aussi Lidio. — Mais je vais bien m'y reconnaître. Dites-moi; l'un de vous deux est-il amoureux?

LIDIO.

Oui.

SANTILLA.

Oui.

SAMIA.

Lequel?

LIDIO *et* SANTILLA.

Moi.

SAMIA.

D'où vient cet argent?

LIDIO.

D'elle.

SANTILLA.

De ma belle.

SAMIA.

O destin! mes doutes ne sont pas encore

éclaircis. Parlez ; comment se nomme la dame ?

LIDIO *et* SANTILLA.

Fulvia.

SAMIA.

Qui est son amant ?

LIDIO *et* SANTILLA.

Moi.

LIDIO, *à Santilla.*

Qui, toi ?

SANTILLA.

Oui, moi.

LIDIO.

Moi aussi !

SAMIA.

Quel embarras ! Écoutez tous les deux ! Quelle est cette Fulvia dont vous parlez ?

LIDIO.

La femme de Calandro.

SANTILLA.

Ta maîtresse.

SAMIA.

Assurément, ou bien j'ai perdu la tête, ou bien ils ont le diable avec eux. Attendez ! voici un moyen de savoir la vérité : dites-moi sous quel costume vous êtes allés chez Fulvia ?

LIDIO.

En femme.

SANTILLA.

En jeune fille.

SAMIA.

Vit-on jamais une perplexité aussi cruelle ? Mais j'y suis !... — A quelle heure Fulvia avait-elle donné rendez-vous à son amant ?

LIDIO.

En plein jour.

SANTILLA.

A midi.

SAMIA.

Le diable lui-même n'aurait pas fait mieux. C'est assurément une trame infernale, ourdie par le Malin en personne. Ce que j'ai à faire est de retourner près de ma maîtresse avec l'argent, pour qu'elle le donne elle-même à celui des deux qu'elle voudra, car je ne sais lequel choisir. Fulvia reconnaîtra bien son véritable amant ; ainsi, que celui de vous qui est Lidio vienne la trouver, et il recevra les ducats de ses mains, soyez-en sûrs.

LIDIO, *à part.*

Mon image même, quand elle se réfléchit dans un miroir, n'est pas plus semblable à moi-même que cet homme. Je saurai facilement qui il est. De pareilles aventures ne se voient pas tous les jours, et Fulvia, sur mon âme, pourra se repentir si elle m'a été infidèle. Il faut retourner promptement chez elle, car ces ducats en valent la peine ; oui, c'est ce que je vais faire.

SANTILLA, *à part.*

Voilà l'amant pour qui l'on m'a prise ! Quel dommage que Fannio tarde si longtemps à revenir ! S'il était revenu, comme il me l'avait promis, nous retournerions chez Fulvia, et peut-être nous y attraperions cet argent. Pourtant il faut que je pense à mes affaires.

SCÈNE II.

FESSENIO, SANTILLA, *puis* FANNIO.

FESSENIO, *à part.*

Je n'ai trouvé Lidio ni dans la rue ni chez lui.

SANTILLA, *à part.*

Que dois-je faire ?

FESSENIO, *à part.*

Je ne serai pas content que je n'aie éclairci s'il est vrai que Lidio soit devenu femme. Mais qu'est-ce que je vois... Ce n'est pas lui !... Eh ! oui... c'est lui... Non... oui !... Quelle vision étrange !

SANTILLA, *à part.*

O destin !

FESSENIO, *à part.*

Il se parle à lui-même.

SANTILLA, *à part.*

Dans quel labyrinthe me voici !

FESSENIO, *à part.*

Qu'est-ce que cela signifie ?

SANTILLA, *à part.*

Dois-je donc me perdre ainsi tout à coup ?

FESSENIO, *à part.*

Se perdre... Que dit-il ?

SANTILLA, *à part.*

Pour avoir inspiré trop d'amour !...

FESSENIO, *à part.*

Que faut-il conclure de ses paroles ?

SANTILLA, *à part.*

Dois-je quitter ce costume ?

FESSENIO, *à part.*

Voilà tout le mystère ! En effet, je trouve dans sa voix quelque chose de féminin.

SANTILLA, *à part.*

Faut-il me priver de cette liberté ?

FESSENIO, *à Santilla.*

Ce n'est pas une erreur !

SANTILLA, *à part.*

On me reconnaîtra donc pour une femme ? Adieu donc ma qualité d'homme ?

FESSENIO, *à part.*

La souris est tombée dans le piége !

SANTILLA, *à part.*

Je ne m'appellerai plus Lidio, mais Santilla.

FESSENIO, *à part.*

Malheureux ! il est donc vrai !

SANTILLA, *à part.*

Maudit soit le destin qui ne m'a pas laissé mourir le jour de la prise de Modon !

FESSENIO, *à part.*

O sort funeste ! Comment cela se peut-il faire ? Si je ne l'avais appris de sa propre bouche, je ne l'aurais cru jamais. (*à Santilla.*) Laissez-moi vous parler, seigneur Lidio.

SANTILLA.

Quel est cet animal ?

FESSENIO, *à part.*

Il est donc vrai aussi que Lidio ne connaît plus dans le monde que sa Fulvia ! (*à Santilla.*) Vous m'appelez animal, comme si vous ne me connaissiez pas !

SANTILLA.

Non, je ne t'ai jamais connu et je ne me soucie nullement de te connaître.

FESSENIO.

Quoi ! vous ne reconnaissez pas votre valet ?

SANTILLA.

Toi, mon valet ?

FESSENIO.

Si vous ne voulez plus que je vous serve, j'en servirai d'autres.

SANTILLA.

Passe ton chemin ; je ne parle pas aux ivrognes.

FESSENIO.

Vous ne parlez pas à un ivrogne ; mais moi je parle à quelqu'un qui a peu de mémoire. Ne vous cachez donc pas de moi, car je sais aussi bien que vous-même tout ce qui vous est arrivé.

SANTILLA.

Et que m'est-il arrivé ?

FESSENIO.

Un magicien a fait de vous une femme.

SANTILLA.

Moi une femme !

FESSENIO.

Oui, une femme.

SANTILLA.

Tu es mal informé.

FESSENIO.

Aussi je voudrais m'en éclaircir.

SANTILLA.

Drôle, que veux-tu faire ?

FESSENIO.

Voir par moi-même.

SANTILLA.

Qu'est-ce que cela veut dire, misérable ?

FESSENIO.

Quand vous devriez me tuer, je m'assurerai de la vérité.

SANTILLA.

Effronté que tu es, n'approche pas ! — Fannio ! Fannio ! tu arrives à temps ; viens vite !

FANNIO, *arrivant.*

Qu'y a-t-il ?

SANTILLA.

Ce malheureux dit que je suis une femme, et en dépit de moi il veut s'en assurer.

FANNIO, *à Fessenio.*

D'où te vient cet excès d'audace ?

FESSENIO.

D'où te vient, à toi-même, cette folie, de te jeter entre mon maître et moi ?

FANNIO.

C'est là ton maître ?

FESSENIO.

Oui, pourquoi pas ?

FANNIO.

Brave homme, tu te trompes ; je suis sûr qu'il n'a jamais été ton maître et que tu n'as jamais été son valet ; c'est moi qui l'ai toujours servi.

FESSENIO.

Tu n'as jamais été son valet, pas plus qu'il n'a été ton maître. Il est mon maître, et je suis son valet. Moi seul je dis vrai ; vous, vous mentez tous les deux.

SANTILLA.

Je ne m'étonne pas de trouver de l'insolence dans tes paroles, puisqu'il y en a tant dans tes actions.

FESSENIO.

Et moi, je ne suis pas surpris de voir que vous me reniez, puisque vous perdez la mémoire au point de vous méconnaître vous-même.

FANNIO.

Eh ! eh ! doucement !

SANTILLA.

Comment ! je ne me connais pas moi-même ?

FESSENIO.

Messire, c'est-à-dire *madame*... si vous vous reconnaissez, vous devez me reconnaître aussi.

SANTILLA.

Oui, je me reconnais bien ; mais je ne sais pas qui tu es.

FESSENIO.

Dites plutôt que vous avez retrouvé d'autres personnes et que vous êtes perdu vous-même.

SANTILLA.

Et qui ai-je retrouvé ?

FESSENIO.

Votre sœur Santilla, qui est maintenant en vous sous la forme d'une femme. Vous vous êtes perdu vous-même, puisque vous n'êtes plus homme, puisque vous n'êtes plus Lidio.

SANTILLA.

Quel Lidio?

FESSENIO.

O la pauvre petite! elle ne se rappelle plus rien. Mon maître, ne vous souvenez-vous pas que vous étiez Lidio, de Modon, fils de Demetrio, frère de Santilla, élève de Polinico, maître de Fessenio, amant de Fulvia?

SANTILLA.

Fannio, note bien qu'en effet Fulvia est très présente à mon cœur et à ma mémoire.

FESSENIO.

Je savais bien que vous vous souveniez de Fulvia, mais de nulle autre personne au monde. Plus de doute, vous êtes ensorcelé!

SCÈNE III.

LIDIO, SANTILLA, FESSENIO, FANNIO.

LIDIO.

Fessenio! Fessenio!

FESSENIO.

Quelle est cette dame qui m'appelle? (*à Santilla.*) Attendez; je reviens à vous tout à l'heure.

SANTILLA.

Fannio, si je pensais que mon frère fût vivant encore, je serais maintenant toute remplie d'une espérance bien inattendue; car je croirais le voir dans la personne de cet homme pour qui l'on m'a prise tout à l'heure.

FANNIO.

Vous n'êtes donc pas sûre de sa mort?

SANTILLA.

Non.

FANNIO.

Alors, certainement cet homme qualifié du nom de Lidio est bien Lidio en effet... Lidio vit encore!... et... tenez... peu à peu il me semble reconnaître celui-ci pour Fessenio.

SANTILLA.

Grand Dieu! je sens défaillir mon cœur à force d'émotion et d'attendrissement!

FESSENIO, *à Lidio.*

Je ne suis pas encore bien assuré si Lidio, c'est vous ou elle. Laissez-moi vous regarder mieux encore.

LIDIO.

Ah! çà, es-tu ivre?

FESSENIO.

Vous êtes bien vous-même et vous êtes bien un homme.

LIDIO.

Je veux tout de suite aller où tu sais... chez Fulvia.

(*Il sort.*)

SCÈNE IV.

SANTILLA, FESSENIO, FANNIO.

FESSENIO, *le suivant des yeux.*

Allez! c'est un bon commerce; on vous y paiera généreusement ce que vous donnerez!

SANTILLA, *à Fessenio.*

Que dis-tu là?

FESSENIO, *à Santilla.*

Si j'ai dit ou fait quelque chose qui ait pu vous déplaire, je vous prie de me pardonner, car je m'aperçois maintenant que je vous ai prise pour mon maître.

SANTILLA.

Qui est ton maître?

FESSENIO.

Lidio, de Modon; et il vous ressemble si bien que je m'y suis trompé.

SANTILLA.

Mon cher Fannio, la chose est sûre! (*à Fessenio.*) Quel est ton nom?

FESSENIO.

Fessenio, pour vous servir.

SANTILLA.

Quel bonheur! Plus de doute! tu es Fessenio. Fessenio, mon ami, mon cher Fessenio!

FESSENIO.

Que de caresses! Non! non! Vous voudriez que je fusse à vous! Si j'ai dit que oui tout à l'heure, je mentais par ma gorge; je ne suis pas votre valet et vous n'êtes pas mon maître; j'ai un autre maître; cherchez un autre valet.

SANTILLA.

Tu es à moi et je suis à toi!

FANNIO.

Mon cher Fessenio!

FESSENIO.

Que veulent dire toutes ces embrassades? Oh! oh! il y a quelque complot là-dessous.

FANNIO.

Allons un peu par ici, nous t'expliquerons tout. C'est Santilla, sœur de Lidio, ton maître.

FESSENIO.

Quoi! notre Santilla?

FANNIO.

Eh! oui. Je suis Fannio.

FESSENIO.

Mon cher Fannio!

FANNIO.

Par convenance, ne faisons pas ici tant de démonstrations; tiens-toi tranquille.

SCÈNE V.

SAMIA, FESSENIO, SANTILLA, FANNIO.

SAMIA.

Ah! quel malheur! ah! ma pauvre maîtresse ! La voilà tout à la fois perdue et déshonorée !

FESSENIO.

Qu'as-tu, Samia ?

SAMIA.

O malheureuse Fulvia !

FESSENIO.

Qu'as-tu donc ?

SAMIA.

O mon pauvre Fessenio ! nous sommes perdus !

FESSENIO.

Voyons ! qu'y a-t-il ?

SAMIA.

De bien mauvaises nouvelles.

FESSENIO.

Mais encore ?

SAMIA.

Les frères de Calandro ont trouvé Lidio, ton maître, avec Fulvia ; ils ont envoyé chercher Calandro et les frères de ma maîtresse pour la couvrir de honte ; peut-être même ils vont tuer ensuite Lidio.

FESSENIO.

Ah ! quelle catastrophe ! mon pauvre maître qui est entre leurs mains !

SAMIA.

Pas encore.

FESSENIO.

Pourquoi ne s'est-il pas sauvé ?

SAMIA.

Parce que Fulvia imagine qu'avant qu'on ait trouvé ses frères et son mari et qu'ils arrivent à la maison, le sorcier aura de nouveau changé Lidio en femme, préservant ainsi son amant du péril, et elle de la honte. Si, au contraire, Lidio avait pris la fuite, Fulvia demeurait déshonorée. Voilà pourquoi elle m'envoie le plus vite possible chez le magicien.

FESSENIO.

Demeure un peu. Écoute... dans quel endroit de la maison se trouve Lidio ?

SAMIA.

Lui et Fulvia sont dans la chambre basse.

FESSENIO.

N'y a-t-il pas une fenêtre basse, par-derrière ?

SAMIA.

Oui, et par cette fenêtre on pourrait sortir sans difficulté.

FESSENIO.

Ce n'est pas pour cela que je te le demande. Dis-moi, y a-t-il en ce moment chez ta maîtresse quelqu'un qui pût empêcher d'entrer dans cette chambre ?

SAMIA.

Presque personne. En entendant du bruit, tout le monde a couru à la porte.

FESSENIO.

Samia, cette histoire de magicien est une sottise. Si tu veux sauver ta maîtresse, retourne chez elle, et trouve moyen d'éloigner de la porte ceux qui peuvent s'y trouver.

SAMIA

Je ferai ce que tu dis ; mais prends garde de gâter tout-à-fait nos affaires.

FESSENIO.

Ne crains rien ! va seulement.

SANTILLA.

Plaise au ciel, mon cher Fessenio, que je n'aie pas, en un moment, retrouvé et perdu mon frère, et que la mort ne succède pas promptement à cette vie qui m'avait été rendue !

FESSENIO.

Il ne faut pas ici de lamentations. Les circonstances demandent un remède non moins prompt que sûr. Personne ne nous voit. Prenez les habits de Fannio, donnez-lui les vôtres. (*Santilla et Fannio changent d'habits.*) Vous, mettez ceci ; toi, mets cela. C'est très bien ainsi. (*à Santilla.*) Ne craignez rien ; venez avec moi. — Toi, Fannio, attends. — Santilla, je vous montrerai ce que vous aurez à faire.

(*Santilla et Fessenio entrent dans la maison de Calandro.*)

SCÈNE VI.

FANNIO, *seul.*

Dans quelle situation la fortune a mis ce frère et cette sœur ! Selon l'événement, ce sera aujourd'hui ou le plus déplorable ou le plus heureux jour de leur vie. Le ciel leur a donné à tous les deux, non pas seulement les mêmes traits, mais encore le même destin. Ils sont dans une telle position, que le sort propice ou contraire de l'un doit être aussi celui de l'autre. Jusqu'à ce que j'aie vu l'issue de cette intrigue, je ne pourrai ni m'attrister, ni me réjouir, ni concevoir une espérance positive. Puisse l'événement tourner de façon que Lidio et Santilla sortent sains et saufs d'un tel embarras et d'un tel péril ! En attendant le résultat, tenons-nous à l'écart de ce côté.

SCÈNE VII

LIDIO, *seul.*

Me voilà sorti, non sans peine, d'un grand danger ; c'est tout au plus si moi-même je sais comment. J'étais, on peut le dire, prisonnier; je déplorais le sort de Fulvia et le mien, quand une personne, conduite par Fessenio, s'élance dans la chambre par la fenêtre de derrière, se couvre en un instant de mes habits, me fait revêtir les siens; puis sans que personne m'ait vu, Fessenio me fait sortir, en me disant : « tout a bien réussi; soyez content; » de sorte que pour moi une joie entière succède à la situation la plus critique. Fessenio est resté près de la fenêtre à parler à Fulvia. Demeurons aux alentours, pour voir à quoi tout cela doit aboutir. Oh! oh! cela va bien, car je vois Fulvia paraître toute joyeuse sur sa porte.

SCÈNE VIII.

FULVIA, *seule.*

Certes, j'ai eu bien du tourment aujourd'hui; mais, grace au ciel, je suis heureusement sortie de toutes ces épreuves. Ce favorable dénouement me cause une joie incroyable, car non-seulement il sauve mon honneur et la vie de Lidio, mais encore il me procurera les moyens de voir mon amant plus souvent et avec moins de peine. Personne sur la terre ne peut éprouver une allégresse égale à la mienne.

SCÈNE IX.

CALANDRO, *au fond du théâtre;* FULVIA.

CALANDRO, *parlant à quelqu'un dans la coulisse.*

Je vous amène, afin de vous montrer l'honneur qu'elle m'a fait ainsi qu'à vous. Après que je l'aurai traitée comme elle le mérite, emmenez-la au diable; car je ne veux plus avoir chez moi une honte pareille. — Voyez-vous avec quelle effronterie elle se tient là sur la porte, comme si elle était un modèle de vertu!

SCÈNE X.

CALANDRO, FULVIA.

CALANDRO.

Te voilà, coquine; et tu as l'audace de m'attendre, après m'avoir fait pareil affront! Je ne sais qui me retient de te tuer sur la place; mais je veux assommer sous tes yeux ce misérable qui est là dans ta chambre, drôlesse; puis, de mes propres mains, je t'arracherai les yeux de la tête.

FULVIA.

Eh! mon cher mari, qui vous porte à faire de moi une femme infidèle, quand je ne le suis pas, et de vous un homme cruel, quand vous ne l'avez jamais été non plus?

CALANDRO.

O l'effrontée! elle ose encore parler, comme si nous ne savions pas qu'elle a, dans sa chambre, son amant déguisé en femme!

FULVIA, *à la cantonade.*

Mes frères, cet homme veut donc découvrir à vos yeux ce que j'avais toujours caché, c'est-à-dire combien j'ai besoin de patience, et combien j'ai à souffrir d'un aussi maussade personnage, car jamais il n'y eut de femme plus fidèle et plus indignement traitée que moi! Il n'a pas honte de dire que je le trompe!

CALANDRO.

Oui, parce que c'est vrai, scélérate, et je veux en donner la preuve à tes frères.

FULVIA, *à la cantonade.*

Entrez, pour voir la personne qui est dans ma chambre, et que prétend tuer ce vermisseau-là!

SCÈNE XI.

LIDIO, *seul.*

Mon fidèle Fessenio m'a dit que tout était arrangé, mais je n'en vois aucune apparence, et je suis toujours inquiet. La personne avec laquelle Fessenio m'a fait changer de costume, a paru me connaître. Fessenio ne sort pas; Calandro est entré chez lui en menaçant sa femme; il est comme un fou furieux; il est capable de maltraiter Fulvia. Mais si j'entends du bruit dans la maison, je m'y élancerai à tout hasard; je défendrai ma maîtresse, ou bien je mourrai pour elle. On n'aime pas véritablement, lorsqu'on manque de courage.

SCÈNE XII.

FANNIO, LIDIO.

FANNIO.

Eh! Lidio, ou, pour mieux dire, Santilla, faisons maintenant un nouvel échange : prenez vos habits et rendez-moi les miens.

LIDIO.

De quel échange parles-tu?

FANNIO.

Eh! mais de l'échange que nous a fait faire Fessenio. Donnez-moi mes habits et prenez les vôtres.

LIDIO.

Je me rappelle bien en avoir changé; mais ce ne sont pas là les habits que je t'ai donnés.

FANNIO.

Vous n'avez donc pas votre bon sens?

Croyez-vous donc que je les aie vendus?

LIDIO.

Laisse-moi en repos! Ah! voici Fessenio.

SCÈNE XIII

FESSENIO, *seul.*

Ho! ho! ho! la drôle d'aventure!... Ils croyaient trouver sous un habit de femme un jeune homme, un amant de Fulvia; ils voulaient le tuer, et la couvrir de honte. Mais quand ils ont vu qu'il n'y avait là qu'une jeune fille, ils se sont tous calmés; ils reconnaissent Fulvia pour la femme la plus vertueuse du monde. Elle conserve son honneur, et moi je ne me sens pas de joie... Voici également Lidio.

SCÈNE XIV.

SANTILLA, FESSENIO, LIDIO, FANNIO.

SANTILLA.

Fannio, Fannio, où est mon frère?

FESSENIO.

Le voilà, vêtu encore des habits que vous lui avez donnés; abordons-le. Lidio, connaissez-vous cette jeune personne?

LIDIO.

Pas du tout. Dis-moi qui elle est!

FESSENIO.

C'est celle qui a pris votre place chez Fulvia, celle que vous avez tant cherchée.

LIDIO.

Qui?

FESSENIO.

Votre chère Santilla.

LIDIO.

Ma sœur?...

SANTILLA.

Je suis ta sœur! tu es mon frère!

LIDIO.

Oui, tu es Santilla... ma sœur! c'est elle-même! Maintenant, je te reconnais! Ma sœur chérie que j'ai tant regrettée, tant cherchée! Me voilà heureux, voilà tous mes désirs comblés; à présent, plus de chagrin pour moi!

SANTILLA.

Mon frère bien-aimé, je te vois, je t'entends! Je puis à peine croire que ce soit bien toi, quand je te retrouve vivant dans ces mêmes lieux où je t'ai pleuré si longtemps comme mort. Ce bonheur m'est d'autant plus doux que je l'attendais moins.

LIDIO.

Et toi, ma sœur, ce qui t'a rendue encore plus chère à mon cœur, c'est que je te dois aujourd'hui mon salut. Sans toi, j'aurais péri peut-être!

SANTILLA.

Désormais, plus de soupirs, plus de larmes pour moi. — Tiens, cet homme, c'est Fannio, qui m'a servie avec tant de fidélité.

LIDIO.

Je me souviens bien de toi, mon cher Fannio; en te faisant le serviteur d'une femme, tu as rendu service à deux personnes, et tu seras content de notre reconnaissance.

FANNIO.

Je ne puis avoir de plus grande récompense que de vous voir vivant et réuni à votre sœur.

SANTILLA.

Que regardes-tu donc ainsi fixément, mon cher Fessenio?

FESSENIO.

C'est que je ne vis jamais deux personnes se ressembler aussi parfaitement que vous, et je vois maintenant la cause de tous ces quiproquos d'aujourd'hui.

SANTILLA.

Tu as raison.

LIDIO.

Ces quiproquos ont été plus heureux que vous ne le croyez.

FESSENIO.

Nous en parlerons plus à l'aise... Ne songeons, pour le moment, qu'au plus important: j'ai dit à Fulvia que c'était Santilla votre sœur; elle en a paru enchantée, et elle veut absolument marier Santilla à son fils Flaminio.

SANTILLA.

Je comprends à présent pourquoi, tout à l'heure dans sa chambre, en me couvrant de caresses, elle me disait: « Je ne sais qui de nous a le plus de joie; Lidio a trouvé une sœur, moi une fille et toi un époux.

LIDIO.

Ce mariage peut être regardé comme déjà conclu.

FANNIO.

On pourrait en conclure encore un meilleur.

LIDIO.

Lequel?

FANNIO.

Comme le disait Fessenio, votre ressemblance est si complète que tout le monde y serait trompé.

SANTILLA.

Je sais ce que tu veux dire: que Lidio, instruit par nous de toute cette histoire, se présente à ma place chez Périllo, et épouse sa fille, que l'on voulait me donner.

LIDIO.

Cela est-il bien clair?

SANTILLA.

Plus clair que le soleil, plus vrai que la vérité.

LIDIO.

Quel est notre bonheur! après de si terribles orages, voici pour nous le ciel le plus serein. Nous serons mieux ici qu'à Modon.

FESSENIO.

D'autant que l'Italie est aussi au-dessus de la Grèce, que Rome est au-dessus de Modon, et que deux fortunes sont au-dessus d'une fortune : ce sera le mieux du monde.

LIDIO.

Allons convenir de toutes choses.

FESSENIO, *au public.*

Messeigneurs, les noces se feront demain; que ceux qui voudront y assister restent ici; quant à ceux qui n'aiment pas à attendre, qu'ils s'en aillent, suivant leur bon plaisir, car la pièce est finie. Portez-vous bien.

FIN DE LA CALANDRA.

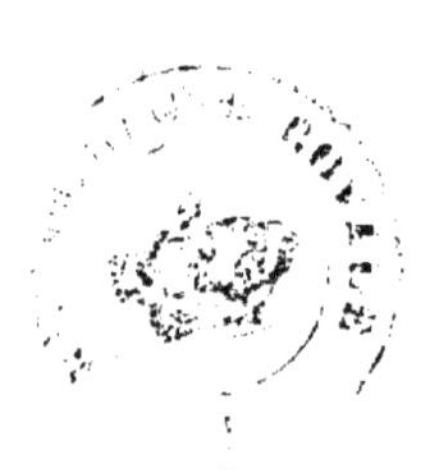

LA MANDRAGORE

(La Mandragola)

COMÉDIE EN CINQ ACTES,

DE NICOLAS MACHIAVEL.

NOTICE

SUR LA MANDRAGORE ET SUR MACHIAVEL, POÈTE COMIQUE.

Machiavel, dont la morale a été l'objet de tant de controverses, mais dont le génie a excité une admiration si unanime, ne sera point apprécié dans cette notice; ce grave sujet conviendrait peu à un recueil de pièces de théâtre et demanderait plus d'espace que nous n'en pouvons prendre ici. Le grand homme que l'Italie proclame le prince de ses publicistes et le plus profond de ses penseurs, l'un de ses hommes d'état les plus habiles, l'un de ses plus éloquents historiens, avait commencé par la poésie sa carrière littéraire, et c'est le poète seul, ou plutôt c'est seulement l'auteur des comédies dont nous allons nous occuper.

Entré dans les affaires à l'âge de 29 ans, en 1498 [1], comme secrétaire du gouvernement de la république, Machiavel se distingua bientôt dans plusieurs missions importantes, et il révéla de bonne heure, dans les négociations dont il fut chargé, ce génie de merveilleuse sagacité qui le caractérise; mais ce ne fut guère qu'après avoir atteint l'âge de 45 ans qu'il mit la main à ses livres immortels de politique. A cette époque, la révolution qui rétablit les Médicis changea les destinées de sa ville et ses propres destinées, elle lui fit d'insupportables loisirs, et ce fut pour tromper une odieuse oisiveté, aussi peut-être pour gagner la faveur des nouveaux maîtres de Florence, qu'il composa ses chefs-d'œuvre de politique et d'histoire. Tant qu'il avait été homme d'état, les devoirs de son emploi à Florence, ses missions auprès de divers princes étrangers l'occupèrent presque tout entier; il ne permit qu'à la poésie d'apporter quelques distractions aux affaires; et le premier de ses ouvrages, son poème intitulé *Decennale primo*, fut composé en 1504; le poète en donne lui-même la date précise dès les premiers vers. Il avait alors 35 ans.

Le grand siècle poétique du Dante et de Pétrarque était depuis long-temps éteint [1]; l'aurore de cet autre grand siècle de l'Arioste et du Tasse laissait poindre à peine quelques naissantes clartés, lorsque le secrétaire florentin se mit à chanter les malheurs de sa patrie, *labores italicos*, comme il dit lui-même dans une dédicace latine. Le *Decennale primo* est donc une histoire versifiée de l'Italie, de 1494 à 1504, époque pleine de faits historiques et de lamentables catastrophes, qui fut épouvantée par de grands forfaits et illustrée par de grands caractères, qui marque enfin pour l'Italie les temps néfastes de la perte de son indépendance.

Le poème de Machiavel n'est qu'une espèce de chronique où il n'y avait point de place pour les inventions de l'imagination, mais

(1) Né à Florence le 3 mai 1469, Nicolas Machiavel mourut le 22 juin 1527.

(1) C'est un fait d'histoire littéraire peu connu, mais fort remarquable, qu'au temps de Machiavel, Dante avait perdu en Italie, hors la Toscane du moins, toute sa popularité; et ce n'était pas chose facile d'en trouver un exemplaire. « Vous m'avez fait chercher un « Dante par toute la Romagne, et c'est à grand'peine « que je suis parvenu à me procurer le texte, mais je « n'ai pu avoir la glose. » C'est Guichardin qui écrivait cela à Machiavel en 1525.

dont les vers ont une couleur de poésie assez originale. Il respire la haine de la domination étrangère et l'amour exalté de l'indépendance de son Italie bien-aimée. La pensée grave, l'expression nerveuse, l'humeur sarcastique révélaient dans le poète le publiciste qui, plus tard, devait fouiller si profondément dans les misères du cœur humain, et aussi le poète comique qui se préparait à les livrer à la risée du théâtre. Machiavel, qui semblait affecter la couleur austère du style dantesque, avait aussi employé le rhythme sévère du grand Allighieri, la *terza rima*. Le jeune Arioste, qui n'était connu que par quelques poésies lyriques, et qui avait fait dans ce même rhythme l'essai d'un poème abandonné depuis, n'avait pas encore donné à l'*ottava rima* cette grace qui l'a rendue si populaire, et dont, plus qu'aucun autre, lui et le Tasse ont à jamais consacré la forme poétique.

Une seconde *décennale*, qui faisait suite à la première, et qui devait reproduire, dans un style et sous des formes poétiques, les événements arrivés de 1504 à 1514, n'a jamais été achevée. Machiavel a également laissé imparfait un autre poème intitulé l'*Ane d'or*. Il serait difficile d'apercevoir, dans les huit chants qui existent de ce poème, l'idée principale et le plan du poète. C'est une allégorie dont on ne saisit pas toujours le sens; et les allusions, charme de la malice contemporaine, sont perdues pour nous. On sent que la verve du poète se plaît à exhaler la satire et jette avec libéralité un sel âcre et mordant.

Nous aurons cité presque toutes les œuvres poétiques de Machiavel lorsque nous aurons encore nommé cinq ou six petits poèmes : l'*Occasion*, ingénieuse allégorie imitée d'un ancien; la *Fortune;* l'*Ambition;* l'*Ingratitude*, où de belles idées morales sont revêtues de belles expressions poétiques, où le sentiment d'une douleur profonde semble demander justice à la postérité des chagrins dont ses contemporains navraient le poète; une *Sérénade*, amoureuse imitation de la fable de *Vertumne*, d'Ovide; enfin des *Chants de carnaval*, où, sous la figure de diables, d'ermites, de charlatans, le poète introduit des personnages à la pensée licencieuse, à la parole satirique.

Il y a, en général, dans les vers de Machiavel, plus de raison que d'imagination, plus de pensée que de poésie, plus d'énergie que de verve. Nous l'avons dit, il semble rechercher avec quelque soin l'imitation du Dante; il aurait sans doute voulu être lui-même si la poésie eût été le travail de sa vie comme elle n'en a été que le délassement. Aussi, quoique tous ces poèmes soient semés de remarquables beautés, le nom du secrétaire florentin, si grand parmi les publicistes, se serait perdu dans la foule des poètes, si Machiavel n'eût fait une comédie.

Mais *la Mandragore* peut être placée à juste titre à côté de ce que l'art de la comédie a produit de plus admirable dans tous les temps et dans tous les pays. Si sa beauté n'était déshonorée par la licence, nous oserions affirmer qu'il n'est rien de plus parfait, ni dans Aristophane, ni dans Shakspeare, ni dans Molière; et ce qu'il y a de plus étonnant, c'est que ce chef-d'œuvre peut être considéré, par sa date, comme la première des comédies modernes, comme marquant à la fois, chose inouie! la renaissance du théâtre comique et sa perfection.

C'est une question d'histoire littéraire non résolue et curieuse pourtant, que de fixer la date précise de la composition de *la Mandragore*. Cette date est difficile à établir, parce qu'à cette époque il n'existait ni théâtre permanent[1] ni troupe de comédiens complète; quelques bateleurs parcouraient les villes et représentaient des farces, mais non des comédies de l'ordre de la *Mandragore*. Une pièce de théâtre était lue à quelques amis, jouée (lorsqu'on parvenait à la jouer) par des académiciens du pays, auxquels se réunissait quelquefois un acteur en renom, devant une société choisie; c'était l'entretien et le plaisir de quelques hommes littéraires, c'était fête de princes; ce n'était ni l'affaire ni le passe-temps du public; et la date authentique de la première représentation de plus d'une pièce n'est due qu'au hasard d'une anecdote.

La plupart des critiques italiens qui se sont occupés de *la Mandragore* pensent qu'elle fut composée vers 1514; Ginguené, qui les a suivis, adopte cette date et en donne pour garantie quelques paroles du prologue, qui se rapporte bien en effet au temps de la disgrace de Machiavel, mais qui, sans nul doute, fut écrit assez long-temps après la pièce. M. Artaud, dans le livre récent qu'il a publié sous le titre de *Machiavel, son génie et ses erreurs*, dit : « Il est certain que la comédie de *la Mandragore* fut composée vers 1514 et achevée en 1515. »

Les critiques n'ont pas remarqué que la date de *la Mandragore* se trouve dans la co-

(1) « Je n'ai pas trouvé à Florence de théâtre permanent plus ancien que celui de la cour des Médicis, dit des *Ufizj*, parce qu'il faisait partie de ce vaste édifice. La date de sa fondation est fixée, par le Baldinucci, à l'an 1588. »

(*Osservatore Fiorentino*. I. 182.)

médie elle-même. L'un des personnages principaux explique, dès la première scène, que l'action se passe dix ans après l'expédition de Charles VIII en Italie; or, l'invasion du roi Charles eut lieu en 1494; la comédie fut donc composée vers 1504. Une seconde preuve, fournie encore par Machiavel, confirme celle-ci. *La Clizia,* autre comédie du secrétaire florentin, a été écrite en 1506; cette date est également précise et fixée par le même événement, événement ineffaçable dans tout cœur patriote, car il marquait, nous l'avons dit, la triste et fatale époque de la domination étrangère en Italie. « Il y a *douze ans* (dit un personnage de *la Clizia*), lorsque le roi Charles passa par Florence. » Or, on parle dans *la Clizia*, et de *la Mandragore* et du moine qui y joue un rôle important, comme de choses connues de tout le monde. Nicomaque propose à sa femme d'avoir recours, pour arranger une querelle de ménage, au frère Timothée, confesseur de la famille. « C'est, ajoute Nicomaque, un petit saint qui a déjà fait certain miracle. — Quel miracle? demande la femme. — Comment, quel miracle? Ne sais-tu pas que, par son intercession, madame Lucrezia, femme de messer Nicia Calfucci, est devenue grosse de stérile qu'elle était auparavant? » Il semble qu'on ne peut guère trouver une preuve plus directe, et l'auteur de la *Storia critica de' teatri,* Napoli Signorelli, présente à cette occasion une conjecture qui peut passer pour une certitude.

Nous trouvons encore dans la pièce un nouvel indice qu'elle n'a pu être composée ni en 1514 ni en 1515. « Sans cela (dit Callimaco vantant sa drogue, scène 6, acte II) la reine de France serait stérile. » Or, en 1514, Anne de Bretagne était morte; Louis XII, qui épousa en troisièmes noces Marie d'Angleterre, le 9 octobre, mourut presque aussitôt après son mariage, le 1er janvier 1515. Son successeur, François Ier, n'était marié que depuis très peu de temps à Claude de France, âgée à peine de 15 ans. Les paroles que Machiavel a mises dans la bouche de son personnage se rapportent évidemment à Anne de Bretagne, mariée à Louis XII en 1499, et qui, à l'époque que nous assignons pour la composition de *la Mandragore*, en 1504, avait deux jeunes enfants, Claude et Rénée[1].

Si *la Mandragore* a été composée en 1504, elle a précédé *la Calandra* qui, selon Tiraboschi, savant historien de la littérature italienne, fut représentée à la cour du duc d'Urbin un peu avant 1508, et lorsque l'auteur venait à peine de l'achever. Quant aux deux premières comédies de l'Arioste, *la Cassaria* et *I Suppositi,* il est incontestable qu'elles ont la primauté de date, mais elles étaient encore complètement ignorées en 1504. Composées vers 1494, lorsque l'Arioste était encore écolier, elles n'obtinrent la réputation qu'elles méritent que vingt ans plus tard environ; à cette époque elles furent jouées à Ferrare où le duc fit bâtir un théâtre exprès pour ces représentations. La cour des princes de la maison d'Este se livrait alors avec passion aux plaisirs du spectacle; l'Arioste, qui était de cette cour, et que son *Orlando*, bientôt achevé, plaçait déjà au premier rang des poëtes du temps, ne voulut pas produire sous leur première forme ces ébauches d'écolier, et il les mit en vers. C'est alors seulement que la renommée de ces deux comédies s'étendit au-delà de Ferrare et qu'elles durent être connues de Machiavel.

Mais lors même que *la Mandragore* ne viendrait, dans l'ordre des temps, qu'après *la Cassaria*, *I Suppositi* et *la Calandra*, elle serait de beaucoup la première par rang de mérite. Les charmantes comédies de l'Arioste et du cardinal Bibbiena ne sont toujours au fond que des imitations de la comédie latine, imitations beaucoup plus perfectionnées, sans doute, que *l'Anfitrione* pris de Plaute par le Collenuccio, que le *Timone misantropo*, mis en scène par le Bojardo, et d'autres essais du temps; mais enfin ce sont toujours des intrigues d'esclaves, des tours d'escroquerie, compositions dont l'ensemble conserve la physionomie antique, et qui sont à *la Mandragore* ce que *l'Étourdi* est au *Misanthrope;* la grace et l'esprit du dialogue, quelque idée ingénieuse de scène, les

(1) Un savant conservateur de la bibliothèque Magliabechi, de Florence, *il signore Ferdinando Fossi*, signale, dans le catalogue des imprimés du quinzième siècle qui existent dans cette bibliothèque, un exemplaire de *la Mandragore* sans date de temps ni de lieu, mais qu'il a reconnu, aux marques du papier et à la forme des caractères, pour avoir été imprimé à Florence *vers la fin du quinzième siècle, ou, au plus tard, dès les premières années du seizième*. Cet indice matériel confirme encore les preuves, irrécusables selon nous, que nous avons tirées des passages que nous venons de citer. L'éditeur des œuvres de Machiavel, publiées en 1826, qui a fait précéder son édition d'une bonne et curieuse préface, conjecture aussi que les comédies de Machiavel sont les premières compositions du secrétaire florentin. Quant à cette première édition de *la Mandragore* que nous citions tout à l'heure, elle est intitulée : *Commedia di Calimaco e di Lucrezia*. Le dictionnaire de Brunet, qui copie en cela les bibliographes italiens, dit aussi que ce rare et curieux exemplaire paraît être de la fin du quinzième siècle, ou du commencement du seizième. Il est bien évident que la première de ces dates est fautive, puisque *la Mandragore* n'a pu être écrite que dix ans après 1494.

traits épars de mœurs modernes, les à-propos d'une piquante satire et le style éminemment florentin de *la Calandra*, appartenaient seuls en propre aux auteurs. *La Mandragore*, au contraire, est comme la création de la comédie moderne; c'est le monde pris sur le fait, ce sont les hommes de la ville transportés sur le théâtre. Il n'y a plus rien là d'Athènes ni de Rome; c'est l'Italie au quinzième et au seizième siècle, c'est cette société dont le moine était la base et le pivot, où tout se faisait par son entremise ou avec sa permission; c'est ce mélange unique de mauvaises mœurs et de pratiques dévotes, c'est la crédulité sans la foi, c'est un moine qui ne voudrait pas manquer à dire matines, mais qui a bien voulu passer la nuit à favoriser un adultère, et qui conseillera sans scrupule l'avortement d'une jeune fille pourvu que sa madone y gagne une robe neuve qui donnera la vogue à ses miracles. C'étaient là des choses vulgaires, car personne n'était scandalisé de leur peinture. Qui donc aurait pu en être blessé quand elle plaisait au pape? qui aurait pu trouver trop licencieux ce qui n'effarouchait pas la pudeur du sacré collége?

Molière ne put qu'à grand'peine réussir à faire jouer *Tartufe* devant la cour d'un prince laïc, et ce fut à la cour du chef de la religion catholique, devant une assemblée de prélats et de cardinaux, que, sans nulle difficulté, Machiavel exposait son moine. Molière avait eu grand soin de dire et de répéter : C'est un hypocrite que je vous montre; il avait mis dans sa pièce un personnage sincèrement religieux et spécialement chargé de faire opposition à ce trafiquant de religion. Dans Machiavel nulle de ces précautions; il a peint librement son frère Timothée dans sa nature de moine, sans nous dire qu'il y en eût de moins mauvais; il n'y a rien de forcé ni d'arrangé dans ce personnage, c'est la vérité, la naïveté mêmes. Frère Timothée est tout moine des pieds à la tête, comme M. Purgon est tout médecin; et comme M. Purgon tue ses malades sans scrupule, pourvu qu'il les tue dans les règles, comme il trouve les raisons médicales les plus merveilleuses pour donner raison à ses âneries, de même frère Timothée a des arguments dévots et une logique de couvent qui peuvent tout autoriser. Il ne fait qu'une seule distinction entre les actes : ceux qui rapportent quelque chose au couvent et ceux qui ne rapportent rien; le profit est le thermomètre de sa conscience, et tout est bien quand sa marchandise, *la mia mercanzia*, c'est sa propre expression, trouve son débit. Et frère Timothée se considère comme un modèle sur qui les autres moines devraient prendre exemple; il regarde en pitié les frères moins habiles qui s'endorment dans une oisive indifférence. Que leur demande-t-il? de bonnes œuvres? vraiment, il n'est pas si dupe! Ce sont, à ses yeux, de mauvais moines, parce qu'ils ne songent pas à l'essentiel de leur métier, à l'achalandage de leur sainte boutique. Ils ne mettent plus dans leur église des ex-voto en manière d'appât pour en attirer d'autres; ils ne font plus à leur madone des processions qui entretiennent sa renommée; ils ne s'embarrassent plus de donner à leurs saints des habits frais et dorés qui en font des saints de bonne maison et qu'on aime à fêter. O gens de peu de cervelle! Voilà le moine de Machiavel, et celui-là c'est le type de tous les autres; le poëte a pris soin de nous le dire lui-même : *Oh frati! conoscine uno e conoscili tutti.* « Qui en connaît un les connaît tous. » Telle est la peinture qui faisait pâmer d'aise la cour de Rome. La religion elle-même abandonnait le moine à la risée publique; le pape s'en amusait le premier; Léon X riait des moines de Machiavel comme Louis XIV des marquis de Molière; chacun livrait son monde.

Un fait qui n'est pas hors de vraisemblance et qui a été établi par les contemporains, c'est que le sujet de *la Mandragore* était une histoire véritable arrivée à Florence :

Un nuovo caso in questa terra nato,

comme dit un vers du prologue. Il paraît que les spectateurs du temps de Machiavel savaient fort bien qui étaient le frère Timothée, le docteur Nicia Calfucci, Lucrezia et Callimaco. Paul Jove dit formellement que le comique de Machiavel était si naturel et si divertissant que les citoyens qui étaient représentés dans sa pièce, quoique mordus au vif, prirent eux-mêmes le parti d'en rire; *Ut illi ipsi ex persona scite expressa, in scenam inducti cives, quamquam prœalte commorderentur, totam inustœ notœ injuriam civili lenitate pertulerint* (*Elogia*, c. 55).

Ce serait trop se défier de la sagacité du lecteur qui va lire *la Mandragore*, que de lui en signaler les beautés; elles sont assez saillantes pour n'avoir pas besoin que l'attention soit éveillée et l'admiration avertie par une notice.

Nous demanderons seulement la permission, en matière d'excuse pour l'insuffisance du traducteur, de dire un mot des difficultés quelquefois assez grandes de la traduction. Les ouvrages du secrétaire florentin sont clairs, en général, parce que la pensée est nette ; mais ils offrent cependant certaines obscurités qui tiennent soit à la profondeur de Machiavel, soit à son penchant pour les idiotismes toscans ; et *la Mandragore*, où il s'est appliqué de préférence à reproduire les formes de la conversation florentine et les proverbes particuliers à ce dialecte, présente plus de difficultés qu'aucun autre de ses ouvrages. De son temps même les Florentins les plus lettrés avaient besoin de commentaires pour en comprendre certains passages. Nous en avons la preuve dans une lettre curieuse écrite par Machiavel pour l'explication de quelques-unes de ces obscurités. Et à qui les explique-t-il ? à l'un des maîtres de la langue florentine, à Guichardin lui-même. « Je vois par votre lettre, dit Machiavel à son savant ami, en quelle anxiété vous a jeté la simplicité de messer Nicia et l'ignorance des autres. Je crois bien que les obscurités doivent être nombreuses, quoique vous ayez eu la discrétion de vous borner à demander le sens de deux passages seulement. Je vais tâcher de vous satisfaire. *Fare a' sassi pe' forni* [1] ne signifie pas autre chose que : « faire des actions d'insensé. » Ainsi mon personnage dit que, si tous les docteurs ressemblaient à messer Nicia, *noi faremmo a' sassi pe' forni*, c'est-à-dire : nous ferions tous des choses de fous. »

Quant à l'autre phrase dont Guichardin demande l'explication : *Come disse la botta all' erpice*, « comme le crapaud dit à la herse », Machiavel fait un long commentaire dont nous nous bornerons à extraire l'espèce d'apologue qui rend raison du proverbe. Machiavel rappelle que, au rapport de Tite-Live, les habitants de Fiesole furent les premiers qui se servirent de la herse. « Un jour un paysan aplanissait la terre ; un crapaud, qui n'était pas accoutumé à voir si grand travail, s'émerveillait et badaudait en regardant ce qui se faisait là. Or, la herse, qui d'aventure l'atteignit, lui gratta l'échine de sorte qu'il y passa deux ou trois fois la patte ; et le crapaud, se sentant si rudement froissé, lui dit : *Senza tornata*, « ne revenez pas. » De ce mot est venu le proverbe : *Come disse la botta all' erpice*, lequel s'applique aux gens qu'on voudrait ne pas voir revenir. »

Il faut avouer qu'il serait fort pardonnable à un pauvre traducteur de ne pas savoir l'anecdote si Machiavel n'eût pris la peine de la raconter ; mais après sa glose il n'était plus permis de traduire comme, J.-B. Rousseau : « Voilà ce qui s'appelle un coup d'épée dans la muraille, » et il ne suffisait pas, ainsi que l'a fait l'autre traducteur, de mettre sous les mots italiens des mots français sans en expliquer le sens.

Ceux qui connaissent les difficultés de l'entreprise ne s'étonneront donc pas si les deux traductions qui existent de *la Mandragore* laissent quelque chose à désirer. J.-B. Rousseau, qui donna la première, a mis dans le dialogue cette allure naturelle et facile, cette *desinvolture* (pour nous servir d'un mot italien qu'on essaie maintenant de rendre français) d'un grand écrivain et d'un homme qui lui-même s'était appliqué au style de la comédie ; mais il a laissé çà et là quelques lacunes ; il a rendu par des équivalents plus ou moins heureux, mais nécessairement inexacts, les phrases proverbiales, et il a presque toujours effacé ces choses de localité qui donnent un caractère de vérité à la comédie. Periès, auquel on doit la seule traduction complète de Machiavel, utile et laborieuse entreprise, a été plus matériellement fidèle ; mais il est des cas où cette fidélité devient inintelligible ; dans la fatigue d'un si long travail le sens lui est parfois échappé, et son style, qui rend bien les ouvrages du publiciste, n'a peut-être pas toute la souplesse qui convient à la comédie.

Le style de *la Mandragore* est religieusement admiré, surtout par les amateurs du vieux et pur Toscan. Dans les beaux siècles de la littérature italienne, la langue de Florence fut toujours pour les hommes lettrés ce que la langue d'Athènes était pour les Grecs au temps où un mot dit au marché révélait à une marchande d'herbes le Grec d'une autre contrée. C'est ce précieux atticisme qu'estimait tant Machiavel et qu'il ne trouvait pas dans les comédies de l'Arioste, dont il a jugé le style avec quelque sévérité. Voyez ce qu'il dit à ce sujet dans le *dialogue*, où il examine *si la langue dans laquelle ont écrit le Dante, Boccace et Pétrarque doit se nommer italienne ou florentine :*

« Un auteur qui ne sera pas né Toscan échouera toujours dans le style de la comédie... S'il répugne à se servir des plaisanteries de son pays, et s'il ne sait pas celles dont on use à Florence, il ne produira qu'une

(1) Si on voulait rendre les mots italiens par les mots correspondants en français, ce serait à peu près : « Travailler aux pierres pour des fours. » On voit qu'ici, comme il arrive fréquemment aux proverbes, l'esprit est assez loin de la lettre, et que celle-ci n'est pas fort claire. Rousseau a traduit : « Nous pourrions bien vider nos différends à coups de pierres ; » et M. Periès : « Nous pourrions bien faire cuire des pierres au four. » Il semble qu'au lieu de torturer les mots pour obtenir une sorte de traduction matérielle, il est plus simple de se contenter du sens donné par Machiavel lui-même, qui sans doute s'était compris aussi bien, pour le moins, que les plus habiles peuvent aujourd'hui le comprendre.

composition sans grace et à laquelle manquera sa dernière perfection. Lisez, par exemple, une comédie (*I Suppositi*) faite par un des Ariostes de Ferrare, et vous verrez une composition charmante, un style pur et orné, vous verrez un nœud parfaitement bien tissu et encore mieux dénoué ; mais vous la trouverez privée des graces piquantes nécessaires à une comédie de ce genre, et cela par la seule raison que les plaisanteries de Ferrare ne plaisaient pas au poète, et qu'ignorant celles de Florence il les a laissées de côté. »

Machiavel s'étend avec complaisance sur ce point ; il cite plusieurs passages de la comédie de l'Arioste, il s'indigne contre ceux qui osent confondre l'idiome de Florence avec celui de Milan, de Venise, de la Romagne et, comme il le dit énergiquement, avec tous les blasphèmes de la Lombardie, *tutte le bestemmie di Lombardia*.

Machiavel, qui n'avait pas été nommé parmi les poètes cités avec honneur dans l'*Orlando*, en conserva contre l'Arioste un sentiment de rancune auquel on aurait tort pourtant d'attribuer sa critique ; elle lui fut certainement inspirée par la passion jalouse de tout bon Florentin pour la langue de sa patrie.

On ne sait pas au juste la date de la première représentation de *la Mandragore* ; cette comédie fut jouée à Florence par les académiciens et les jeunes gens de la ville. Dès ce temps-là, toute ville de quelque importance en Italie avait une ou plusieurs de ces académies si connues par leur désignation bizarre et où chaque membre s'enrôlait avec une espèce de sobriquet qui devenait son nom littéraire. Ces académies, composées de tout ce qu'il y avait alors de lettré dans la société, propageaient avec toute l'ardeur d'un plaisir nouveau le goût des solennités théâtrales, et les académiciens faisaient eux-mêmes les frais des représentations dont ils étaient les ordonnateurs et les acteurs. Les Attellanes que jouaient les académiciens de Sienne eurent assez de célébrité pour piquer la curiosité de Léon X, qui fit venir à Rome ces académiciens-acteurs. Il fit venir aussi à Rome ceux qui avaient joué *la Mandragore*, et il y prit tant de plaisir qu'à son passage à Florence, en 1515, il voulut la revoir encore.

La correspondance de Machiavel fait aussi mention d'une représentation solennelle qui dut avoir lieu au commencement de 1526. F. Guichardin, ce grand historien qui plus tard devait être le continuateur de Machiavel dans l'histoire de Florence, était alors son ami. Fort avant dans la faveur des Médicis, il avait été nommé par Léon X gouverneur de Modène. Clément VII, cousin de Léon, l'avait continué dans cette charge. Ce fut là que Guichardin voulut donner une représentation de *la Mandragore*, et l'on peut se figurer ce qu'il fallait alors de soins et de peine pour arriver à la représentation d'une pièce de théâtre, lorsqu'on voit la correspondance de Machiavel et de Guichardin, occupée, durant plus de huit mois, de cette grande affaire. Les *canzoni* ou intermèdes, que le poète avait composés exprès pour cette représentation, devaient être exécutés par la Barbera, chanteuse alors en grand renom à Florence, et dont Machiavel parle beaucoup dans ses lettres. « La Barbera doit être en ce moment à Modène (écrit-il à Guichardin à la fin d'une longue épître toute remplie des grands intérêts de la politique), et si vous pouvez lui être agréable en quoi que ce soit, je vous la recommande, car elle m'occupe beaucoup plus que l'empereur [1]. » Le métier de la Barbera était d'aller de ville en ville, accompagnée de chœurs qu'elle tenait à ses gages et avec lesquels elle exécutait les intermèdes dans les représentations dramatiques, dont le goût était devenu une véritable passion en Italie.

Sans compter une traduction fidèle de l'*Andrienne* de Térence, Machiavel a laissé trois autres comédies ; l'une intitulée *Clizia* ; l'autre, dont le manuscrit s'est trouvé sans titre, est écrite en vers ; une troisième, en prose et également sans titre, offre encore une peinture de moine et un tableau de mœurs italiennes assez remarquable pour qu'il convienne d'en parler avec quelque détail dans une notice sur le génie comique de Machiavel.

Pour la fable comme pour le style, rien n'est plus licencieux que cette pièce.

Une jeune et fringante beauté, Caterina, sacrifiée par la misère de ses parents à un vieux barbon, apprend que son libertin de mari veut séduire une sienne commère. Caterina ne perd pas son temps à regretter les caresses du vieil Amerigo :

« Ainsi (dit-elle à Margherita, sa servante, confidente forcée des folies de son maître), jeune comme je suis, je languirai à jeun, tandis que mon vieux mari cherche à se pourvoir ailleurs ? Non, certes, il n'en sera pas ainsi, et puisque les choses en sont là, je veux de mon côté faire quelque conquête.

(1) Machiavel touchait alors à sa cinquante-septième année, et mêlait encore aux sérieuses méditations les distractions frivoles.

MARGHERITA. Voilà parler, ça! ma chère maîtresse. Tandis que vous êtes fraîche, jeune et belle, faites en sorte que vous n'ayez pas à vous plaindre plus tard de vous-même et que le corps n'ait point de reproches à faire à l'esprit.

CATERINA. Mais comment veux-tu que je fasse? Je ne suis pas femme à courir les rues et à me jeter à la tête du premier venu.

MARGHERITA. Ah! ma bonne maîtresse, si vous saviez ce que je sais, moi!

CATERINA. Que sais-tu? dis-le-moi tout de suite.

MARGHERITA. Dieu m'en garde, hélas! non, non, vraiment. Vous le prendriez mal peut-être, et c'est pour cela que je vous en fais mystère depuis plusieurs mois.

CATERINA. Allons, dis promptement; je veux le savoir; je m'en meurs d'envie... Dis donc!

MARGHERITA. Un jeune homme, le plus beau de la ville, en vérité, est perdu d'amour pour vous.

CATERINA. Pourquoi ne me l'avoir pas dit?

MARGHERITA. Je n'osais, vraiment, et c'était scabreux pour moi. Vous me paraissiez une sainte Elisabeth qui était cousine de notre Sauveur. »

On voit que l'empressement effronté de la petite sainte ne se résigne à aucun retard, et la servante sort avec elle pour achever sa confidence.

Au second acte, Caterina est moins joyeuse; on lui a nommé le beau garçon.

« CATERINA. Certes, j'espérais mieux de cette aventure.

MARGHERITA. Et pourquoi?

CATERINA. Vois-tu, ces moines n'ont jamais été de mon goût, et j'ai bien peur, si je m'empêtre avec eux, d'y perdre ma dévotion.

MARGHERITA. Vraiment, dévotion est bien trouvée! Et avec qui voulez-vous donc vous empêtrer? avec quelque blondin qui l'ira conter à tout le monde? Ne savez-vous pas que c'est leur coutume et que vous risquez de devenir la fable de toute la ville? Avec les moines, au contraire, vous êtes en sûreté, car, plus qu'à vous-même, le secret leur est utile. »

La pensée était bonne pour Tartufe, qui n'a pas manqué de s'en emparer, mais qui l'a rendue avec cette supériorité de raison et de poésie familière à notre grand Molière. Nous ne citerons point l'admirable passage qui se termine par ces vers :

Et c'est en nous qu'on trouve, acceptant notre cœur,
De l'amour sans scandale et du plaisir sans peur.

A quoi bon transcrire ce qui est dans toutes les mémoires?

Cependant Margherita a beau prêcher, madame Caterina fait la dégoûtée. Les moines ont une odeur de sauvagine (*selvaggiume*) qui lui soulève le cœur, rien que d'y penser. Mais Margherita, qui sait par expérience ce que valent les moines, en parle à sa jeune maîtresse avec une chaleur et en des termes qui font venir l'eau à la bouche à l'ardente néophyte. Elle veut que Margherita aille sur-le-champ trouver le frère et lui fasse entendre que, s'il veut l'aider à dégoûter son mari de la commère, il disposera d'elle ensuite à son plaisir.

La joie du moine est grande à cette nouvelle inattendue. Quand la servante a fait son honnête message, elle ne manque pas de demander au frère sa bénédiction : *Padre, datemi la benedizione;* et le frère répond dévotement : *Que le Seigneur t'accompagne!*

Il se trouve que la commère en question est femme d'Alfonso, bon ami du moine. Celui-ci, informé qu'Alfonso passe quelques jours aux champs et qu'il ne reste personne dans son logis, lui demande la permission d'en disposer pour une parente qui lui arrive et qui passera deux jours à Florence. Alfonso s'empresse de donner la clef de sa maison et le moine fera d'une pierre deux coups. Il engage Caterina à se coucher dans le lit de la commère; on fera dire à Amerigo que celle-ci l'attend, et le vieux libertin, ainsi pris au trébuchet, recevra de sa femme une verte correction. Quant au moine, pressé d'attraper, avant de l'avoir gagnée, la récompense que Margherita a été chargée de lui promettre, et qui d'ailleurs trouve piquant de dérober à la dame ce qu'elle était toute disposée à lui accorder, il va la trouver tandis qu'elle attend son mari dans le lit de la commère. Le mari, retenu par Margherita dans l'église Sainte-Croix, arrive au moment où le moine s'échappe, encore à demi déshabillé. Une querelle s'engage entre les deux époux qui paraissent sur la scène fort irrités. Il y a là quelque chose dont Molière s'est souvenu peut-être dans une scène de *Georges Dandin.* Madame Caterina accable son vieux mari de reproches si impudents et d'une colère dont l'expression est si effrontée que nous n'essaierons pas d'en donner une idée. Enfin elle menace de tout dire à ses oncles et au mari de la commère. Amerigo, qui a grand'peur du scandale, s'écrie : « Hélas! ma femme, veux-tu donc me perdre et me déshonorer entièrement? » A quoi Caterina répond : « Hélas! mon mari, voulez-vous donc me chagriner et me faire vivre dans le désespoir? Dieu sait s'il y a dans tout Florence une femme plus fidèle et plus indignement traitée ! » Là-dessus, frère Alberigo, qui écoutait, se montre; il vient faire la paix entre les deux époux ; il adresse une espèce de sermon au mari, lui reproche l'énorme péché mortel qu'il allait commettre. Peut-il bien outrager ainsi une femme si chaste, si pure et si tendre? Enfin le pauvre sot d'Amerigo se laisse prendre à l'hypocrisie du cafard; il confesse sa faute, se soumet à la pénitence que le moine voudra lui imposer, et finit par le prier de fréquenter sa maison comme son plus intime ami.

« Je veux encore que vous soyez mon confesseur, ajoute-t-il.

— Je veux aussi me confesser à lui », reprend aussitôt Caterina. Et le moine, après une feinte hésitation :

« A la bonne heure. Vous me trouverez toujours prêt, pour l'amour du Seigneur d'abord, et ensuite par le devoir de mon ministère, à faire tout ce qu'il faut pour le salut de vos ames. »

C'est encore ici une peinture du moine et de la société livrée au moine; c'est une comédie dans le même genre que *la Mandragore*, bien inférieure sans doute sous le rapport de l'art, mais encore complètement différente de ce que faisaient alors l'Arioste et le cardinal Bibbiena, et surtout de ce qu'avaient fait les auteurs des ébauches qui les avaient devancés. La composition moins ingénieuse, moins profonde que dans *la Mandragore*, est plus obscène; la plaisanterie, moins spirituelle, est plus effrontée; les caractères, moins originaux, sont également naturels, mais cette nature est plus commune et ne porte pas la même empreinte de génie. C'est surtout dans la peinture du moine que cette infériorité est frappante. Néanmoins c'est là encore une création de Machiavel, c'est la comédie telle qu'il l'a conçue dans *la Mandragore* et où il n'a imité des anciens que la forme du drame [1].

La Clizia, au contraire, se rapproche beaucoup plus du genre des comédies de ce temps-là; c'est une imitation, quelquefois une copie de *la Casina*, l'une des pièces les plus licencieuses de Plaute, qui lui-même l'avait prise du poète grec Diphile.

(1) Cette comédie, qui est restée long-temps inconnue, a été attribuée par quelques-uns à *Francesco d'Ambra*, poète comique un peu postérieur à Machiavel, qui a laissé d'excellentes comédies d'intrigue, et dont les ouvrages sont empreints de cette grace florentine qui ravit les Italiens. Mais il est reconnu maintenant qu'elle est bien réellement l'ouvrage de Machiavel, et elle est imprimée dans ses œuvres depuis l'édition de 1769 (Venise).

Clizia est une jeune fille qui fut enlevée à ses parents lorsqu'elle n'avait encore que cinq ans, à l'époque de la conquête de Naples par les Français. Un capitaine, à qui elle était échue dans sa part de butin, l'a confiée à un de ses amis, bon bourgeois de Florence, et fut tué peu de temps après. La jeune fille est devenue grande et belle. Le fils du bourgeois, qui a été élevé avec elle, en devient amoureux; mais son père et sa mère refusent leur consentement, celle-ci parce qu'elle ne veut pas que son fils épouse une fille sans bien et sans naissance, l'autre parce qu'il voudrait faire de cette fille tout autre chose qu'une bru. Le bonhomme imagine de donner Clizia à un valet avec lequel il stipule une espèce de droit du seigneur. Sofronia, la femme du bourgeois, évente la mèche, et, pour rompre ce beau marché, veut faire épouser la jeune fille à l'intendant de la maison. Les deux époux finissent par convenir qu'on tirera au sort le nom du mari de Clizia. Le sort la donne au valet, et Sofronia feint de se rendre; mais c'est pour prendre son libertin de mari à un piége dont la honte lui ôtera l'envie d'y revenir. On fait déguiser un domestique en fille, on lui fait jouer le rôle de Clizia, on conduit cette belle épousée dans la chambre destinée aux noces du valet; le bourgeois s'y glisse furtivement, et tandis que, selon leur convention, le valet va dormir sur un canapé, le maître prend place auprès de la prétendue Clizia. On devine aisément la réception qu'il rencontre; lui-même en fait le récit comiquement piteux; et puis, quand la farce est jouée, voilà qu'il arrive de Naples un seigneur Ramondo; c'est le *Deus ex machina* qui vient dénouer la pièce. Le seigneur Ramondo est le père de Clizia, qu'on donne en mariage au fils du bourgeois.

Il est inutile de dire que la licence de l'action, aussi bien que celle des paroles, est encore ici poussée à l'extrême, et la religion est traitée presque aussi cavalièrement que la morale. Apparemment ce peuple dévot se croyait trop bien avec Dieu pour être obligé de lui porter respect; il est à tout moment mêlé dans les projets de libertinage, et on l'invoque, lui et les saints et saintes du paradis, pour en obtenir la réussite. Dans la scène où Clizia est mise en loterie : « Prie Dieu que le sort te favorise, » dit le bonhomme à son valet. S'adressant ensuite à l'enfant qui va tirer les noms : « Tire un billet de cette bourse aussitôt que j'aurai dit certaine oraison. » Et puis, prenant l'attitude de la prière : « O sainte Apolline, et vous tous saints et saintes qui protégez les mariages, accordez à Clizia cette grace que le nom qui sortira de cette bourse soit celui que nous souhaitons si ardemment d'en voir sortir. (*à l'enfant.*) Tire maintenant, en invoquant le nom de Dieu. » Ces traits sont caractéristiques, et il y en a plus d'un de cette sorte dans la pièce.

Le dialogue de cette comédie est plein de grace, d'esprit et de vie; c'est de la conversation piquante et gaie, c'est aussi quelquefois la raison admirable, le bon sens exquis de Molière. Les Florentins l'estiment pour sa grande pureté. *Clizia*, aussi bien que *la Mandragore*, a été mise au rang de ces textes de langue qui ont fait autorité pour la composition du dictionnaire de la Crusca. Les personnages sont d'une nature naïve et d'une vérité saisissante; il n'y a rien là de feint ni d'imité :

> C'est un amant, un fils, un père véritable.

La comédie en vers dont il nous reste à dire un mot, pour avoir donné une idée complète des travaux de Machiavel dans l'art du théâtre, est la moins bonne de ses comédies. C'était une pensée bizarre, et qui devait nuire à la vérité qu'on aime à la scène, de placer dans Rome païenne une action destinée à reproduire les mœurs de Florence au quinzième siècle. Le poète vous jette au milieu de personnages qui demeurent dans *la Voie sacrée*, qui se promènent au *Forum*, qui vont au *temple de Vesta*, qui se marient sous l'invocation de *Junon*, qui portent la tunique et la toge, le peplum et la prétexte; et puis ces mêmes personnages, Romains par l'habit, sont Italiens par les mœurs. Voilà des freluquets qui courent les églises pour y lorgner les dames, pour y nouer des intrigues; voilà de jeunes coquettes qui s'amusent à regarder aux fenêtres du matin au soir, qui sont en quête de nouvelles et de sérénades, et ne s'occupent qu'à préparer leur rouge et à broder leurs gants. L'action est lente, mal imaginée et mal conduite, dénuée d'incidents ingénieux et platement dénouée.

Deux maris, dégoûtés de leur femme et amoureux chacun de la femme de l'autre, emploient une entremetteuse à servir leurs amours, et après quelques tentatives d'intrigues assez insignifiantes, ils finissent par changer de femmes au moyen d'un divorce par consentement mutuel, et sans cesser d'être les meilleurs amis du monde. Il n'était pas nécessaire de tant se tourmenter pour arriver à ce résultat. Les monologues sont nombreux dans cette comédie; on en compte jusqu'à onze dont plusieurs sont fort longs; l'un d'eux a plus de cent vers.

Mais tous ces défauts, qui rendraient insupportable la représentation de cette comédie, n'empêchent pas que la lecture n'en soit fort amusante, tant le dialogue est fin, spirituel, plein de saillies charmantes, de traits délicats d'observation, et de pensées où la raison la plus solide se présente sous les formes les plus attrayantes. Nous voudrions citer ici, comme un délicieux échantillon de ce style, les conseils que donne une mère à sa fille pour plaire à son mari, et les paroles d'un vieillard qui enseigne à de nouveaux époux à fixer le bonheur dans le ménage. Nous ne connaissons rien qui soit plus rempli de ce charme qu'on ne définit pas. Ces vers d'inégale mesure, tantôt rimés, tantôt sans rimes, n'ont peut-être pas toute l'aisance de la prose admirable de Machiavel, mais ils donnent quelquefois plus de grace à la pensée [1].

On ne s'attend pas que les vers de Machiavel soient plus chastes que sa prose. Cette dernière comédie est pleine, comme les trois autres, de libertés qui feraient rougir notre scène, aujourd'hui qu'on l'a si bien accoutumée à ne plus rougir. Il faut s'affliger de cette obscénité de l'action, de cette licence de la pensée; mais rien ne saurait être plus instructif pour la connaissance des mœurs de l'époque que de voir des pièces telles que *I Suppositi*, *la Calandra*, et surtout *la Mandragore*, représentées sans nul scrupule devant les femmes élégantes de la cour de Ferrare, devant les prêtres de la cour de Léon. Toutes les comédies de ce temps-là parlaient sur le même ton de liberté effrontée; une comédie décente eût été alors une incompréhensible exception. Un des poètes comiques qui a porté plus loin la licence, L. Dolce, dit tout naïvement dans le prologue d'une de ses comédies (*Il Ragazzo*) : « Pour peindre fidèlement les mœurs de maintenant il faut des paroles et des actions obscènes. » Au reste, il n'y a que manière d'entendre les choses; si vous voulez en croire Machiavel, il vous dira dans la *canzone* qui termine sa *Clizia* que cette comédie est d'un vertueux exemple, *esempio onesto*, un mo-

(1) L'éditeur des œuvres complètes de Machiavel, publiées en 1826 (Florence), pense que cette comédie pourrait bien être le premier ouvrage de théâtre régulier, écrit en vers, dont puisse se vanter l'Italie. « Fontanini, dit-il, attribue cet honneur à l'*Amicizia*, de Jacopo Nardi; Apostolo Zeno affirme, au contraire, que le *Timone*, de Bojardo, a précédé l'*Amicizia*; mais ni l'un ni l'autre de ces deux savants critiques ne connaissaient cette comédie de Machiavel. Si elle eût été découverte de leur temps, ils l'auraient certainement prise en grande considération dans l'examen qu'ils ont fait de cette question de primauté controversée parmi les savants. » Cette comédie a paru pour la première fois dans l'édition de 1796 (Florence).

ral et pieux enseignement qui montre « ce qu'on doit éviter, et par quel chemin on va plus droit au ciel. »

Qual cosa schifar decsi, e qual seguire,
Per salir dritti al cielo.

On sait que La Fontaine a tiré un de ses contes de *la Mandragore* de Machiavel. Le sujet de la comédie est raconté dans la nouvelle avec cette malice, cet abandon, cette grace négligée qui font le charme du premier de nos conteurs. La Fontaine a trouvé le secret d'ajouter quelques traits ingénieux au chef-d'œuvre de l'auteur florentin; et cependant il y a toujours, entre les deux ouvrages, la distance qui doit séparer une admirable comédie d'un joli conte.

Malgré le grand nom de Machiavel et la célébrité de *la Mandragore*, ses trois autres comédies ne sont connues que des personnes qui ont fait une étude spéciale de la littérature italienne; elles méritent cependant plus de renommée, et c'est ce qui nous faisait un devoir d'en parler ici avec quelque détail. Nous avions à cœur aussi de revendiquer pour Machiavel la gloire, faussement attribuée à d'autres, d'être le créateur de la comédie moderne. C'est une justice que nous lui devions plus que personne, nous qui, par respect pour la vérité, avons risqué peut-être de contribuer à diminuer quelque chose de la renommée de Machiavel, en montrant ailleurs que si le génie de l'illustre écrivain ne pouvait jamais être assez admiré, on avait trop admiré le caractère du grand citoyen.

M. Avenel.

CANZONE[1]

CHANTÉE PAR DES NYMPHES ET DES BERGERS.

Courte est la vie; innombrables sont les douleurs que nous supportons tous sous le faix de cette laborieuse existence! Consumons donc ce peu d'années, dociles aux désirs qui nous emportent. Apparemment il ne connaît pas les déceptions du monde, il ne sait pas sous quels malheurs, sous quelles étranges fatalités sont opprimés presque tous les mortels, celui qui se sèvre lui-même du plaisir, pour vivre dans les chagrins et les angoisses.

C'est pour échapper à ces ennuis que, nymphes joyeuses et jeunes gens que nous sommes, nous avons choisi une douce solitude, toujours embellie d'allégresse et de fêtes; et nous venons ici aujourd'hui pour réjouir de nos harmonieuses chansons cette fête riante et cette douce compagnie.

Ce qui nous attire aussi dans ces lieux, c'est le nom de celui qui y gouverne[2]; en lui resplendissent tous les biens qu'on voit réunis sur le front de l'Eternel. Comblés de cette faveur suprême, parmi tant de félicités, jouissez, soyez contents, et remerciez qui vous a fait ce bonheur.

(1) Ce chant et les quatre autres placés dans les entr'actes ne furent pas composés à la même époque que la comédie; ils lui sont de beaucoup postérieurs. Machiavel, qui les envoie à Guichardin avec une lettre datée du 3 janvier 1525 (c'est-à-dire 1526, car alors l'année commençait en mars), lui annonce qu'il venait de les composer pour l'ornement de la représentation que Guichardin préparait à Modène, et dont nous avons parlé dans la notice.

Les *Canzoni* n'ont paru dans aucune des éditions de *la Mandragore* publiées avant celles de 1782. Deux de ces *Canzoni* se retrouvent dans la *Clizia*.

(2) Quel est donc cet homme dont Machiavel fait presque une divinité? C'est sans doute Clément VII, au nom duquel Guichardin gouvernait Modène. L'emphase des vers italiens :

In cui si veggon tutti
I beni accolti in la sembianza eterna,

désigne assez bien le pape. Machiavel n'a pas songé, sans doute, à les appliquer à Guichardin, même par reconnaissance de la galanterie qu'il lui faisait de donner une représentation de *la Mandragore*. M. Artaud se trompe lorsqu'il conjecture que c'est ici une allusion à Laurent II. Ce n'était pas à Florence qu'il était question, cette fois, de jouer *la Mandragore*; et d'ailleurs, Laurent II était mort en 1519. C'est donc sans convenance comme sans fidélité que les traducteurs ont rendu les mots *sembianza eterna* par : *le visage* ou *le front des Dieux*.

LA MANDRAGORE

COMÉDIE.

PERSONNAGES.

CALLIMACO.
SIRO.
MESSER NICIA.
LIGURIO.
SOSTRATA.
FRÈRE TIMOTEO.
UNE FEMME.
LUCREZIA.

La scène se passe à Florence.

PROLOGUE.

Dieu vous garde, bons auditeurs, puisque cette bonté vient de ce que nous vous sommes agréables. Si vous continuez à nous épargner les murmures, nous voulons vous faire entendre une aventure toute nouvelle, arrivée en ce pays. Regardez cette décoration qui se déploie sous vos yeux ; voilà votre Florence. Une autre fois ce sera Rome ou Pise. Quant à l'aventure, c'est à se disloquer la mâchoire à force de rire.

Cette porte que vous voyez là, à ma main droite, c'est celle de la maison d'un docteur qui a appris force lois dans Boëce. Cette rue qui s'ouvre à ce coin est la rue de l'amour, où celui qui tombe une fois ne se relève plus. Et puis, si vous ne vous en allez pas trop tôt, vous pourrez connaître, à la robe d'un moine, quel est le prieur ou l'abbé qui habite l'église placée du côté opposé.

Un jeune homme, Callimaco Guadagni, venu de Paris tout récemment, demeure là, à cette porte sur la gauche. Parmi tous les autres bons compagnons, celui-ci a fait ses preuves et donné des exemples qui lui ont mérité l'honneur et le prix de galanterie. Une jeune femme, la sagesse même, en fut passionnément aimée ; vous verrez comment il s'y prit pour la tromper, et je voudrais que vous fussiez trompées comme elle.

La pièce se nomme *la Mandragore.* Pourquoi ? Vous le verrez bien, je suppose, en l'entendant réciter. L'auteur n'est pas homme de grande renommée ; pourtant, s'il ne réussit pas à vous faire rire, il consent à payer la gageure. Un amant qui se désole, un docteur peu rusé, un moine mal morigéné, un parasite, enfant gâté de la malice, voilà pour aujourd'hui votre passetemps.

Et si ce sujet vous semblait trop frivole et peu digne d'un homme qui veut paraître sage et grave, excusez-le, dans la pensée qu'il s'étudie à rendre plus doux, par ces vaines imaginations, ses jours de douleur ; car il ne sait plus où tourner son visage suppliant. On lui interdit de montrer, dans d'autres travaux, un autre talent, et il n'est point de récompense pour ses peines perdues [1].

La seule récompense qu'il se promette, c'est que chacun se tienne à l'écart et ricane dans sa barbe en critiquant ce qu'il voit et ce qu'il entend. C'est sans doute grace à cette triste manie que le siècle présent dégénère en toutes choses de l'antique vertu ; car voyant partout la médisance, le monde dédaigne de prodiguer sa fatigue et ses sueurs pour élever, à travers mille obstacles, une œuvre que voilera le brouillard, que les vents ravageront.

Cependant si quelqu'un, en médisant de l'auteur, s'imaginait le saisir par les che-

(1) Ce prologue a évidemment été composé longtemps après la comédie, et peut-être en 1515, lorsqu'elle dut être jouée devant Léon X, à qui Machiavel n'était pas fâché de rappeler ses disgraces et l'abandon où on le laissait.

veux, l'étourdir ou le tenir à l'écart, j'avertis ce quidam que l'auteur aussi entend la médisance, que ce fut son premier métier[1], et que, dans tous les pays du monde où le *si* résonne, il n'estime âme qui vive, bien qu'il fasse escorte à qui peut porter un manteau meilleur que le sien.

Mais laissons la médisance à qui veut médire. Revenons à notre affaire, afin que l'heure ne nous devance pas. Il ne faut pas faire compte des paroles ni prendre pour un monstre une chose qu'on ne sait encore si elle existe ou non. Callimaco sort, il a avec lui Siro, son domestique, et il va dire ce dont il s'agit. Que chacun soit donc attentif et ne demande pas, pour l'instant, un autre argument.

ACTE PREMIER.

SCÈNE I.

CALLIMACO, SIRO.

CALLIMACO.

Reste, Siro, j'ai deux mots à te dire.

SIRO.

Me voilà.

CALLIMACO.

Je gage que tu t'es bien étonné de mon soudain départ de Paris; et tu t'étonnes maintenant de ce que, depuis un mois que je suis ici, je n'y ai encore rien fait du tout.

SIRO.

C'est vrai.

CALLIMACO.

Si jusqu'à présent je ne t'ai pas dit ce que je vais te confier, ce n'est pas assurément que je me méfie de toi; mais c'est qu'à mon avis les choses qu'on veut tenir secrètes, il ne faut jamais les révéler sans nécessité. Maintenant que je présume avoir besoin de ton aide, je te vais tout dire.

SIRO.

Je suis votre valet; et c'est le devoir des valets de ne jamais questionner leurs maîtres et de ne point se mêler de leurs affaires; mais quand les maîtres jugent à propos de les leur confier eux-mêmes, alors nous devons les servir avec fidélité. J'ai toujours fait et je ferai toujours ainsi.

CALLIMACO.

Je le sais. Je pense que tu m'as entendu dire mille fois (et il ne m'importe guère que tu l'entendes pour la mille et unième) qu'ayant à peine dix ans, orphelin de père et de mère, je fus envoyé par mes tuteurs à Paris, où j'ai demeuré vingt années. J'y étais depuis dix seulement lorsque le passage du roi Charles en Italie fut le prélude des guerres qui ont ruiné cette contrée. Ce fut alors que je résolus de me fixer à Paris, et de ne plus revoir ma patrie, espérant vivre là plus paisible qu'ici.

SIRO.

C'est, en effet, ce que vous m'avez déjà dit.

CALLIMACO.

Ayant donné l'ordre de vendre ici tous mes biens, excepté ma maison, je pris donc le parti de rester en France, où j'ai vécu dix autres années le plus heureux du monde.

SIRO.

Je sais cela.

CALLIMACO.

Je faisais trois parts de mon temps; études, plaisirs, affaires, tout cela marchait de front, et je m'en tirais de sorte qu'aucune de ces choses ne nuisait à l'autre. Par ce moyen, je vivais, comme tu sais, parfaitement en repos, rendant service à chacun, attentif surtout à ne blesser personne, et, je puis dire, ami de tous, du bourgeois et du gentilhomme, de l'étranger et de l'homme du pays, du pauvre et du riche.

SIRO.

C'est la vérité!

CALLIMACO.

Mais alors il passa par la tête à la fortune que j'avais trop de bon temps, et elle fit arriver à Paris un certain Camillo Calfucci.

SIRO.

Je commence à deviner votre affaire.

CALLIMACO.

Celui-là donc, comme les autres Florentins, venait souvent dîner chez moi. Un jour que d'aventure la conversation tomba sur les femmes, une discussion s'engagea sur le fait de savoir où étaient les plus belles, en Italie ou en France; et comme, pour être si petit

(1) Allusion aux premières poésies de l'auteur, sa *Première Decennale*, espèce de satire politique, où les personnages historiques du temps sont rudement flagellés. La composition de *la Mandragore* dut suivre de près la *Première Decennale* (1504).

quand je quittai l'Italie, je ne pouvais rien dire des Italiennes, un autre Florentin qui était là prit parti pour les Françaises; et après force propos échangés de part et d'autre, Camillo, un peu fâché, s'écria que, quand même toutes les femmes d'Italie seraient des monstres, une sienne parente était à elle seule capable de rétablir leur réputation.

SIRO.

Maintenant je vois tout-à-fait ce que vous avez à me dire.

CALLIMACO.

Il nomma madame Lucrezia, femme de messer Nicia Calfucci, et il fit une si ravissante peinture de sa beauté et de ses graces que nous en restâmes tous stupéfaits. Pour moi, je sentis s'éveiller dans mon cœur un désir si passionné de la voir que, laissant là tout autre projet et ne songeant plus ni à la guerre ni à la paix d'Italie, je me hâtai d'arriver ici; et j'ai trouvé, chose rare! que la renommée de madame Lucrezia est bien au-dessous de la vérité. Maintenant, je brûle d'un si vif désir de lui plaire, que je ne sais à quel saint me vouer.

SIRO.

Si vous m'aviez dit cela à Paris, j'aurais su quoi vous conseiller; mais à cette heure je ne sais que vous dire.

CALLIMACO.

Je ne t'ai pas fait cette confidence pour avoir tes conseils, mais pour soulager mon cœur, et afin que tu mettes ton génie à l'œuvre pour m'aider au besoin.

SIRO.

Je suis tout prêt. Mais qu'espérez-vous?

CALLIMACO.

Hélas! rien ou peu de chose. Et je te dirai; d'abord, j'ai contre moi son naturel, l'honnêteté même, et tout-à-fait ennemi de l'amour; un mari fort riche et qui se laisse entièrement gouverner par elle; qui, s'il n'est pas jeune, n'est pas non plus si vieux qu'il le paraît. De plus, elle n'a ni parents, ni voisins, chez qui elle aille en veillée, où elle rencontre ces fêtes et tous ces plaisirs dont les personnes de son âge se divertissent d'ordinaire. Pas une ouvrière qui entre chez elle; pas une femme de chambre, pas un domestique que sa sévérité ne fasse trembler; de sorte qu'il n'y a là aucun moyen de séduction.

SIRO.

Que voulez-vous donc faire?

CALLIMACO.

Il n'y a jamais rien de si désespéré qui ne laisse encore une lueur d'espérance, quelque vaine et faible qu'elle soit; et puis la ferme volonté et le désir de réussir ne permettent pas le désespoir.

SIRO.

Enfin, quel motif avez-vous de vous flatter?

CALLIMACO.

J'en ai deux: l'un, c'est la simplicité de messer Nicia, qui, bien qu'il soit docteur, est le plus crédule et le plus sot homme de Florence; l'autre, c'est l'extrême désir qu'ils ont d'avoir des enfants. Car, après six ans de mariage, se voyant encore sans lignée, riches qu'ils sont, ils s'en meurent d'envie. Nous aurions bien une troisième ressource, la mère de Lucrezia; bonne commère dans son temps! Mais elle est riche, et je ne sais comment la prendre.

SIRO.

Avez-vous déjà fait quelque tentative?

CALLIMACO.

Oui; mais presque rien.

SIRO.

Et quoi?

CALLIMACO.

Tu connais Ligurio qui vient tous les jours dîner chez moi. Il a été jadis courtier de mariages; depuis, il s'est mis à quêter soupers et dîners, et comme c'est un drôle de corps, messer Nicia a contracté avec lui une étroite liaison; Ligurio le pipe, et s'il ne dîne pas chez lui, il lui emprunte parfois de l'argent. Je m'en suis fait un ami; je lui ai confié mon amour, et il m'a promis de travailler pour moi des mains et des pieds.

SIRO.

Prenez garde qu'il ne vous dupe; ces écornifleurs n'ont pas coutume d'être gens de bonne foi.

CALLIMACO.

C'est vrai. Néanmoins, quand quelque chose est dans l'intérêt d'un homme, il y a lieu de croire que, si vous lui en faites confidence, il vous servira loyalement. Je lui ai promis une bonne somme d'argent, s'il réussit, et s'il ne réussit pas, il n'en perdra ni un dîner ni un souper, car dans aucun cas je ne veux manger seul.

SIRO.

Et jusqu'à présent que vous a-t-il promis de faire?

CALLIMACO.

Il m'a promis de persuader à messer Nicia d'aller aux eaux avec sa femme, dans ce mois de mai.

SIRO.

Et qu'est-ce que cela vous fait à vous?

CALLIMACO.

Ce que cela me fait! Ce lieu pourrait la rendre tout autre pour moi; ce ne sont là que divertissements; je m'y rendrais; j'y mènerais avec moi toutes sortes de plaisirs, je n'oublierais rien pour paraître magnifique, et je ferais en sorte de m'insinuer dans l'intimité de la femme et du mari. Que sais-je? d'une chose en naît une autre, et le temps vient à bout de tout.

SIRO.

Voilà qui me plaît assez.

CALLIMACO.

Ligurio m'a quitté ce matin en me disant qu'il causerait de cette affaire avec messer Nicia et qu'il viendrait m'en rendre compte.

SIRO.

Les voici ensemble.

CALLIMACO.

Je veux me tenir un peu à l'écart, afin de prendre mon temps pour parler à Ligurio quand il va quitter le docteur; toi, cependant, va à la maison faire ta besogne, et si j'ai quelque chose à t'ordonner tu le sauras.

SIRO.

J'y vais.

SCÈNE II.

MESSER NICIA, LIGURIO.

NICIA.

Je crois que tes conseils ne sont pas mauvais, et j'en ai causé hier soir avec ma femme. Elle m'a dit qu'elle me donnerait réponse aujourd'hui; mais, à te parler franchement, je n'y vais pas de bon cœur.

LIGURIO.

Pourquoi?

NICIA.

Parce que je ne m'écarte pas volontiers de mon gîte [1]. Et puis, transplanter femme, valets, bagages, cela ne me va pas. Sans compter qu'ayant parlé hier soir à plusieurs méd cins, l'un m'a dit d'aller à San-Filippo [2], l'autre à la Porretta [1], l'autre à la Villa [2]. Veux-tu que je te dise? tous ces gens-là m'ont la mine d'être des buses, et ces docteurs en médecine ne savent rien de rien.

LIGURIO.

Ce qui vous intrigue le plus, c'est ce que vous m'avez dit d'abord, car vous n'avez pas coutume de perdre de vue le clocher de votre village.

NICIA.

Tu ne sais ce que tu dis; quand j'étais plus jeune, j'étais un coureur fieffé; il ne se faisait pas une foire à Prato [3] que je n'y allasse, il n'y a pas un château aux environs que je n'aie visité; et je te dirai bien plus, j'ai été à Pise et à Livourne, moi qui te parle.

LIGURIO.

Vous avez donc vu la carrucola de Pise?

NICIA.

Tu veux dire la Verrucola [4]?

LIGURIO.

Ah! oui, la Verrucola. Et à Livourne, avez-vous vu la mer?

NICIA.

Si je l'ai vue! tu le sais bien.

LIGURIO.

Cela est-il bien plus grand que l'Arno!

NICIA.

Bon! plus de quatre fois, plus de six, plus de sept, Dieu me pardonne! Figure-toi qu'on ne voit que de l'eau, et puis encore de l'eau, et puis toujours de l'eau.

LIGURIO

Et vraiment je m'étonne que vous qui avez vu tant de pays [5], vous fassiez si grand embarras d'une promenade aux bains.

(1) Ce n'est ici qu'un équivalent; *la Mandragore* est toute remplie de locutions florentines, de proverbes inconnus ailleurs qu'à Florence, d'usages propres à ce peuple et d'allusions aux choses qu'il aimait et dont il s'occupait. *Mi spicco mal volentieri da bomba*, dit le docteur. *Bomba* était un lieu privilégié dans le jeu appelé *pome*, lieu d'où l'on partait et où il fallait revenir. *Il pome* était une sorte de lutte, ancien divertissement des jeunes gens de Florence, surtout au printemps. On en trouve la description dans les vieux auteurs florentins. Il y a dans le mot *bomba*, et dans l'allusion au jeu du *pome*, une finesse qu'on ne peut faire comprendre que par une explication. C'est un indice de la niaiserie du docteur, qui ne veut pas quitter le but de peur de ne pouvoir le ratteindre. Pourtant il n'y avait point de jeu si l'on ne quittait le but, puisque le fin du jeu était d'y revenir.

(2) Les eaux de San-Filippo sont situées sur le territoire de Sienne et étaient la propriété des moines de l'abbaye de Montamiata. Quoiqu'elles aient conservé de la réputation pour la guérison de certaines maladies, ce n'est plus aujourd'hui qu'un assez misérable établissement.

(1) La Porretta est un village entre Bologne et Florence, à peu de distance de la frontière de Toscane, du côté de Pistoie. Il y a encore là des bains fort connus. Les sources sont sulfureuses, et l'eau s'enflamme, dit-on, à l'approche de la lumière.

(2) *I bagni alla Villa* sont encore renommés aujourd'hui; c'est un des beaux établissements thermaux de la principauté de Lucques, et l'on y envoie encore les dames qui sont dans le cas de Madonna Lucrezia; car, selon les médecins du pays, *tardos ad Venerem excitant*. Aussi le poète Monti, voulant peindre la *Fécondité*, l'a assise sur les bords de ces eaux célèbres.

(3) A trois lieues de Florenee.

(4) C'est une pointe de montagne qui s'élève sur la chaine des monts Pisans, à trois milles de Vico, et qui a pris son nom pittoresque du mot latin *verruca* (verrue).

(5) Il y a dans le texte : *avendo voi pisciato in tanta neve*; « vous qui avez pissé dans tant de neige. » C'est une phrase proverbiale qui signifie : Avoir tant couru le monde, avoir une si grande expérience des choses de la vie, qu'il est malaisé d'être trompé.

NICIA.

Tu es ingénu comme l'enfant qui tette; tu crois donc que ce n'est rien de mettre sens dessus dessous toute une maison? Cependant j'ai tant d'envie d'avoir un petit enfant que je suis prêt à tout faire. Mais dis-en toi-même deux mots à ces docteurs; vois où ils me conseillent d'aller: moi je m'en vais retrouver ma femme et nous nous reverrons.

LIGURIO.

C'est bien dit.

SCÈNE III.

LIGURIO, CALLIMACO.

LIGURIO.

Je ne crois pas qu'il y ait dans le monde un plus grand imbécile que celui-là; et il est comblé des faveurs de la fortune! Il est riche; il a une femme belle, sage, accomplie, une femme capable de gouverner un royaume. Ma foi! il se vérifie rarement dans les mariages le proverbe qui dit: *Dieu fait les hommes, et les hommes s'apparient;* car souvent on voit qu'à un homme de mérite échevit une sotte, tandis qu'au contraire une femme sage a un fou pour mari. Du moins, de la folie de celui-ci nous tirerons cet avantage que Callimaco doit avoir bon espoir. Mais le voici; holà! Callimaco, qui est-ce que tu guettes ici?

CALLIMACO.

Je t'avais aperçu avec le docteur et j'attendais que tu le quittasses pour apprendre ce que tu avais fait.

LIGURIO.

Vous savez quel homme c'est, de peu de sens, de moins de courage encore; il ne se résigne pas volontiers à s'éloigner de Florence. Cependant je l'ai un peu remonté, et il m'a dit enfin qu'il fera tout ce qu'il faut. Je crois bien que, quand nous le voudrons, nous vous le mènerons aux eaux; mais je ne sais pas si nous en ferons mieux nos affaires.

CALLIMACO.

Pourquoi?

LIGURIO.

Que sais-je, moi? Toutes sortes de gens vont à ces bains; il pourrait s'y trouver quelqu'un à qui madame Lucrezia plairait comme à toi, plus riche et de meilleure façon que toi; tu risquerais alors d'avoir pris bien de la peine pour autrui; et il pourrait arriver, ou que le nombre des rivaux la rendît plus fière, ou que, mieux apprivoisée, elle prît goût pour un autre et non pour toi.

CALLIMACO.

Je sens bien que tu dis vrai; mais que faire? quel parti prendre? de quel côté me tourner? Il me faut absolument faire quelque tentative, grande, périlleuse, qui m'apporte dommage ou honte, n'importe; mieux vaut mourir que de vivre comme je vis. Si je pouvais dormir la nuit, si je pouvais prendre quelque nourriture, si je pouvais goûter quelques distractions dans le monde, si je pouvais trouver plaisir à quoi que ce soit, j'aurais plus de patience et j'attendrais l'occasion; mais il n'y a pas de remède, et si un projet quelconque ne me berce d'un peu d'espoir, je suis un homme mort. Mourir pour mourir, que veux-tu que je craigne? Et me voilà prêt à prendre une résolution extrême, terrible, désespérée.

LIGURIO.

Que dis-tu là! calme un peu cet emportement.

CALLIMACO.

Tu vois bien que pour le calmer il ne me vient pas d'autres idées en tête; c'est pourquoi il est nécessaire de persister dans le projet de l'envoyer aux bains, ou d'imaginer quelque autre expédient qui puisse me repaître d'une espérance, sinon réelle, chimérique du moins, qui nourrisse dans mon ame une pensée de consolation et soulage mes tourments.

LIGURIO.

Tu as raison, et je m'y vais employer.

CALLIMACO.

A la bonne heure! Je sais pourtant que tes pareils vivent des piéges qu'ils tendent; néanmoins, je ne crois pas que tu sois de ceux-là. D'ailleurs, si tu cherchais à me tromper, je m'en apercevrais et je tâcherais d'en faire mon profit; tu perdrais dès aujourd'hui l'entrée de ma maison, et pour l'avenir la récompense que je t'ai promise.

LIGURIO.

Ne doute pas de mon dévouement. Lors même que mon avantage ne s'y trouverait pas, j'ai une si vive sympathie pour toi, que je souhaite presque autant que toi-même l'accomplissement de tes désirs. Mais laissons tout cela; le docteur m'a chargé de trouver un médecin qui lui dise à quels bains il vaut mieux aller; sois ce médecin et laisse-toi conduire à mon gré; tu diras que tu as appris la médecine, que tu as pratiqué à Paris. Simple comme il est il le croira facilement; d'ailleurs tu as étudié, et tu pourras lui barbouiller quelques mots de latin.

CALLIMACO.

A quoi cela nous servira-t-il?

LIGURIO.

Cela nous servira à l'envoyer aux bains que nous voudrons ou à prendre quelque autre moyen auquel j'ai déjà songé, et qui sera, à mon avis, plus prompt, plus certain et plus facile que les bains.

CALLIMACO.

Que veux-tu dire?

LIGURIO.

Je dis que, si tu as un peu d'audace et quelque confiance en moi, je te garantis l'affaire faite avant demain à pareille heure; et lors même qu'il serait homme (ce qui n'est pas) à s'enquérir si tu es ou non médecin, la brièveté du temps et la nature même de la chose feront qu'il ne s'en doutera pas et qu'il n'aura pas le loisir de traverser notre projet, quand même il s'en douterait.

CALLIMACO.

Tu me rends la vie. Mais c'est là une trop belle promesse, et peut-être tu me repais de folles espérances. Comment feras-tu?

LIGURIO.

Tu le sauras quand le moment sera venu; à cette heure, il est inutile que je te le dise; ne perdons pas en paroles un temps qui nous manque déjà pour l'action. Rentre à la maison et m'y attends; pour moi, je vais trouver le docteur, et si je te l'amène, tu seras attentif à mes paroles et tu y accommoderas les tiennes.

CALLIMACO.

Je n'y manquerai pas, quoique tu me remplisses d'une espérance qui, je le crains bien, va s'évanouir en fumée.

CHANT.

Celui qui n'a point éprouvé ton irrésistible puissance, Amour, espère en vain rendre un témoignage fidèle de ce qu'il y a au ciel de plus délicieux! Il ne sait pas comment on vit et on meurt tout ensemble; comment on court à sa perte et on fuit son bonheur; comment on aime une autre plus que soi-même; combien souvent la crainte et l'espérance glacent et consument le cœur; il ignore enfin comme les dieux et les hommes redoutent également les traits dont tu es armé.

ACTE DEUXIÈME.

SCÈNE I.

LIGURIO, MESSER NICIA, SIRO, *qui parle de l'intérieur.*

LIGURIO.

Comme je vous ai dit, je crois que c'est Dieu qui nous a envoyé cet homme afin de combler tous vos vœux. Il a fait à Paris les plus curieuses expériences; et ne vous étonnez pas s'il n'a point professé son art à Florence; d'abord il a du bien, et puis il est à tout moment sur le point de retourner à Paris.

NICIA.

Parbleu! mon cher ami, voilà qui presse; je ne voudrais pas qu'il m'engageât dans quelque affaire pour me laisser ensuite sur l'écueil.

LIGURIO.

Oh! ne vous embarrassez pas de cela; craignez seulement qu'il ne veuille pas entreprendre cette cure. Mais s'il s'en charge une fois, il ne vous quittera pas qu'il n'en ait vu la fin.

NICIA.

Sur ce point je m'en rapporte à toi; mais pour ce qui est de la science, je te dirai bien si c'est un homme de doctrine; il me suffit de lui dire deux mots; ce n'est pas à moi qu'il vendra des vessies pour des lanternes.

LIGURIO.

Et c'est aussi parce que je vous connais que je vous mène à lui afin que vous le tâtiez un peu; et lorsque vous aurez causé avec lui, s'il ne vous semble pas, à son air, à sa science et à son langage, un homme digne qu'on se livre aveuglément à lui, dites que je ne suis pas Ligurio.

NICIA.

Eh bien donc! allons, sous la protection de notre bon ange. Mais où demeure-t-il?

LIGURIO.

Sur cette place, la porte en face de vous.

NICIA, *à Ligurio qui va pour frapper.*

Bon; que cela nous réussisse!

LIGURIO.

C'est fait.

SIRO.

Qui est là?

LIGURIO.

Callimaco y est-il?

SIRO.

Il y est.

NICIA.

Pourquoi ne dis-tu pas maître Callimaco?

LIGURIO.

Il ne s'inquiète pas de ces bagatelles.

NICIA.

Il ne faut point parler ainsi; rends-lui ce qu'on lui doit; et, s'il ne le trouve pas bon, c'est son affaire.

SCÈNE II.

CALLIMACO, MESSER NICIA, LIGURIO.

CALLIMACO.

Qui est-ce qui me demande?

NICIA.

Bona dies, domine magister.

CALLIMACO.

Et vobis, domine doctor.

LIGURIO.

Qu'en dites-vous?

NICIA.

Fort bien, par ma foi!

LIGURIO.

Si vous voulez que je reste ici avec vous, vous parlerez de manière que je puisse vous comprendre; autrement nous nous chaufferons à deux feux.

CALLIMACO.

Quelle bonne affaire vous amène?

NICIA.

Que vous dirai-je? je m'en vais cherchant deux choses qu'un autre fuirait peut-être: des embarras pour moi et pour d'autres. Je n'ai pas d'enfants et j'en voudrais; c'est pour me donner ce souci que je viens vous déranger.

CALLIMACO.

Il me sera toujours fort agréable de vous obliger, ainsi que tous les honnêtes gens, tous les hommes de bien tels que vous; et si, dans Paris, j'ai consacré tant de veilles à l'étude, c'est surtout pour être utile à vos pareils.

NICIA.

Grand merci; et si vous aviez aussi besoin de mon ministère, je suis tout à votre service. Mais revenons *ad rem nostram*. Avez-vous examiné si les bains conviendraient pour disposer ma femme à devenir grosse? car je sais que Ligurio vous a conté de quoi il s'agit.

CALLIMACO.

C'est vrai; mais pour vous satisfaire, il faut savoir la cause de la stérilité de votre femme, et il peut y en avoir plusieurs. *Nam causæ sterilitatis sunt, aut in semine, aut in matrice, aut in instrumentis seminariis, aut in virga, aut in causa extrinseca* [1]

NICIA.

Voilà le plus habile homme qu'il soit possible de trouver.

CALLIMACO.

Il pourrait aussi se faire que cette stérilité eût pour cause une certaine impuissance de votre part, auquel cas le mal serait incurable.

NICIA.

Impuissant! moi! vous me faites rire! Je ne crois pas que dans Florence il y en ait un plus vert et plus gaillard que moi.

CALLIMACO.

Si ce n'est point là la cause, soyez tranquille, nous vous trouverons quelque remède.

NICIA.

Y aurait-il quelque autre expédient que les bains? Je voudrais bien m'éviter cet embarras; et ma femme ne s'absenterait pas volontiers de Florence.

LIGURIO.

Oui, il y en a d'autres; c'est moi qui vous le garantis. Callimaco est d'une circonspection qui va jusqu'à l'excès. (*à Callimaco.*) Ne m'avez-vous pas dit que vous savez composer une potion dont l'effet est immanquable pour rendre une femme grosse?

CALLIMACO.

Oui, mais j'y regarde à deux fois avec les gens que je ne connais pas, car je ne voudrais pas passer pour un charlatan.

NICIA.

Soyez tranquille sur ce point; vous m'avez si bien émerveillé qu'il n'est chose au monde que je ne fusse prêt à croire ou à faire sur votre garantie.

LIGURIO.

Il conviendrait, je pense, que vous vissiez les urines.

CALLIMACO.

Sans nul doute, c'est le moins qu'on puisse faire.

LIGURIO.

Appelez Siro, qu'il aille pour cela avec le docteur et qu'il revienne sur-le-champ; nous l'attendrons à la maison.

CALLIMACO.

Siro, va avec monsieur. Et vous, docteur, si vous le trouvez bon, revenez incontinent, et nous aviserons à quelque chose de souverain.

NICIA.

Comment, si je le trouve bon! Je reviens tout aussitôt, car j'ai plus de foi en vous que les Hongrois dans leur épée.

(1) L'auteur a eu une double intention en faisant parler ici son personnage en latin; il lui donne plus d'importance aux yeux du docteur imbécile, et il jette un voile léger sur des paroles bien assez faciles à comprendre sans traduction.

SCÈNE III.

MESSER NICIA. SIRO.

NICIA.

Parbleu! ton maître est un grand habile homme.

SIRO.

Plus que vous ne pourriez dire.

NICIA.

Le roi de France en doit faire grand cas!

SIRO.

Fort grand.

NICIA.

C'est pour cela qu'il se plaît si bien en France?

SIRO.

C'est pour cela.

NICIA.

Il a bien raison. Dans ce pays-ci il n'y a que des cancres; le mérite n'y est nullement prisé. Si ton maître demeurait ici, ils ne le regarderaient seulement pas; j'en sais quelque chose, moi qui ai rendu trippes et boyaux pour apprendre deux *h* [1]; et si j'attendais après ma science pour dîner, j'aurais le temps de tirer la langue, tu peux m'en croire.

SIRO.

Gagnez-vous bien cent ducats l'an?

NICIA.

Par cent livres, par cent sous [2], vois-tu! C'est que, dans cette ville, celui qui n'a pas de quoi vivre selon son rang ne trouve pas un chien qui jappe après lui, et nous ne sommes bons à rien si ce n'est à aller aux enterrements, aux assemblées de mariage, ou bien à nous dandiner tout le long du jour sur le banc du proconsul [1]. Mais je ne leur en veux pas; je n'ai besoin de personne; je voudrais seulement que plus pauvre que moi me ressemblât. Cependant je ne serais pas bien aise qu'on m'eût entendu; ils pourraient bien me camper sur le dos quelque amende ou quelque bosse qui me ferait suer.

SIRO.

N'ayez pas peur.

NICIA.

Nous voilà au logis; attends-moi ici, je reviens tout à l'heure.

SIRO.

Allez.

SCÈNE IV.

SIRO, *seul.*

Si tous les docteurs étaient bâtis comme celui-ci, que ferions-nous donc, nous autres, si ce n'est des extravagances [2]? Est-ce que ce coquin de Ligurio et mon écervelé de maître le mèneraient par le nez à quelque affront? Véritablement j'en serais fort aise, pourvu toutefois qu'on n'en sût rien; car si l'affaire venait à s'ébruiter, il pourrait bien y aller de la vie pour moi; et, pour mon maître, de la vie et de la bourse. Le voilà déjà devenu médecin; je ne sais quel est leur projet, ni où tend leur fourberie... Mais voici le docteur qui revient avec une fiole

(1) L'expression est basse et grossière; on a dû la choisir pour rendre le langage grossier du docteur; et encore nous restons au-dessous de l'énergie de l italien: *Io... che ho cacato le curatelle per imparar due hac.* J.-B. Rousseau a traduit sans traduire: « Il n'y a point de légiste, sans vanité, mieux alimenté de paragraphes que moi. » Periès a dit: « Moi qui ai sué sang et eau pour apprendre deux *hac.* » Cette dernière version est moins éloignée du texte; mais *suer sang et eau*, qui donne le sens de l'italien, ne reproduit point la physionomie du langage trivial du docteur. Nous pourrions faire la même remarque sur plus d'un passage; nous nous bornons à montrer, par ce seul exemple, quel a été notre système de traduction. C'est au lecteur à décider entre nos devanciers et nous. On voit que Periès a traduit mot à mot: *due hac;* cela est inintelligible sans une explication. *Hac*, qu'on lit dans le texte de Machiavel, est la vieille forme du mot *acca*, nom de la lettre *h* dans l'alphabet italien; et la phrase « apprendre deux *h* » signifie en langage florentin, selon les académiciens de la Crusca: « apprendre quelques bribes de science; » *imparare qualche piccola particella di dottrina.*

(2) L'italien dit *grossi*. Le *grosso* était un demi *giulio* et valait environ trois sous.

(1) J.-B. Rousseau a traduit: « Toute la vie d'un docteur se passe à assister à des thèses ou à se chauffer au soleil dans la place publique. » Periès... « ou à demeurer tout le long du jour sur les bancs de l'audience, à faire les damoiseaux. » Ni l'un ni l'autre n'a su ce que c'était, du temps de Machiavel, que la *panca del proconsolo*. Nous l'apprenons d'Anton Francesco Doni, grand ami de l'Arétin et auteur beaucoup plus fécond qu'estimé. Dans un de ses livres, intitulé *I Marmi*, lequel tire son nom des marbres qui décoraient la place de Santa-Liberata, entre la cathédrale, Santa-Maria del Fiore et San-Giovani; Doni vante la délicieuse fraîcheur qu'on y goûtait, et qui en faisait un lieu de réunion plus agréable que les promenades de Naples, de Rome et de Venise. « Là, dit-il, les Florentins ont des escaliers de marbre, dont le dernier degré forme une espèce de terrasse, où la jeunesse se réunit pour prendre le frais pendant les ardentes chaleurs. Là se tiennent d'agréables conversations, là se racontent de plaisantes histoires, là on envoie la raillerie à qui la craint, là se publient toutes les nouvelles du monde. » Là aussi était la *panca del proconsolo*, et c'est faute d'avoir cherché cette information que l'un des traducteurs fait *chauffer au soleil* des gens qui prennent le frais, et que l'autre transforme un rendez-vous de plaisir en un tribunal.

(2) *Noi faremmo a' sassi pe' forni:* c'est une locution proverbiale tout-à-fait intraduisible; nous l'avons expliquée dans la notice. « Elle est d'usage à Florence, dit Varchi, pour montrer sa sottise à un imbécile qui dit ou fait des folies. » (*Ercolano*, 157.)

d'urine!... Qui ne crèverait de rire à voir cet oison bridé.

SCÈNE V.

MESSER NICIA, SIRO.

NICIA, *parlant du côté de sa maison.*

J'ai fait, en toute occasion, à ta fantaisie, et je veux pour le coup que tu fasses à la mienne. Si je croyais n'avoir pas d'enfants, j'aimerais mieux avoir épousé une paysanne. Ah! te voilà, Siro; suis-moi. Que de peine j'ai eu à décider ma sotte de femme à me donner cette urine! Ce n'est pas qu'elle n'ait grande envie d'avoir des enfants, car elle en est encore plus intriguée que moi; mais dès que je veux lui faire faire quelque chose, c'est une histoire.

SIRO.

Ayez patience; c'est avec de bonnes paroles qu'on vient à bout des femmes.

NICIA.

Que veux-tu dire avec tes bonnes paroles? elle ne cesse de me faire endiabler. Va promptement dire à ton maître et à Ligurio que je suis ici.

SIRO.

Les voilà qui sortent.

SCÈNE VI.

LIGURIO, CALLIMACO, MESSER NICIA.

LIGURIO.

Le docteur sera facile à persuader; toute la difficulté viendra de la femme, mais nous y pourvoirons.

CALLIMACO.

Avez-vous l'urine?

NICIA.

C'est Siro qui l'a.

CALLIMACO.

Donne donc. Oh! cette urine dénote faiblesse de reins.

NICIA.

Elle me semble toute trouble; et pourtant elle me l'a donnée à l'instant même.

CALLIMACO.

Ne vous en étonnez pas; *Nam mulieris urinæ sunt semper majoris grossitiei et albedinis et minoris pulchritudinis quam virorum. Hujus autem, inter cætera, causa est amplitudo canalium, mixtio eorum quæ ex matrice exeunt cum urinâ.*

NICIA.

Par la vertu de saint Puccio! la science de cet homme-là me semble de plus en plus merveilleuse; voyez comme il raisonne pertinemment sur ces matières!

CALLIMACO.

J'ai peur que votre femme ne soit mal couverte la nuit; c'est là une cause de la crudité de l'urine.

NICIA.

Elle a pourtant une bonne courte-pointe, mais elle est quelquefois à genoux des quatre heures entières à enfiler des patenôtres avant de se mettre au lit; c'est une sotte à se laisser geler.

CALLIMACO.

Enfin, docteur, vous avez ou non confiance en moi; mon remède est bon ou il ne l'est pas. Quant à moi, je vous donnerai le remède. Si vous avez confiance, vous le prendrez; et si, d'aujourd'hui en un an votre femme n'a pas un petit enfant dans ses bras, je consens à vous donner deux mille ducats.

NICIA.

Dites donc; je suis homme à vous faire honneur de tout, et je vous crois plus que mon confesseur.

CALLIMACO.

Il faut que vous sachiez qu'il n'est rien de plus sûr, pour faire devenir une femme grosse, qu'une certaine potion composée de mandragore. C'est une chose dont j'ai fait maintes fois l'expérience et qui n'a jamais manqué. Sans cela, la reine de France serait stérile, et je ne sais combien d'autres grandes dames de ce royaume.

NICIA.

Est-il bien possible?

CALLIMACO.

C'est comme je vous le dis; et le hasard vous sert si bien que j'ai ici avec moi tous les ingrédients qui entrent dans cette potion et vous pourrez l'avoir dès que vous voudrez.

NICIA.

Quand faudra-t-il la prendre?

CALLIMACO.

Ce soir, après souper; le croissant est dans une phase favorable, et le temps ne saurait être plus propice.

NICIA.

Voilà qui va bien; ordonnez la potion, je la lui ferai prendre.

CALLIMACO.

Il faut maintenant vous avertir d'une petite chose; c'est que l'homme qui le premier a affaire avec une femme après qu'elle a pris cette potion, meurt dans la huitaine, et rien au monde ne l'en peut sauver.

NICIA.

Malepeste! je ne veux pas de cette drogue-là ; ce n'est pas à moi que vous la ferez avaler. Parbleu ! vous me la baillez bonne.

CALLIMACO.

Là, là ; remettez-vous ; il y a du remède.

NICIA.

Et lequel ?

CALLIMACO.

C'est de faire coucher aussitôt avec elle un homme qui, dans une seule nuit, tirera à lui tout le venin de cette mandragore ; ensuite il n'y aura plus de danger pour vous.

NICIA.

Je n'en veux, parbleu ! rien faire.

CALLIMACO.

Pourquoi donc?

NICIA.

Parce que je ne veux pas faire de ma femme une catin et de moi un cocu.

CALLIMACO.

Que dites-vous donc là, docteur? Je ne vous trouve pas si sensé que je croyais. Comment, vous reculez pour faire une chose qu'ont faite le roi de France et tout ce qu'il y a là de plus grands seigneurs?

NICIA.

Qui diable voulez-vous que je trouve qui fasse une telle folie? Si je le dis à ma femme, elle n'y voudra jamais consentir ; si je ne le lui dis pas, c'est une trahison. Et puis c'est un cas à avoir affaire au tribunal des Huit ; je n'y veux pas risquer quelque condamnation.

CALLIMACO.

Si vous n'avez pas d'autre inquiétude, laissez-moi conduire tout cela.

NICIA.

Comment ferez-vous?

CALLIMACO.

Je vais vous le dire. Je vous donnerai la potion ce soir après souper ; vous lui en ferez boire et aussitôt vous la mettrez au lit ; ce sera vers les quatre heures de nuit [1] ; ensuite nous nous déguiserons, vous, Ligurio, Siro et moi, et nous nous mettrons à chercher au Marché-Neuf, au Marché-Vieux, de tous côtés. Le premier drôle que nous trouverons flânant, nous lui envelopperons la tête, nous le mènerons chez vous à grands coups de bâton et nous l'introduirons dans votre chambre au milieu de l'obscurité. Ensuite nous le mettrons dans le lit en lui disant ce qu'il aura à faire ; il n'y aura pas la moindre difficulté. Le matin venu, avant le jour, vous mettrez cet homme à la porte ; vous ferez laver votre femme et vous ferez avec elle tout ce qui vous plaira sans aucun péril.

[1] Selon la manière italienne de commencer à compter au coucher du soleil : 4 heures de nuit c'est dix heures chez nous.

NICIA.

Allons, puisque tu dis que le roi, les princes et les seigneurs y ont passé, j'en suis content ; mais surtout que les Huit n'en sachent rien.

CALLIMACO.

Qui voulez-vous qui l'aille dire?

NICIA.

Il reste un obstacle, et d'importance encore.

CALLIMACO.

Lequel ?

NICIA.

C'est de faire consentir ma femme, et je ne crois pas qu'elle s'y décide jamais.

CALLIMACO.

Cela se peut ; mais si j'étais le mari, je saurais bien la faire faire à ma guise.

LIGURIO.

Je sais un expédient.

NICIA.

Quoi ?

LIGURIO.

Si nous mettions en jeu le confesseur?

CALLIMACO.

Oui, mais qui décidera le confesseur?

LIGURIO.

Toi, moi, notre malice, la leur.

NICIA.

Je soupçonne, sans compter les autres difficultés, qu'elle ne voudra point aller parler à son confesseur, précisément parce que ce sera moi qui le lui aurai conseillé.

LIGURIO.

Il y a encore remède à cela.

CALLIMACO.

Dis donc.

LIGURIO.

C'est de l'y faire conduire par sa mère.

NICIA.

Oui-dà ! elle a confiance en sa mère.

LIGURIO.

Et moi je sais que la mère est de notre avis. Or sus, ne perdons pas de temps, il se fait tard. Toi, Callimaco, va faire un tour de promenade et n'oublie pas de nous attendre à la maison ce soir, à la deuxième heure, avec la potion toute préparée. Le docteur et moi, nous irons chez la mère pour la persuader ; je la connais. Nous verrons ensuite le moine et nous vous informerons de tout ce que nous aurons fait.

CALLIMACO, *à Ligurio.*

Au nom de Dieu ! ne me laisse pas seul, Ligurio.

LIGURIO.

Qu'est-ce? te voilà tout déconfit.

CALLIMACO.

Où veux-tu que j'aille maintenant?

LIGURIO.

Par ici, par-là, de ce côté, de l'autre; Florence est si grande!

CALLIMACO.

Je suis mort!

CHANT.

Bienheureux qui naît simple et facile à tout croire! chacun peut s'en convaincre. Celui-là n'est ni poussé par l'ambition, ni ému par la crainte, sources trop ordinaires d'ennuis et de douleurs. Dans son ardent désir d'avoir des enfants, ce bon docteur croirait volontiers que les ânes volent; il a mis en oubli tous les autres biens de ce monde, et vers ce bonheur seul aspirent tous ses vœux.

ACTE TROISIÈME.

SCÈNE I.

SOSTRATA, MESSER NICIA, LIGURIO.

SOSTRATA.

J'ai toujours ouï dire que, de deux maux, c'est le fait d'un homme prudent de choisir le moindre. Si vous n'avez pas d'autre moyen d'avoir des enfants, il faut prendre celui-ci, pourvu qu'il ne charge pas la conscience.

NICIA.

C'est comme je vous le dis.

LIGURIO.

Vous irez voir votre fille, tandis que le docteur et moi nous irons trouver le frère Timoteo, son confesseur; nous lui exposerons le cas, afin que vous n'ayez pas à l'expliquer. Vous verrez ce qu'il vous dira.

SOSTRATA.

C'est bien. Voici votre chemin; pour moi, je vais voir Lucrezia; et quoi, qu'il arrive, je la conduirai au frère.

SCÈNE II.

MESSER NICIA, LIGURIO.

NICIA.

Tu t'étonnes peut-être, Ligurio, qu'il faille tant de cérémonies pour décider ma femme; mais si tu savais les choses, tu ne t'en étonnerais guère.

LIGURIO.

Mais c'est sans doute que toutes les femmes sont méfiantes.

NICIA.

Point du tout; c'était la plus douce et la plus facile personne du monde. Mais une voisine lui ayant mis en tête qu'elle deviendrait grosse si elle faisait vœu d'entendre quarante jours de suite la première messe au couvent des Servites, elle fit ce vœu et elle y alla bien une vingtaine de fois. Croirais-tu bien qu'un de ces gros moines se mit à rôder autour d'elle, de sorte qu'elle n'y voulut plus retourner. C'est dommage pourtant que ceux qui devraient nous donner bon exemple fassent de ces choses-là; n'est-il pas vrai?

LIGURIO.

Comment diable! il n'est que trop vrai.

NICIA.

Depuis ce temps-là elle se tient sur le qui-vive, les oreilles dressées comme un lièvre; et au moindre mot ce sont mille difficultés.

LIGURIO.

Je ne m'étonne plus. Mais comment a-t-elle accompli son vœu?

NICIA.

Elle s'en est fait relever.

LIGURIO.

Fort bien. Or çà, si vous avez là vingt-cinq ducats, donnez-les-moi; car il est bon, en pareil cas, de délier les cordons de la bourse, de mettre d'abord le frère dans nos intérêts et de lui laisser l'espoir de mieux encore.

NICIA.

Prends-les donc; cela ne m'inquiète guère; je ferai quelque économie d'un autre côté.

LIGURIO.

Ces moines sont rusés et matois, et c'est raison, puisqu'ils savent nos péchés et les leurs. Celui qui n'a pas l'habitude de les fréquenter pourrait bien se tromper en s'imaginant les mener où il veut. Aussi, je crains qu'en causant vous ne gâtiez vos affaires; car un homme comme vous, qui passe toute sa vie dans son cabinet, entend ses livres, mais ne comprend rien aux choses du monde. (*à part.*) Le pauvre homme est si bête que je tremble qu'il ne vienne tout brouiller.

NICIA.

Dis-moi ce que tu veux que je fasse.

LIGURIO.

Je veux que vous me laissiez parler et que vous n'ouvriez la bouche que quand je vous ferai signe.

NICIA.

Très volontiers. Quel signe feras-tu?

LIGURIO.

Je fermerai un œil, je mordrai mes lèvres

Je vous en supplie, faites bien comme je dis. Combien y a-t-il que vous n'avez parlé au frère?

NICIA.

Voilà plus de dix ans.

LIGURIO.

C'est bon; je lui dirai que vous êtes devenu sourd. Vous ne répondrez pas et vous n'ouvrirez pas la bouche, à moins que nous ne parlions bien haut.

NICIA.

Soit.

LIGURIO.

Ne vous tourmentez pas si je dis des choses qui ne vous paraissent pas s'accorder avec ce que nous voulons; tout n'ira pas moins au but.

NICIA.

A la bonne heure.

SCÈNE III.

FRÈRE TIMOTEO, UNE FEMME.

TIMOTEO.

Si vous voulez vous confesser, vous n'avez qu'à dire.

LA FEMME.

Non, pas pour aujourd'hui; on m'attend et il me suffit de m'être un peu soulagée tout en courant. Avez-vous dit ces messes de Notre-Dame?

TIMOTEO.

Oui, ma chère sœur.

LA FEMME.

Tenez, voilà un florin; vous direz tous les lundis, pendant deux mois, la messe des morts pour l'ame de mon mari. Encore qu'il ne fût pas trop bon, la chair est toujours faible; et quand parfois j'y pense, je ne puis faire que je ne sente là quelque chose. Mais croyez-vous qu'il soit en purgatoire?

TIMOTEO.

Sans nul doute.

LA FEMME.

Je ne voudrais pas en répondre. Vous savez ce qu'il me faisait quelquefois. Oh! combien je m'en suis plainte à vous! je m'éloignais autant que je pouvais; mais il était si importun, hélas! Seigneur, mon Dieu!

TIMOTEO.

Tranquillisez-vous; la miséricorde de Dieu est grande, et quand la volonté de se repentir ne manque pas à l'homme, le temps ne lui manque jamais.

LA FEMME.

Croyez-vous que le Turc passe cette année en Italie?

TIMOTEO.

Oui, assurément, si vous ne faites pas dire des prières.

LA FEMME.

Ah! le bon Dieu nous assiste! J'ai grand' peur de ces diables-là qui vous empalent les pauvres femmes. Mais j'aperçois dans l'église une fille qui a du lin à moi; je vais lui parler. Je vous souhaite le bonjour.

TIMOTEO.

Allez, portez-vous bien.

SCENE IV.

FRÈRE TIMOTEO, LIGURIO, MESSER NICIA.

TIMOTEO.

Les femmes sont les personnes les plus charitables et les plus ennuyeuses du monde. Qui les évite n'a ni ennui ni profit; qui les cherche a le profit et l'ennui tout ensemble. Mais enfin, il n'est que trop vrai, il n'y a point de miel sans mouches. (*apercevant messer Nicia et Ligurio.*) Que faites-vous là, gens de bien? Mais n'est-ce pas messer Nicia que je vois là?

LIGURIO.

Parlez haut; il est si sourd qu'il n'entend goutte.

TIMOTEO.

Soyez le bienvenu.

LIGURIO.

Plus haut.

TIMOTEO.

Le bienvenu!

NICIA.

Et vous le bien trouvé, père.

TIMOTEO.

Comment vous portez-vous?

NICIA.

Fort bien.

LIGURIO.

Parlez à moi, père; car si vous vouliez vous faire entendre de lui, vous mettriez toute la place en rumeur.

TIMOTEO.

Que voulez-vous de moi?

LIGURIO.

Messer Nicia, et un autre homme de bien que vous verrez tout à l'heure, ont quelques centaines de ducats à faire distribuer en aumônes.

NICIA.

Malepeste!

LIGURIO, *bas à messer Nicia.*

Taisez-vous, de par tous les diables! Il n'en aura pas grand' chose. (*haut.*) Ne vous étonnez pas, mon révérend, de tout ce qu'il pourra dire, car il n'entend rien. Quelquefois il s'imagine qu'il a entendu et il répond tout à rebours.

TIMOTEO.

Poursuivez et laissez-le dire ce qu'il voudra.

LIGURIO.

De cet argent-là j'en ai sur moi une partie, et c'est vous qu'ils ont choisi pour en faire la distribution.

TIMOTEO.

Hélas! très volontiers.

LIGURIO.

Seulement, il est nécessaire, avant qu'on fasse ces aumônes, que vous nous aidiez dans un cas difficile survenu au docteur; vous seul pouvez nous servir, et il y va de l'honneur de sa maison.

TIMOTEO.

Qu'est-ce qu'il y a?

LIGURIO.

Je ne sais si vous connaissez Camillo Calfucci, neveu de M. le docteur.

TIMOTEO.

Oui, je le connais.

LIGURIO.

Eh bien! il y a un an qu'ayant été en France pour quelques affaires, Camillo Calfucci, qui est veuf (sa femme est morte il y a quelque temps), laissa une grande fille, bonne à marier, ma foi! dans un couvent auquel il la confia. Il n'est pas nécessaire de vous dire maintenant le nom de ce couvent.

TIMOTEO.

Qu'est-il arrivé?

LIGURIO.

Il est arrivé, soit par négligence des nonnes, soit par un coup de tête de la jeune fille, qu'elle se trouve aujourd'hui enceinte de quatre mois; de sorte que, si on ne remédie avec prudence à ce malheur, le docteur, les religieuses, la jeune fille, Camillo, toute la maison des Calfucci vont être déshonorés. Et le docteur fait tant de compte de ce déshonneur qu'il a fait vœu, si l'on parvient à étouffer l'affaire, de donner trois cents ducats pour l'amour de Dieu.

NICIA.

Quel diable de galimatias!

LIGURIO, *au docteur.*

Paix donc! (*haut.*) Or c'est à vous qu'il les remettra; et vous seul avec l'abbesse pouvez porter remède à ce malheur.

TIMOTEO.

Et comment cela?

LIGURIO.

En persuadant à l'abbesse de faire prendre à la jeune fille une potion pour la faire avorter.

TIMOTEO.

Le cas demande réflexion.

LIGURIO.

Voyez, si vous faites cela, que de biens il en résultera. Vous conservez l'honneur d'un couvent, d'une jeune personne, de ses parents; vous rendez une fille à son père, vous obligez M. le docteur que voilà, ainsi que toute sa parenté; vous faites tant d'aumônes qu'il se peut faire avec ces trois cents ducats; et, de l'autre côté, vous ne faites tort qu'à une masse de chair qui n'a pas encore vie, qui ne sent rien, et qui peut se détruire de mille manières. Pour moi, je crois que ce qui fait le bien de tant de personnes, ce dont tant de personnes ont à se réjouir, ne peut jamais être qu'un bien.

TIMOTEO.

Dieu soit loué! On fera ce que vous souhaitez; il faut tout faire pour l'amour de Dieu, et par charité pour le prochain. Dites-moi le nom du couvent; donnez-moi la potion; et aussi, si vous le voulez, quelque peu de cet argent pour commencer les bonnes œuvres.

LIGURIO.

Je vois bien que vous êtes en effet ce bon religieux que l'on m'a dit. Prenez déjà ce peu d'argent. Le couvent, c'est... Mais attendez, voici dans l'église une femme qui me fait signe; je reviens tout à l'heure. Ne quittez pas messer Nicia; je n'ai que deux mots à dire.

SCÈNE V.

FRÈRE TIMOTEO, MESSER NICIA.

TIMOTEO.

Cette jeune fille, à combien est-elle de son terme?

NICIA

Je suis tout ébaubi.

TIMOTEO, *élevant la voix.*

Je vous demande de combien elle est enceinte.

NICIA.

Que le diable l'emporte!

TIMOTEO.

Et pourquoi?

NICIA.

Pour qu'il nous en débarrasse.

TIMOTEO.

J'ai tout l'air d'être dans la nasse. J'ai affaire avec un fou et un sourd; l'un se sauve, l'autre n'entend rien. Mais si ce ne sont pas là des *quarteruoli* [1], j'en tirerai plus de profit qu'eux. Voici Ligurio qui revient.

SCÈNE VI.

LIGURIO, FRÈRE TIMOTEO, MESSER NICIA.

LIGURIO, *à Nicia.*

Docteur, continuez à vous taire. (*au frère Timoteo.*) Voilà de grandes nouvelles, mon révérend.

TIMOTEO.

Qu'est-ce?

LIGURIO.

Cette femme à qui je viens de parler m'a dit que notre jeune fille a fait tout naturellement une fausse couche.

TIMOTEO, *à part.*

Fort bien, l'aumône ira à tous les diables.

LIGURIO.

Que dites-vous?

TIMOTEO.

Je dis que vous n'en êtes que plus obligé à faire les aumônes que vous savez.

LIGURIO.

Les aumônes se feront quand vous voudrez; mais il faut que vous rendiez un autre service au docteur.

TIMOTEO.

De quoi s'agit-il encore?

LIGURIO.

D'une chose moins grave, où il y a moins de scandale à risquer, plus agréable pour nous et à vous plus utile.

TIMOTEO.

Dites ce que c'est. Je suis déjà engagé avec vous, et il me semble qu'il y a entre nous une liaison si intime qu'il n'est rien que je ne fasse.

LIGURIO.

Je vais vous dire l'affaire dans l'église, entre vous et moi; que le docteur ait la complaisance de nous attendre ici; nous revenons à l'instant.

NICIA.

Comme a dit le crapaud à la herse. [2]

TIMOTEO.

Allons.

(1) Ce sont des jetons qui figurent des florins d'or.

(2) C'est une manière d'envoyer au diable les deux interlocuteurs, dont messer Nicia est fort ennuyé. Nous avons donné dans la notice l'explication dont ce proverbe a besoin.

SCÈNE VII.

MESSER NICIA, *seul.*

Est-il jour, est-il nuit? suis-je éveillé ou rêvé-je? Suis-je donc ivre (et je n'ai pas encore bu une goutte aujourd'hui) pour me prêter à tous ces bavardages? Nous convenons de dire une chose au frère et il en dit une autre; ensuite il veut que je fasse le sourd. Et plût au ciel que je me fusse enduit les oreilles, comme le Danois [1], pour ne point entendre les sottises qu'il a dites; Dieu sait à quel propos! Je me trouve vingt-cinq ducats de moins, et de mon affaire on n'en a pas encore dit un mot. Ils m'ont planté là comme un badaud à garder le mulet. Mais les voici qui reviennent; la peste les étouffe s'ils n'ont pas encore arrangé mon affaire!

SCÈNE VIII.

FRÈRE TIMOTEO, LIGURIO, MESSER NICIA.

TIMOTEO.

Tâchez de décider vos femmes à venir; je sais ce que j'ai à faire, et si mon crédit ne me manque, nous conclurons cette alliance pas plus tard que ce soir.

LIGURIO.

Messer Nicia, frère Timoteo est disposé à tout faire pour vous; il s'agit seulement de persuader à ces dames de venir.

NICIA.

Tu me ressuscites, en vérité! Sera-ce un garçon?

LIGURIO.

Un garçon.

NICIA.

J'en pleure de tendresse.

TIMOTEO.

Entrez dans l'église, j'attendrai ici vos dames; tenez-vous à l'écart afin qu'elles ne vous voient pas; et aussitôt qu'elles seront parties je vous conterai ce qu'elles m'auront dit.

SCÈNE IX.

FRÈRE TIMOTEO, *seul.*

Je ne sais qui attrape l'autre. Ce coquin de Ligurio s'en est venu me tâter le pouls avec sa première histoire, de sorte que si je

(1) C'est un personnage de Boccace, qui se bouchait les oreilles avec de la poix pour ne pas entendre les mauvaises raisons de sa femme.

n'eusse pas consenti, il restait maître de ne pas me dire la véritable; et pour ce qui est de la fausse, ils s'en moquaient. Il est bien vrai que j'ai été pris pour dupe; mais bast! j'ai mon profit dans cette duperie. Messer Nicia et Callimaco sont cossus, et par divers moyens je tirerai bon parti de l'un et de l'autre. Il faudra bien que la chose reste secrète; il y va, à la dire, autant du leur que du mien. Ma foi! arrive que pourra, je ne m'en repens pas. A la vérité, je crains quelque difficulté, car madame Lucrezia est sage et vertueuse; je la prendrai par sa bonté même, et les femmes ont peu de cervelle. S'il s'en trouve une qui sache dire deux paroles, on la cite comme un prodige, car au pays des aveugles les borgnes sont rois. Mais la voici avec sa mère; quant à celle-ci, c'est une bonne bête, et qui me sera d'un grand secours pour conduire l'autre à ma fantaisie.

SCÈNE X.

SOSTRATA, LUCREZIA.

SOSTRATA.

Tu crois, j'espère, ma chère fille, que je prise ton honneur autant que personne au monde et que je ne te conseillerais pas une chose qui ne serait pas à faire. Je t'ai dit, et je te répète que si frère Timoteo t'assure que ce n'est pas un cas de conscience, il le faut faire sans t'en embarrasser autrement.

LUCREZIA.

Je me suis toujours doutée que le désir de messer Nicia d'avoir des enfants nous ferait faire quelque sottise, et c'est pour cela que toutes les fois qu'il m'a parlé d'un nouvel expédient, il a toujours éveillé mes soupçons; aussi je me suis tenue sur mes gardes, surtout depuis qu'il m'arriva ce que vous savez pour être allée aux Servites. Mais de toutes les choses qui lui ont passé par la tête, celle-ci me paraît la plus étrange. Vouloir que je me soumette à une chose si infâme; consentir qu'un homme meure pour me déshonorer! Non, quand je serais seule au monde et qu'il n'y aurait que moi pour faire revivre la nature humaine, je ne croirais jamais qu'une telle action fût permise.

SOSTRATA.

Pour moi, je ne sais pas faire de si belles phrases, mon enfant; tu parleras au frère, tu verras ce qu'il te dira, et tu feras ensuite ce qui te sera conseillé par lui, par nous, par tout ce qui te veut du bien.

LUCREZIA.

Je souffre le martyre.

SCÈNE XI.

FRÈRE TIMOTEO, LUCREZIA, SOSTRATA.

TIMOTEO.

Soyez les bienvenues. Je sais ce que vous voulez de moi; messer Nicia me l'a dit. En vérité, voilà plus de deux heures que je suis collé sur mes livres pour étudier le cas, et, après un examen approfondi, je trouve bien des choses, tant en général qu'en particulier, qui plaident pour nous.

LUCREZIA.

Parlez-vous tout de bon ou si vous plaisantez?

TIMOTEO.

Ah! ma chère dame! sont-ce là des choses sur lesquelles on puisse plaisanter? Est-ce donc d'aujourd'hui que vous me connaissez?

LUCREZIA.

Non, mon père; mais c'est que voilà bien la chose la plus révoltante qu'on ait jamais ouïe.

TIMOTEO.

Ma fille, j'en demeure d'accord; mais je ne veux pas que vous en parliez de la sorte. Il est beaucoup de choses qui de loin paraissent terribles, insupportables, sans exemple, et lorsque ensuite vous les examinez de près, vous les trouvez praticables, faciles et nullement étranges. Aussi, a-t-on coutume de dire que la crainte est toujours plus grande que le mal; et notre affaire est de cette nature-là.

LUCREZIA.

Dieu le veuille!

TIMOTEO.

Pour en revenir donc à ce que je vous disais, il y a dans les choses de conscience une règle générale; c'est que là où vous voyez un bien certain et un mal incertain, il ne faut jamais laisser échapper ce bien dans la peur de ce mal. Ici le bien est certain. Vous deviendrez grosse, vous acquerrez une ame à notre Seigneur Jésus-Christ. Le mal incertain, c'est que l'homme qui couchera avec vous, après que vous aurez pris la potion, vienne à mourir; mais il y en a dans ce cas-là qui ne meurent pas. Cependant, comme la chose est douteuse, il est bon que messer Nicia ne s'expose pas à ce péril. Quant à l'action en elle-même, c'est un conte de s'imaginer que ce soit un péché. Qui est-ce qui fait le péché? c'est la volonté, ce n'est pas le corps. Déplaire à son mari, voilà le péché; et vous, vous complaisez au vôtre; il y trouve son plaisir, et vous, vous vous mortifiez. D'ailleurs, c'est le but qu'il faut considérer en toutes choses. Votre but, c'est de remplir une place dans le Paradis et de contenter votre mari. La Bible dit que les filles de Loth, croyant être restées seules au monde, eurent commerce avec leur père; et pourtant elles n'ont pas péché; pourquoi? C'est que leur intention fut bonne.

LUCREZIA.

Ah! que me persuadez-vous là?

SOSTRATA.

Laisse-toi persuader, ma fille; ne sais-tu pas bien qu'une femme qui n'a pas d'enfants n'a pas de maison? Son mari mort, elle reste comme une misérable abandonnée de chacun.

TIMOTEO.

Je vous jure, ma chère dame, par ce sacré cœur, que vous ne devez pas vous faire plus de scrupule d'obéir en ceci à votre mari que de manger de la viande le mercredi, péché qui s'en va avec de l'eau bénite.

LUCREZIA.

A quelle extrémité me conduisez-vous, mon père?

TIMOTEO.

A une extrémité qui sera cause que toute votre vie vous prierez Dieu pour moi, et dont vous serez plus charmée l'année prochaine qu'aujourd'hui.

SOSTRATA.

Elle fera tout ce que vous voudrez. Je veux la mettre moi-même au lit ce soir. De quoi as-tu peur, pauvre sotte? Il y a dans cette ville cinquante femmes qui en lèveraient les mains au ciel.

LUCREZIA.

Allons, je me résigne; mais je ne crois pas que vous me trouviez en vie demain matin.

TIMOTEO.

Rassurez-vous, ma fille. Va, je prierai Dieu pour toi, et je vais dire l'oraison de l'ange Raphaël pour qu'il t'accompagne. Allez à la garde de Dieu et préparez-vous à ce mystère, car il se fait déjà tard.

SOSTRATA.

Adieu, père; la paix soit avec vous.

LUCREZIA.

Que le bon Dieu ait pitié de moi et aussi Notre-Dame; qu'il ne m'arrive point quelque malheur!

SCÈNE XII.

FRÈRE TIMOTEO, LIGURIO, MESSER NICIA.

TIMOTEO.

Eh! Ligurio, venez-çà.

LIGURIO.

Comment cela va-t-il?

TIMOTEO.

Bien; les voilà qui retournent au logis disposées à faire tout ce qu'il faut; et il n'y aura plus de difficulté, car sa mère ne la quittera pas et veut elle-même la mettre au lit.

NICIA.

Est-ce bien vrai ce que vous dites là?

TIMOTEO.

Merveille! vous voilà guéri de votre surdité!

LIGURIO.

Oui, par la grace de saint Clément.

TIMOTEO.

Cela mériterait bien un petit *ex-voto*, qui ferait du bruit et amènerait la foule; je ferais, par ce moyen, quelque profit avec vous.

NICIA.

N'embrouillons pas les affaires. Ma femme ne refusera donc pas de faire ce que je veux?

TIMOTEO.

Non, vous dis-je.

NICIA.

Je suis l'homme le plus joyeux du monde.

TIMOTEO.

Je le crois. Vous donnerez la béquée à un joli petit garçon et vous ferez les cornes à ceux qui n'en ont pas.

LIGURIO.

Or-çà, mon père, retournez à vos oraisons, et nous irons vous chercher si nous avons encore besoin de vous. Pour vous, docteur, allez auprès de votre femme et maintenez-la dans ses bonnes résolutions, tandis que j'irai rejoindre Callimaco, afin qu'il n'oublie pas la potion. Arrangez-vous ensuite de sorte que nous nous retrouvions ce soir à la première heure, pour convenir de ce que nous aurons à faire vers la quatrième.

NICIA.

Fort bien. Adieu.

TIMOTEO.

Portez-vous bien.

CHANT.

Quelle est douce la ruse qui conduit au but qu'on desire avec passion! comme elle nous dépouille de nos chagrins et change en douceur toute saveur amère! Rare et souverain remède! Tu montres sa route directe à l'ame qui erre incertaine. Dans les faveurs dont nous comble l'amour, tout ce que tu as de piquant est un attrait de plus. Pierres, poisons, enchantements, tout est vaincu par ta divine adresse.

ACTE QUATRIÈME.

SCENE I.

CALLIMACO, *seul.*

Je meurs d'envie de savoir ce qu'ils ont fait. Se peut-il que je n'entende pas parler de Ligurio ? Nous voici à la vingt-troisième heure. Que dis-je ? les vingt-quatre sont passées. Dans quelle anxiété d'esprit n'ai-je pas été abîmé ? Hélas ! j'y suis encore. Il n'est que trop vrai ; la fortune et la nature tiennent nos comptes en balance ; il ne vous arrive jamais un bonheur qu'il ne surgisse aussitôt quelque infortune en compensation. Plus mon espoir s'est accru, plus ma crainte augmente. Malheureux que je suis ! le moyen que je vive assailli de tant d'inquiétudes, et tiraillé de tous côtés par tant de craintes et d'espérances ! Je suis un vaisseau battu de deux vents opposés, et d'autant plus en péril qu'il est plus près du port. La simplicité de messer Nicia me met en espoir ; la sagesse et la froideur de Lucrezia me pénètrent de crainte. Hélas ! il n'est plus de repos pour moi. Je cherche quelquefois à me vaincre moi-même, je me reproche ma folie et je me dis à part moi : « Que fais-tu ? as-tu perdu l'esprit ? Quand tu réussirais, qu'en serait-il ? tu reconnaîtras ta sottise, tu te repentiras de tant de peines, de tant d'inquiétudes perdues. Ne sais-tu pas combien il y a peu de bonheur dans les choses que l'homme désire, si l'on songe à ce que son imagination lui en promet ? D'ailleurs, le pis qu'il peut t'en revenir, c'est de mourir et d'aller en enfer. Tant d'autres sont morts avant toi et il y a en enfer tant de gens de bien ! As-tu honte d'y aller aussi, toi ? Fais face à la fortune, fuis ton malheur ; et si tu ne le peux fuir, supporte-le en homme. Ne t'abaisse point, ne t'avilis pas comme une femme. » C'est ainsi que je tâche de me donner du cœur ; mais je ne me tiens pas ferme. Assailli que je suis de tous côtés du désir de la posséder un seul jour, je me sens bouleversé des pieds à la tête ; les jambes me tremblent, mes entrailles se troublent, mon cœur bat comme s'il allait s'élancer de ma poitrine, les bras me tombent, ma langue est muette, mes yeux ont des éblouissements et la cervelle me tourne. Si je pouvais du moins trouver Ligurio, j'aurais avec qui exhaler mon tourment. Mais le voici qui accourt vers moi... ce qu'il va me dire me rendra un souffle de vie ou me fera tout-à-fait mourir.

SCÈNE II.

LIGURIO, CALLIMACO.

LIGURIO, *sans apercevoir Callimaco.*

Je n'ai jamais tant désiré de rencontrer Callimaco et je n'ai jamais eu tant de peine à le trouver. Si je lui portais de mauvaises nouvelles je l'aurais rencontré tout d'abord. J'ai été au logis, sur la place, au marché, au banc des Spini[1], à la galerie des Tornaquinci[2], et je ne l'ai pas trouvé. Ces amoureux ont du vif-argent sous la plante des pieds et ils ne peuvent durer nulle part.

CALLIMACO.

Ce Ligurio va de côté et d'autre ; il regarde par ici ; c'est moi qu'il cherche assurément. Qu'est-ce que je fais donc que je ne l'appelle pas ? Il me paraît joyeux pourtant. Ligurio ! holà ! Ligurio !

(1) C'était un vaste banc de maçonnerie adossé au palais des Spini (famille éteinte aujourd'hui). Le palais existe encore, il est en face du casino *dei Nobili.* Ces bancs étaient des lieux de réunion pour les citoyens de toutes les classes, qui s'y rassemblaient comme on fait aujourd'hui dans les cafés (Voir la note sur le *banc du proconsul*, page 108).

(2) Ces galeries ou portiques, appelés *loggie,* étaient fort de mode en Italie aux quinzième et seizième siècles et ne sauraient être oubliées dans l'histoire des mœurs de cette époque, où le peuple italien conservait quelque chose de cette vie de place publique des anciens. Au temps de la république de Florence, les familles les plus distinguées considéraient une *loggia* comme une partie obligée de leur demeure. Le savant bénédictin Vincenzio Borghini, dans ses notes manuscrites, conservées à la bibliothèque Magliabechi, et qui fournissent de curieux documents sur l'histoire de Florence au temps où il vivait (le seizième siècle), compte quinze *loggie* célèbres, parmi lesquelles il n'a garde d'oublier *la loggia de' Tornaquinci.* On en voit encore les traces (dit l'*Osservatore fiorentino*) sous la terrasse du palais *Corsi.* Un architecte renommé du siècle précédent, Alberti, qui avait construit celles du palais Rucellai, où Machiavel, ami de cette famille illustre, avait goûté de doux et savants loisirs, dit, dans son livre sur l'architecture, à quel usage ces édifices étaient destinés : « Les pères s'y réunissent pour se dérober à la chaleur et traiter leurs affaires ; la jeunesse, qui y prend ses divertissements, s'accoutume à plus de retenue, par respect pour la présence des patriciens. » Les affaires les plus graves, comme les plus frivoles, étaient traitées sous ces portiques, et les chefs de famille y concluaient le mariage de leurs enfants, comme ils y jouaient aux échecs et à d'autres jeux du temps.

LIGURIO.

Eh ! Callimaco ! et où diable étais-tu donc?

CALLIMACO.

Quelles nouvelles ?

LIGURIO.

Excellentes.

CALLIMACO.

Excellentes ? en vérité?

LIGURIO.

Divines !

CALLIMACO.

Lucrezia consent ?

LIGURIO.

Oui.

CALLIMACO.

Le moine a fait notre affaire ?

LIGURIO.

Il l'a faite.

CALLIMACO.

O bienheureux moine ! je prierai Dieu éternellement pour lui.

LIGURIO.

Délicieux ! comme si Dieu vous récompensait du mal ainsi que du bien ! Le moine voudra autre chose que des prières.

CALLIMACO.

Que voudra-t-il ?

LIGURIO.

De l'argent.

CALLIMACO.

On lui en donnera. Combien lui as-tu promis ?

LIGURIO.

Trois cents ducats.

CALLIMACO.

C'est bon.

LIGURIO.

Le docteur en a déjà déboursé vingt-cinq.

CALLIMACO.

Et comment ?

LIGURIO.

Suffit qu'il les ait déboursés.

CALLIMACO.

Et qu'a fait la mère de Lucrezia ?

LIGURIO.

C'est elle qui a fait presque tout. Comme elle a compris que sa fille allait avoir une bonne nuit sans péché, elle n'a cessé de prier, de commander, d'encourager Lucrezia, si bien qu'elle l'a conduite au moine, et là ils ont travaillé de sorte que Lucrezia a consenti à tout.

CALLIMACO.

O Dieu ! par quels mérites ai-je pu obtenir tant de bonheur ? J'en mourrai de joie.

LIGURIO.

Quelle espèce d'homme est-ce donc là ? Il faut toujours mourir, tantôt de joie, tantôt de douleur. La potion est-elle prête ?

CALLIMACO.

Oui.

LIGURIO.

Que lui enverras-tu ?

CALLIMACO.

Un verre d'hippocras merveilleux pour réconforter l'estomac et réjouir le cerveau... Ciel ! ô ciel ! je suis perdu !

LIGURIO.

Qu'est-ce donc? qu'y a-t-il encore ?

CALLIMACO.

Je suis perdu sans ressource.

LIGURIO.

De quoi diable s'agit-il donc?

CALLIMACO.

Il n'y a rien de fait ; je me suis pris moi-même dans la souricière [1].

LIGURIO.

Pourquoi ? Que ne t'expliques-tu ? Ote donc tes mains de dessus ton visage.

CALLIMACO.

Tu ne te souviens pas que je suis convenu avec messer Nicia que toi, lui, Siro et moi nous irions nous saisir de quelqu'un pour le faire coucher avec sa femme ?

LIGURIO.

Qu'importe ?

CALLIMACO.

Comment qu'importe? Si je suis avec vous, je ne pourrai pas être celui que vous prendrez ; et si je n'y suis pas, il se doutera de la fourberie.

LIGURIO.

Tu as raison ; mais n'y a-t-il point de remède ?

CALLIMACO.

Je ne crois pas.

LIGURIO.

Si fait, il y en aura.

CALLIMACO.

Et lequel ?

LIGURIO.

Laisse-moi un peu y penser.

CALLIMACO.

C'est comme cela que tu me tires d'inquiétude? Me voilà bien, vraiment, si c'est à cette heure que tu te mets à y penser.

LIGURIO.

Je l'ai trouvé !

CALLIMACO.

Quoi ?

LIGURIO.

Je vais faire en sorte que le moine qui nous a aidés jusqu'à présent fasse encore le reste.

CALLIMACO.

De quelle façon ?

(1) L'italien dit : « Je me suis muré dans un four. » Nous avons préféré notre proverbe, qui rend fidèlement la pensée, et qui, pour nous, a plus de force.

LIGURIO.

Nous devons tous nous déguiser ; je ferai travestir le moine ; il contrefera sa voix, son visage, ses manières, et je dirai au docteur que c'est toi ; il le croira.

CALLIMACO.

Voilà qui me plaît ; mais que ferai-je, moi ?

LIGURIO.

Aie soin de te mettre une casaque sur les épaules ; prends un luth dans ta main et viens du côté de sa maison en fredonnant une chansonnette.

CALLIMACO.

A visage découvert ?

LIGURIO.

Sans doute ; si tu mettais un masque, cela lui donnerait quelque soupçon.

CALLIMACO.

Il me reconnaîtra.

LIGURIO.

Il ne te reconnaîtra pas ; il faut te disloquer le visage, ouvrir la bouche et faire un museau pointu, grincer les dents fermer un œil. Essaie un peu.

CALLIMACO.

Est-ce comme cela ?

LIGURIO.

Non.

CALLIMACO.

Et comme cela ?

LIGURIO.

Pas tout-à-fait.

CALLIMACO.

De cette manière ?

LIGURIO.

Oui, très bien ; retiens bien cela. J'ai un nez chez moi, je veux que tu l'appliques sur le tien.

CALLIMACO.

Fort bien ; et ensuite ?

LIGURIO.

Aussitôt que tu paraîtras au coin de la rue, nous serons là ; nous t'arracherons ton luth, nous te saisirons, nous te ferons faire dix tours, nous te mènerons dans la maison, nous te mettrons au lit. Quant au reste, il faudra bien que tu le fasses de toi-même.

CALLIMACO.

Oui ; mais après tout cela il y a encore la manière de s'y prendre.

LIGURIO.

Tu t'y prendras comme tu l'entendras. Quant à faire ce qu'il faut pour que tu y puisses retourner, c'est toi et non pas nous que cela regarde.

CALLIMACO.

Que faut-il faire ?

LIGURIO.

La gagner à toi cette nuit et te faire connaître avant de la quitter. Découvre-lui le stratagème, montre-lui la passion que tu sens pour elle, dis-lui tout le bonheur que tu lui promets ; fais-lui bien comprendre que sans honte elle peut rester ton amie, tandis que son inimitié pourrait entraîner son déshonneur. Il est impossible qu'elle ne s'accorde pas avec toi et qu'elle veuille que cette nuit soit la dernière.

CALLIMACO.

Le crois-tu ?

LIGURIO.

J'en suis certain. Mais nous avons déjà perdu assez de temps et nous voici à la dernière heure. Appelle Siro, envoie la potion à messer Nicia et attends-moi au logis. Je vais aller trouver le moine ; nous le ferons déguiser, nous l'amènerons ici, nous irons ensuite chez le docteur et nous ferons tout ce qu'il faudra faire.

CALLIMACO.

C'est bien dit. Dépêche-toi !

SCÈNE III.

CALLIMACO, SIRO.

CALLIMACO.

Holà ! Siro !

SIRO.

Monsieur !

CALLIMACO.

Approche.

SIRO.

Me voici.

CALLIMACO.

Prends ce gobelet d'argent qui est dans l'armoire de ma chambre et qui est couvert d'un morceau d'étoffe, apporte-le-moi ; et prends garde surtout de répandre en chemin.

SIRO.

Tout à l'heure.

CALLIMACO.

Voilà dix ans que ce garçon-là est à moi et il m'a toujours servi fidèlement ; je puis me fier encore à lui dans cette occasion. Quoique je ne lui aie rien dit de notre ruse, il la devine, car il est malin en diable, et je vois qu'il s'y prête volontiers.

SIRO, *apportant le gobelet.*

Voilà ce que vous demandez.

CALLIMACO.

C'est bien. Dépêche-toi, va chez messer Nicia et dis-lui que c'est là cette drogue que sa femme doit prendre tout de suite après le souper, et que plus tôt elle aura soupé mieux ce sera ; dis que nous nous trouverons au coin de la rue à l'heure convenue, et qu'il fasse en sorte de s'y trouver lui-même. Va vite.

SIRO.

J'y cours.

CALLIMACO.

Écoute ici. S'il veut que tu l'attendes, attends-le et reviens avec lui; s'il ne le demande pas, retourne promptement ici dès que tu lui auras donné cela et que ta commission sera faite.

SIRO.

Oui, monsieur.

SCÈNE IV.

CALLIMACO, *seul.*

J'attends que Ligurio revienne avec le moine; et il dit bien vrai celui qui dit qu'il est cruel d'attendre. Quand je pense où je suis maintenant et où je pourrais être d'ici à deux heures, je maigris de dix livres par minute, dans la crainte où je suis qu'il ne survienne quelque chose qui traverse mon projet. Si cela arrivait, cette nuit serait la dernière de ma vie; car je me jetterai dans l'Arno, je me pendrai, je me précipiterai par la fenêtre, ou je me donnerai un coup de poignard sur sa porte. Enfin je suis capable de tout pour me débarrasser de la vie. Mais j'aperçois Ligurio; c'est bien lui. Il amène avec lui un pauvre diable qui me paraît boiteux et bossu; c'est certainement le moine travesti. O moines! moines! Connaissez-en un, vous les connaissez tous. Quel est cet autre qui les aborde? Il m'a bien l'air de Siro, qui a déjà fait son message au docteur; c'est lui en effet. Attendons-les ici pour nous concerter avec eux.

SCÈNE V.

SIRO, LIGURIO, FRÈRE TIMOTEO, *déguisé;* CALLIMACO.

SIRO.

Qui donc est là avec toi, Ligurio?

LIGURIO.

C'est un brave homme.

SIRO.

Est-il boiteux, ou s'il en fait semblant?

LIGURIO.

Mêle-toi d'autre chose.

SIRO.

Oh! il a la mine d'un grand vaurien.

LIGURIO.

Eh! tais-toi; tu nous romps la tête. Où est ton maître?

CALLIMACO.

Me voici. Soyez les bienvenus.

LIGURIO.

Callimaco, fais un peu la leçon à cet extravagant de Siro; il a déjà dit mille sottises.

CALLIMACO.

Siro, écoute ici: Je t'ordonne de faire ce soir tout ce que te dira Ligurio, et prends bien garde que, lorsqu'il te commandera quelque chose, c'est comme si c'était moi. Du reste, tout ce que tu vois, entends ou devines, il faut le tenir dans le plus grand secret, si tu t'inquiètes un peu de ma fortune, de mon honneur, de ma vie, et aussi de ton intérêt.

SIRO.

Je n'y manquerai pas.

CALLIMACO.

As-tu donné le gobelet au docteur?

SIRO.

Oui, monsieur.

CALLIMACO.

Qu'a-t-il dit?

SIRO.

Que tout sera comme il est convenu.

TIMOTEO.

Est-ce là Callimaco?

CALLIMACO.

Pour vous obéir. Nos conditions sont faites; vous pouvez disposer de moi et de toute ma fortune comme de vous-même.

TIMOTEO.

On me l'a dit et je le crois; aussi je me suis employé à faire pour vous ce que je n'aurais pas fait pour ame qui vive.

CALLIMACO.

Vous n'y perdrez pas vos peines.

TIMOTEO.

Il suffit de votre bienveillance.

LIGURIO.

Laissons là les cérémonies. Nous allons nous déguiser, Siro et moi; toi, Callimaco, viens avec nous, pour te mêler un peu de tes affaires; le frère nous attendra ici; nous reviendrons sur-le-champ, et puis nous irons ensuite chercher messer Nicia.

CALLIMACO.

C'est bien dit; allons.

TIMOTEO.

Je vous attends.

SCÈNE VI.

FRÈRE TIMOTEO, *seul, déguisé.*

On dit bien vrai, que la mauvaise compagnie conduit les hommes à la potence, et bien souvent mal vous arrive pour être trop facile et trop bon comme pour être trop méchant. Dieu sait si je pensais à faire tort à personne; je me tenais dans ma cellule, je disais mon bréviaire, je m'occupais de mes pénitents. Il a fallu que ce diable de Ligurio soit venu à moi; il me fait tremper le bout du doigt dans un tout petit péché, et puis j'y ai plongé le bras, et puis enfin tout le corps. Dieu sait comment je m'en tirerai. Ce qui me console, c'est que quand beaucoup de gens sont intéressés dans une affaire, beaucoup s'intriguent pour le succès. Mais voici Ligurio et le valet qui reviennent.

SCÈNE VII.

FRÈRE TIMOTEO, LIGURIO, SIRO, *déguisés.*

TIMOTEO.

Soyez les bien revenus.

LIGURIO.

Nous trouvez-vous bien comme cela?

TIMOTEO.

Très bien.

LIGURIO.

Il ne manque plus que le docteur; allons chez lui; voilà que la troisième heure est sonnée. Allons, allons!

SIRO.

Qui donc ouvre sa porte? est-ce lui ou son valet?

LIGURIO.

Parbleu, c'est bien lui. (*riant.*) Ha! ha! ha!

SIRO.

Tu ris?

LIGURIO.

Le moyen de ne pas rire! Il a campé sur son dos une robe de chambre étriquée qui ne lui couvre pas seulement le derrière. Que diable a-t-il sur la tête? on dirait d'un camail de moine. Il a, ma foi! une flamberge sous sa jaquette! Ha! ha! ha! Il marmotte je ne sais quoi. Tirons-nous un peu à l'écart, et nous allons encore apprendre quelques tribulations que lui fait endurer sa femme.

SCÈNE VIII.

MESSER NICIA, *travesti.*

Que de simagrées ma folle n'a-t-elle pas faites? Il a fallu envoyer la femme de chambre chez sa mère et le domestique à la campagne. Quant à cela je l'approuve; mais ce que je n'approuve pas, c'est toutes les grimaces dont elle nous a régalés avant de vouloir se mettre au lit. *Je ne veux pas... Que vais-je devenir?... Que me faites-vous faire?... Hélas! maman!..* Et si sa mère ne lui avait pas chanté sa gamme, elle n'entrait pas au lit. Que la fièvre la serre! J'aime assez que les femmes soient un peu sauvages; mais voilà qui passe la permission. Elle nous a fait tourner la tête, cette cervelle de linotte. Et puis, que quelqu'un s'avise de dire : *A la potence, la plus sage de Florence!* Elle s'écrierait : *Que t'ai-je fait?* Je sais bien que la Pasquina entrera dans Arezzo [1], et avant que je quitte la partie, je pourrai dire comme madonna Ghinga : « Vu, de mes propres mains vu [2]. » (*se regardant.*) Je ne suis pourtant pas mal comme cela. Qui pourrait me reconnaître? Je parais plus grand, plus jeune, plus leste; il n'y a pas de femme dans la ville qui ne m'accordât ses faveurs, rien que pour ma bonne mine. Mais où trouver nos gens?

SCÈNE IX.

LIGURIO, MESSER NICIA, FRÈRE TIMOTEO, SIRO.

LIGURIO.

Bonsoir, monsieur le docteur.

NICIA.

Oh! hé! holà!

LIGURIO.

N'ayez pas peur, c'est nous.

NICIA.

Oh! vous voilà tous. Si je ne vous eusse reconnus tout d'abord, je vous allais donner de mon épée tout à travers le corps. Toi, tu es Ligurio? Et toi, Siro? Et cet autre, c'est le médecin? Hem?

LIGURIO.

Oui, docteur.

NICIA.

Tiens! oh! qu'il est bien déguisé! Le plus fin s'y tromperait [3].

(1) Nous ignorons l'origine et la signification exacte de cette phrase proverbiale; ce qu'il y a ici de plus clair, c'est qu'elle offre une allusion licencieuse. Rousseau a passé la phrase; Periès l'a traduite mot pour mot. L'infidélité est égale.

(2) Ce même proverbe se trouve aussi dans les recueils, avec une variante : « *Come disse messer Ghigna Di veduta con queste mani.* » *Proverbj italiani raccolti da Ori. Pescetti.*

(3) Il y a encore là quelque chose de florentin, que personne n'a compris. Le texte dit : *Ei non lo conoscerebbe. Va qua tu.* Cela n'a pas de sens; aussi nos deux devanciers ont-ils traduit au hasard. Pour parvenir à entendre ce passage, il faut d'abord ôter le point, qui est une faute évidente d'impression, quoiqu'elle se trouve dans plusieurs bonnes éditions de *la Mandragore* que nous avons consultées. Il faut ensuite expliquer *Va qua tu.* Nous avons trouvé dans le recueil de Pescetti un proverbe qui, pour indiquer quelque chose de fort obscur, dit : *Ei non l'intenderebbe Vacquatù, ovvero Scarinzo.* « Vacquatù *ou* Scarinzo ne le comprendrait pas. » On voit que ces deux noms sont mis pour ceux de quelque célèbre sorcier, de quelque OEdipe habile à comprendre ce que personne ne comprend. Ainsi expliqué, le sens n'est nullement douteux; mais il reste à savoir ce qu'étaient *Vacquatù* et *Scarinzo.* Nous l'avons cherché en vain.

LIGURIO.

Je lui ai fait mettre deux noix dans sa bouche, afin qu'on ne puisse le reconnaître à la voix.

NICIA.

Sot que tu es!

LIGURIO.

Et pourquoi?

NICIA.

Que ne me l'as-tu dit d'abord? j'en aurais mis deux aussi, moi. Tu sais de quelle conséquence il est de n'être pas reconnu au parler.

LIGURIO.

Tenez, mettez cela dans votre bouche.

NICIA.

Qu'est cela?

LIGURIO.

Une boule de cire.

NICIA.

Donne tout de suite... (*Il tousse et crache.*) Ca, pu, ca, co, co, cu, spu! Que la peste t'étouffe, maudit bourreau!

LIGURIO.

Je vous demande mille pardons; je vous ai donné, par mégarde, une chose pour l'autre.

NICIA.

Ca, ca, pu, pouah! Quoi donc est-ce là?

LIGURIO.

Rien qu'un peu d'aloès.

NICIA.

Va-t-en au diable! Spu! spu! (*à frère Timoteo qu'il prend pour Callimaco.*) Vous ne dites rien, maître?

TIMOTEO.

Ligurio m'a mis dans une colère...

NICIA.

Oh! oh! comme vous contrefaites bien votre voix!

LIGURIO.

Ne perdons pas ici le temps. Je veux être le général et régler l'ordre de bataille. Callimaco sera placé à la corne droite, moi à la corne gauche; le poste du docteur sera entre les deux cornes; Siro fera l'arrière-garde, pour donner secours au corps qui fléchirait; le mot d'ordre sera : Saint Coucou!

NICIA.

Quel est ce saint-là, saint Coucou?

LIGURIO.

Cest le saint le plus fêté de France. Allons vite; mettons une vedette dans ce coin..... Écoutons; j'entends un luth.

NICIA.

C'en est un vraiment. Que faisons-nous?

LIGURIO.

Il faut envoyer en avant un éclaireur pour reconnaître qui c'est, et, selon son rapport, nous agirons.

NICIA.

Qui enverrons-nous?

LIGURIO.

Marche, Siro; tu sais ce que tu as à faire. Considère, examine, reviens vite et fais ton rapport.

SIRO.

Je pars.

NICIA.

Je ne voudrais pas que nous allassions prendre quelque butor, quelque vieillard faible et souffreteux, et que nous fussions obligés de recommencer demain la même comédie.

LIGURIO.

Ne vous embarrassez pas; Siro est un habile garçon. Le voilà qui revient. Qu'as-tu trouvé, Siro?

SIRO.

Le plus beau jeune homme que vous ayez jamais vu. Il n'a pas vingt-cinq ans; il s'en vient tout seul, affublé d'un manteau et jouant du luth.

NICIA.

Si tu dis vrai, c'est justement notre affaire. Mais prends garde, car c'est toi qui en aurais les éclaboussures.

SIRO.

C'est comme je vous l'ai dit.

LIGURIO.

Attendons qu'il se montre à ce coin, et aussitôt nous tomberons sur lui.

NICIA.

Mettez-vous par-là, maître; vous me faites l'effet d'une bûche de bois. Le voilà!

SCÈNE X.

LIGURIO, MESSER NICIA, FRÈRE TIMOTEO, SIRO, CALLIMACO.

CALLIMACO, *chantant.*

Que le diable te visite au lit, puisque je n'y puis aller moi-même.

LIGURIO.

Tenez-le ferme. Rends ce luth.

CALLIMACO.

O mon Dieu! qu'ai-je fait?

NICIA.

Tu le sauras. Couvre-lui la tête, enveloppe-lui le visage.

LIGURIO.

Fais-lui faire une pirouette.

NICIA.

Fais-lui en faire une autre, une autre encore; pousse-le dans la maison.

TIMOTEO.

Messer Nicia, je vais me reposer, la tête me fait mal à mourir; et, si vous n'avez pas besoin de moi, je ne reviendrai pas demain matin.

NICIA.

Eh bien! soit, maître; ne revenez pas; nous ferons le reste nous-mêmes.

SCÈNE XI.

FRÈRE TIMOTEO, *seul.*

Les voilà enfournés dans la maison; et moi je vais rentrer au couvent. (*aux spectateurs.*) Pour vous, messieurs, trève à la critique; personne, je vous assure, ne dormira cette nuit, de manière que l'action ne sera pas interrompue. Je dirai mon office; Ligurio et Siro souperont, car ils n'ont pas mangé d'aujourd'hui. Le docteur ira de la chambre à la salle, pour que la cuisine se vide. Callimaco et Lucrezia ne dormiront pas non plus, car je sais fort bien que si j'étais l'un et que vous fussiez l'autre, nous n'aurions envie de dormir ni vous ni moi.

CHANT.

O douce nuit! ô saintes et paisibles heures nocturnes, qui favorisez les amants passionnés! tant de délices sont réunies sous vos ombres protectrices que seules vous donnez à l'ame une céleste béatitude. Seules vous couronnez les amants des récompenses méritées par leurs longs tourments. C'est vous, heures fortunées, qui faites brûler d'amour les cœurs les plus glacés.

ACTE CINQUIÈME.

SCÈNE I.

FRÈRE TIMOTEO, *seul.*

Je n'ai pu fermer l'œil de toute la nuit, tant je suis aiguillonné du désir de savoir comment Callimaco et les autres s'en sont tirés. Pour tuer le temps, je me suis occupé de mille choses : j'ai dit mes matines, j'ai lu une vie des saints Pères, j'ai été dans l'église, où j'ai rallumé une lampe éteinte et mis un voile neuf à une madone qui fait des miracles. Combien de fois n'ai-je pas recommandé à ces moines de la tenir propre! Soyons surpris, après cela, que la dévotion tombe en décadence! Je me souviens d'un temps où j'ai vu jusqu'à cinq cents *ex-voto;* aujourd'hui il n'y en a pas vingt. C'est notre faute aussi, nous n'avons pas su maintenir sa réputation. Nous avions coutume, tous les soirs, après complies, d'y aller en procession, et de faire chanter laudes en son honneur tous les samedis. Nous lui faisions toujours des présents nous-mêmes, afin qu'on y vît sans cesse des images nouvelles, et, dans la confession, nous ne manquions pas d'exhorter les hommes et les femmes à y faire quelques vœux. Maintenant on néglige tout cela, et puis nous nous étonnons que tout aille froidement! Oh! qu'il y a peu de cervelle dans la tête de nos chers frères! Mais j'entends un grand bruit dans la maison de messer Nicia; ce sont eux, par ma foi! et ils mettent dehors le prisonnier. Je suis arrivé à temps. Ils se sont amusés à la bagatelle jusqu'au dernier moment; voilà qu'il se fait jour. Écoutons un peu ce qu'ils vont dire, sans nous montrer.

SCÈNE II.

MESSER NICIA, CALLIMACO, LIGURIO, SIRO.

NICIA.

Prends-le de ce côté, moi de l'autre; et toi, Siro, tiens-le bien derrière, par le manteau.

CALLIMACO.

Ne me faites pas de mal.

LIGURIO.

N'aie pas peur, va-t-en.

NICIA.

N'allons pas plus loin.

LIGURIO.

Vous avez raison, laissons-le décamper. Faisons-lui faire deux pirouettes afin qu'il ne puisse savoir d'où il sera sorti. Fais-le tourner, Siro.

SIRO.

Voilà.

NICIA.

Encore un tour.

SIRO.

C'est fait.

CALLIMACO.

Et mon luth.

LIGURIO.

Va-t-en, coquin, décampe vite. Si je t'entends souffler un mot, je te casse la tête.

NICIA.

Le voilà parti; allons nous r'habiller. Il nous faut sortir tous de bonne heure, afin qu'il ne paraisse pas que nous ayons été sur pied cette nuit.

LIGURIO.

C'est bien dit.

NICIA.

Allez, vous et Siro, trouver maître Callimaco, et dites-lui que tout a été à merveille.

LIGURIO.

Que pouvons-nous lui dire? nous ne savons rien. Oubliez-vous qu'aussitôt entrés dans la maison, nous avons été boire à la cave. Vous et votre belle-mère vous êtes restés aux mains avec lui, et nous ne vous avons revu que tout à l'heure, quand vous nous avez appelés pour le mettre dehors.

NICIA.

C'est vrai. Oh! j'en ai de belles à vous conter. Ma femme était au lit. il faisait noir comme dans un four. Sostrata m'attendait auprès du feu; je montai avec mon gros gaillard, et afin de le mettre en état de bien faire, je le menai dans une petite dépense que j'ai au-dessus de la salle à manger; il n'y avait là qu'une espèce de lumière obscure et qui ne jetait qu'une lueur blafarde, de sorte qu'il ne pouvait distinguer mon visage.

LIGURIO.

Prudemment avisé!

NICIA.

Je lui ai dit de se déshabiller; il rechignait; je lui ai montré les dents comme un dogue. Oh! alors, il n'a rien eu de plus pressé que de quitter ses habits, et il s'est mis tout nu. Il est laid de visage; il avait un nez énorme et une bouche toute de travers; mais tu n'as jamais vu des chairs plus belles! blanc, délicat, potelé! quant au reste, il n'en faut pas parler.

LIGURIO.

C'est fort mal raisonner, car il était essentiel de l'examiner de tout point.

NICIA.

Me prends-tu pour un nigaud? Puisque j'avais mis la main à la pâte, j'ai voulu toucher le fond de la chose et voir s'il était bien sain. S'il eût eu quelque galanterie, où en serais-je, moi? tu peux nous le dire.

LIGURIO.

Vous avez parfaitement raison.

NICIA.

Après m'être assuré que tout était en bon état, je l'ai tiré après moi, et, au milieu de cette obscurité, je l'ai conduit dans la chambre. Je l'ai fait mettre au lit, et avant de sortir j'ai voulu toucher au doigt si la chose allait bien; c'est que, vois-tu, je ne suis pas accoutumé à me laisser donner des vers luisants pour des lanternes [1].

LIGURIO.

Parbleu! vous avez gouverné cette affaire avec une grande prudence.

NICIA.

Après avoir bien tâté et bien examiné tout cela, je suis sorti de la chambre; j'ai fermé la porte, j'ai été trouver ma belle-mère, qui était toujours auprès du feu, et nous avons passé toute la nuit à causer.

LIGURIO.

Et sur quoi roulait la causerie?

NICIA.

Sur la niaiserie de Lucrezia, qui aurait bien mieux fait de consentir tout d'abord sans tant d'allées et de venues. Ensuite nous avons parlé du petit enfant que j'aurai; il me semble déjà le tenir dans mes bras, ce cher petit poupon. Si bien, que j'ai entendu sonner la treizième heure, et, craignant que le jour ne nous surprît, je suis entré dans la chambre. Croirais-tu que je ne pouvais venir à bout de faire lever ce ribaud-là?

LIGURIO.

Je le crois.

NICIA.

Le jeu [1] lui plaisait. Cependant il s'est levé; je vous ai appelés, et nous l'avons mis dehors.

LIGURIO.

La chose s'est fort bien passée.

NICIA.

Que dirais-tu qui me fait de la peine dans tout cela?

LIGURIO.

Quoi?

NICIA.

C'est ce pauvre jeune homme qui s'en va mourir si vite, et à qui cette nuit coûtera si cher.

(1) Nous avons été plus d'une fois tentés, dans le cours de cette traduction, de rapprocher la pensée de La Fontaine et celle de Machiavel, de mettre quelques-uns de ces vers si piquants à côté de cette prose si comique. Cédons une seule fois à ce désir; on verra si nous nous sommes trompés en reconnaissant à La Fontaine le mérite d'avoir quelquefois ajouté des traits pleins de verve à la plaisanterie de Machiavel. Voici les vers du conteur qui se rapportent à cette situation :

> Et ne pensez, celui dis-je, Lucrèce,
> Ni l'un, ni l'autre, en ceci me tromper;
> Je saurai tout : Nice se peut vanter
> D'être homme à qui l'on n'en donne à garder.
> Vous savez bien qu'il y va de ma vie;
> N'allez donc point faire la renchérie;
> Montrez par-là que vous savez aimer
> Votre mari plus qu'on ne croit encore.

(1) Il y a dans l'italien *l'unto*, mot qu'on oppose quelquefois à *quaresima* (carême), et il aurait fallu traduire le *gras* pour rendre la grossièreté du docteur, à qui Machiavel conserve très bien d'un bout à l'autre sa physionomie. C'est ce que n'a pas fait Périès, qui met à la place d'un gros mot une expression délicate : « l'appât l'avait séduit. » Quant à Rousseau, il a fait un lourd contre-sens, qu'on ne saurait attribuer à la pudeur de sa plume.

LIGURIO.

Parbleu ! vous vous tourmentez de peu de chose ; ce sont ses affaires.

NICIA.

Tu as raison. Mais comme il me tarde d'aller trouver maître Callimaco, et de me réjouir avec lui!

LIGURIO.

Il sortira d'ici à une heure. Mais il fait déjà grand jour. Nous allons quitter nos déguisements. Et vous, que devenez-vous?

NICIA.

J'irai aussi chez moi mettre des habits plus propres; je ferai lever et laver ma femme, je la conduirai à l'église comme pour faire des espèces de relevailles. Je voudrais que vous pussiez vous trouver là avec Callimaco, afin de parler au moine pour le remercier, et le récompenser du service qu'il nous a rendu.

LIGURIO.

Fort bien · c'est ce que nous ferons.

SCÈNE III.

FRÈRE TIMOTEO, *seul.*

J'ai tout entendu, et rien ne me semble plus divertissant que la sottise de ce docteur. Mais ce qui m'a surtout réjoui, c'est la conclusion. Puisqu'ils doivent venir me trouver au couvent, je ne veux pas rester ici, et je les attendrai dans l'église, où je tirerai mieux parti de ma marchandise... Mais qui sort de cette maison? Il me semble que c'est Ligurio; Callimaco doit être avec lui. Je ne veux pas qu'ils me voient, j'en ai dit la raison. D'ailleurs, quand même ils ne viendraient pas me trouver, je serai toujours à temps d'aller les trouver, moi.

SCÈNE IV.

CALLIMACO, LIGURIO.

CALLIMACO.

Comme je t'ai dit, mon cher Ligurio, jusqu'au matin, vers la neuvième heure, le chagrin ne m'a point quitté ; et quoique je goûtasse des plaisirs ineffables, je n'étais point heureux. Mais enfin, je me fais connaître à elle, je lui révèle tout l'amour que je lui porte, je lui explique combien il nous est facile, grace à la sottise de son mari, de vivre heureux et sans déshonneur, lui promettant, si Dieu disposait de lui, de la prendre pour femme; elle, de son côté, avait compris, outre toutes mes raisons, quelle différence il y a entre ma compagnie et celle de messer Nicia, entre les baisers d'un jeune amant et ceux d'un vieux mari; et elle s'est prise à dire en soupirant : « Puisque ta ruse, l'extravagance de mon mari, la simplicité de ma mère et la malice de mon confesseur m'ont induite à faire ce que je n'eusse jamais fait de moi-même, je veux penser que c'est l'effet d'une céleste Providence qui a voulu que tout fût ainsi, et je n'ai point la présomption de refuser ce que le ciel veut que j'accepte. Je te considère donc désormais comme mon seigneur, mon maître, mon guide. Sois mon père, mon défenseur, mon unique félicité, car je t'aime; et ce que mon mari a voulu pour une nuit, moi maintenant je veux qu'il l'ait toujours. Deviens donc son compère, présente-toi ce matin à l'église; tu viendras ensuite dîner avec nous; de partir et de rester, c'est toi qui en seras le maître; et nous pourrons à toute heure et sans soupçon nous trouver ensemble. » A ces mots, j'ai pensé mourir de joie; je n'ai point trouvé de paroles pour exprimer tout ce que j'aurais voulu lui dire; mais je sens que je suis le plus content, le plus heureux des hommes; et si ce bonheur ne m'est point ravi par la mort ou par le temps, je ne changerais pas mon sort contre celui des saints du Paradis.

LIGURIO.

Je me réjouis avec toi de ta félicité; ce que je t'avais prédit est arrivé de point en point. Mais que faisons-nous maintenant?

CALLIMACO.

Allons du côté de l'église, je lui ai promis d'y être; elle y doit venir elle-même avec sa mère et le docteur.

LIGURIO.

J'entends du bruit à la porte; ce sont elles ; elles sortent, et le docteur les suit.

CALLIMACO.

Entrons dans l'église, et nous attendrons.

SCÈNE V.

MESSER NICIA, LUCREZIA, SOSTRATA.

NICIA.

Lucrezia, je crois qu'il faut régler sa conduite avec la crainte de Dieu, et non à l'étourdie.

LUCREZIA.

Que faut-il faire encore?

NICIA.

Voyez, comme elle répond. On dirait d'un coq sur ses ergots.

SOSTRATA.

Ne vous en étonnez pas; elle est un peu fâchée.

LUCREZIA.

Que voulez-vous dire?

NICIA.

Je dis qu'il convient que j'aille devant pour parler au frère et le prévenir qu'il vienne à ta rencontre sur la porte de l'église, afin de faire la purification, car ce matin c'est absolument comme si tu venais de renaître.

LUCREZIA.

Que n'y allez-vous donc?

NICIA.

Te voilà bien fière aujourd'hui; hier soir elle semblait à moitié morte.

LUCREZIA.

C'est grace à vous, vraiment.

SOSTRATA.

Allez chercher le frère. Mais c'est inutile, le voici qui sort de l'église.

NICIA.

C'est parbleu vrai!

SCÈNE VI.

FRÈRE TIMOTEO, MESSER NICIA, LUCREZIA, LIGURIO, CALLIMACO, SOSTRATA.

TIMOTEO.

Je suis sorti parce que Callimaco et Ligurio m'ont dit que le docteur et ces dames viennent à l'église.

NICIA.

Bona dies! père!

TIMOTEO.

Soyez les bienvenus, et grand bien vous fasse, ma fille; et que le bon Dieu vous accorde la grace de mettre au monde un beau petit garçon!

LUCREZIA.

Dieu le veuille!

TIMOTEO.

Il le voudra sans nul doute.

NICIA.

J'aperçois dans l'église Ligurio et maître Callimaco.

TIMOTEO.

Oui, docteur.

NICIA.

Faites-les venir.

TIMOTEO.

Approchez.

CALLIMACO.

Dieu vous garde!

NICIA.

Maître, donnez çà la main à ma femme.

CALLIMACO.

Très volontiers.

NICIA.

Lucrezia, voilà celui qui sera cause que nous aurons un bâton de vieillesse pour nous soutenir.

LUCREZIA.

J'en suis bien heureuse! Il faut qu'il soit notre compère.

NICIA.

Tu es adorable maintenant! Je veux que lui et Ligurio viennent ce matin même dîner avec nous.

LUCREZIA.

Fort bien.

NICIA.

Je veux leur donner les clefs de la chambre de la terrasse qui est au-dessus de la galerie, afin qu'ils puissent venir nous voir à leur commodité, car ils n'ont pas de femme à la maison et ils vivent comme des ours.

CALLIMACO.

Je l'accepte, et j'en ferai usage dans l'occasion.

TIMOTEO.

Aurai-je quelque argent pour les aumônes?

NICIA.

Vous le savez bien, *domine;* on vous l'enverra aujourd'hui.

LIGURIO.

Et personne ne se souviendra-t-il de Siro?

NICIA.

Il n'a qu'a dire, ce que j'ai est à lui. Pour toi, Lucrezia, combien te faut-il donner d'écus[1] au frère pour les relevailles?

LUCREZIA.

Donnez-lui-en dix.

NICIA.

Peste!

TIMOTEO.

Pour vous, madonna Sostrata, vous avez, que je crois, enté un jeune rejeton sur une vieille souche.

SOSTRATA.

Qui ne serait toute joyeuse!

TIMOTEO.

Entrons tous dans l'église, et nous dirons l'oraison accoutumée. Ensuite, après l'office, vous irez dîner à votre fantaisie. *(aux spectateurs.)* Pour vous, messieurs, n'attendez pas maintenant que nous sortions; l'office est long, moi je resterai dans l'église, et eux retourneront au logis par la porte latérale. Bonsoir.

(1) *Grossoni.* Le *grossone* est la même chose que le *grosso*, dont nous avons dit la valeur.

FIN DE LA MANDRAGORE.

www.ingramcontent.com/pod-product-compliance
Lightning Source LLC
LaVergne TN
LVHW012015220826
846092LV00001B/355

* 9 7 8 2 3 2 9 7 5 6 9 5 0 *